双葉社ジュニア文庫

暗黒女子

秋吉理香子

第《だい》六《ろく》十《じゅう》一《いっ》回《かい》　聖《せい》母《ぼ》女《じょ》子《し》高《こう》等《とう》学《がく》院《いん》文《ぶん》学《がく》サークル定《てい》例《れい》会《かい》次《し》第《だい》

登場人物紹介《とうじょうじんぶつしょうかい》

Itsumi Shiraishi

白《しら》石《いし》いつみ

聖母《せいぼ》女子《じょし》高等《こうとう》学院《がくいん》文学《ぶんがく》サークル前会長《ぜんかいちょう》。一週間前《いっしゅうかんまえ》に亡《な》くなった。

Sayuri Sumikawa

澄《すみ》川《かわ》小《さ》百《ゆ》合《り》

文学《ぶんがく》サークル現会長《げんかいちょう》。白石《しらいし》いつみの親友《しんゆう》。

Mirei Nitani

二《に》谷《たに》美《み》礼《れい》

一年生《いちねんせい》。学年《がくねん》で唯一《ゆいいつ》の奨学生《しょうがくせい》。

Diana Decheva

ディアナ・デチェヴァ

ブルガリア出身《しゅっしん》の留学生《りゅうがくせい》。

Akane Kominami

小《こ》南《みなみ》あかね

二年生《にねんせい》。老舗《しにせ》料亭《りょうてい》「こみなみ」の長女《ちょうじょ》。

Shiyo Takaoka

高《たか》岡《おか》志《し》夜《よ》

二年生《にねんせい》。現役《げんえき》ライトノベル作家《さっか》。

Sonoko Koga

古《こ》賀《が》園《その》子《こ》

三年生《さんねんせい》。医者《いしゃ》の娘《むすめ》で、医学部《いがくぶ》志望《しぼう》。

1

開会《かいかい》のごあいさつ 及《およ》び闇《やみ》鍋《なべ》ルールの説明《せつめい》

会長《かいちょう》・澄川《すみかわ》小百合《さゆり》

みなさん、今夜《こんや》は嵐《あらし》の中《なか》、お集《あつ》まりいただいてありがとう。

我《わ》が聖母《せいぼ》女子《じょし》高等学院《こうとうがくいん》文学《ぶんがく》サークルの、一学期《いちがっき》最後《さいご》の定例会《ていれいかい》です。サークルの現会長《げんかいちょう》であるわたくし、澄川小百合《すみかわさゆり》より、開会《かいかい》のごあいさつをさせていただきます。さきほどお配《くば》りしたウェルカム・ドリンクでも召《め》し上《あ》がりながら、ゆったりとお聞《き》きくださいね。

十名《じゅうめい》にも満《み》たない小《ちい》さなサークルではありますが、全員《ぜんいん》、いらしてくださったみたいね。照明《しょうめい》が暗《くら》すぎて、お顔《かお》がはっきりとはわからないけれど、椅子《いす》が埋《う》まっているのは、ちゃんとわかるわ。

——あんなことがあったばかりなのに、こうして全員集《ぜんいんあつ》まってくれて、ほんとうにありがとう。

　どうして今日《きょう》のサロンは、こんなに暗《くら》くしてあるのか。初《はじ》めての方《かた》は、戸惑《とまど》っていらっしゃるかもしれないわね。それとも、先輩《せんぱい》たちに情報《じょうほう》をあれこれ聞《き》いて、楽《たの》しみに足《あし》を運《はこ》んでくださった方《かた》もいるかしら。暗《くら》いと普段《ふだん》見《み》えるものが見《み》えなくて、まるで異世界《いせかい》にいるかのように感《かん》じるものよね。

　わたしたちが集《つど》うこの黒《くろ》い大理石《だいりせき》のオーバルテーブル。その真上《まうえ》に、いつもなら華《はな》やかに煌《きら》めいているバカラのブラック・クリスタルのシャンデリア。今日《きょう》はその明《あ》かりを、最小《さいしょう》に絞《しぼ》ってあるの。定例会《ていれいかい》が始《はじ》まったら、シャンデリアは完全《かんぜん》に消《け》してしまいます。そして、今《いま》わたしの手元《てもと》にあるこの蠟燭《ろうそく》だけが、唯一《ゆいいつ》の明《あ》かりとなるのです。

　別館校舎一階《べっかんこうしゃいっかい》にある、我々《われわれ》の、我々《われわれ》だけの、文学《ぶんがく》サロン。ラベンダー色《いろ》の絨毯《じゅうたん》と壁紙《かべがみ》に、フランス窓《まど》にはゆったりとした黒《くろ》いベルベットのドレープカーテン。アンティークの猫脚《ねこあし》キャビネットに、ゴブラン織《お》りのソファ。もともと本学院《ほんがくいん》に併設《へいせつ》されていた、ゴシック様《よう》式《しき》の修道院《しゅうどういん》を改築《かいちく》した校舎《こうしゃ》だから、違和感《いわかん》がないのよね。初《はじ》めてご招待《しょうたい》した時《とき》に「まるでアナ スイのブティックみたい」って、はしゃいでいたのは誰《だれ》だったかしら。でも、ただ優美《ゆうび》なだけじゃない。壁一面《かべいちめん》に備《そな》え付《つ》けられたシェルフは、選《えら》び抜《ぬ》かれた図書《としょ》で埋《う》め尽《つ》くされています。ミッション系の女子校《じょしこう》だから、学校図書館《がっこうとしょかん》に行《い》けばキリスト教系《きょうけい》やお堅《かた》い図書《としょ》はたくさんある。だからあえてここには、あまり学校《がっこう》では置《お》かないような、いろいろなジャンルの本《ほん》や資料《しりょう》にこだわって収集《しゅうしゅう》したの。ちょっとしたプライベート・ライブラリーってとこかしら。

そして、メンバーが心《こころ》おきなく読書《どくしょ》や執筆活動《しっぴつかつどう》に没頭《ぼっとう》できるように、校庭《こうてい》からの喧騒《けんそう》をシャットアウトできる防音《ぼうおん》の壁《かべ》と窓《まど》ガラス。これだけでも、我《わ》が文学《ぶんがく》サークルの、大《おお》きな財産《ざいさん》だと思《おも》うわ。

みんなで課題図書《かだいとしょ》を読《よ》んで感想《かんそう》を述《の》べ合《あ》う読書会《しょかい》や、作家《さっか》についての研究発表会《けんきゅうはっぴょうかい》や、自作小説《じさくしょうせつ》の朗読会《ろうどくかい》、文学全般《ぶんがくぜんぱん》に関《かん》する討論会《とうろんかい》など、このサロンでは、あらゆる文学活動《ぶんがくかつどう》を、誰《だれ》にも邪魔《じゃま》されることなく、行《おこな》えるようになっています。

わたしたちが、こんなに完璧《かんぺき》な文学《ぶんがく》サロンを利用《りよう》できるのは、すべて前会長《ぜんかいちょう》・白石《しらいし》いつみさんの、お父様《とうさま》のおかげ。修道院《しゅうどういん》を別館校舎《べっかんこうしゃ》へと改築《かいちく》することになった二年前《にねんまえ》――ちょうどいつみが高等部《こうとうぶ》に入《はい》ってすぐ、多額《たがく》な寄付《きふ》をしてくださって、このサロンを一階《いっかい》の、一番日当《いちばんひあ》たりの良《よ》い東南角《とうなんかど》に造《つく》ってくださったの。白石氏《しらいしし》が本学院《ほんがくいん》の経営者《けいえいしゃ》でいらっしゃることは、もちろんみなさんもご存知《ぞんじ》よね？　わたしにとって、このサロンは、かけがえのない空間《くうかん》だわ。みなさんも、きっとそう思《おも》っているんじゃないかしら。どの教室《きょうしつ》よりも、ここにくれば落《お》ち着《つ》く。家《いえ》では読《よ》めない本《ほん》も、ここなら集中《しゅうちゅう》して読《よ》める。なかなか進《すす》まない自作《じさく》の小説《しょうせつ》も、ここでなら執筆《しっぴつ》できる。寒《さむ》い季節《きせつ》は暖炉《だんろ》の前《まえ》にソファを置《お》いてねそべりながら、ホットココアを片手《かたて》にみんなの創作小説《そうさくしょうせつ》を批評《ひひょう》し合《あ》って、夏《なつ》はお手製《てせい》のレモネードで喉《のど》をうるおしながら、文学論《ぶんがくろん》を戦《たたか》わせる。そう、ここはわたしたちメンバーだけの、夢《ゆめ》のお城《しろ》。

このくらい照明《しょうめい》を落《お》としたサロンも、普段《ふだん》と違《ちが》う趣《おもむき》があって、なかなか良《よ》いものでしょう？　この蠟燭《ろうそく》のひそやかな炎《ほのお》に、天井《てんじょう》のシャンデリアや、おそろいの壁掛《かべか》けライトや、みなさんの輪郭《りんかく》だけがほんのりと浮《う》かびあがって、とても神秘的《しんぴてき》でおごそかな雰囲気《ふんいき》だわ。

いつもなら、このつやつやに磨《みが》かれたテーブルの上《うえ》には、ウェッジウッドのティー・セットや焼《や》きたてのスコーン、甘《あま》い香《かお》りのするジャムなどが置《お》いてあるはず。けれども今夜《こんや》は、そういったものはいっさい、仕舞《しま》い込《こ》んであるの。黒《くろ》い大理石《だいりせき》の上《うえ》――このサロンにはちょっぴり似合《にあ》わないものが、置《お》かれているのがわかるかしら？

そう、お鍋《なべ》です。つやつやに磨《みが》かれた、飴色《あめいろ》の銅鍋《どうなべ》。フランスのブランド、モービルのものよ。

新入生《しんにゅうせい》や留学生《りゅうがくせい》の方《かた》もいらっしゃるので、もうちょっと詳《くわ》しく、今日《きょう》の定例会《ていれいかい》の説明《せつめい》をさせていただくわ。本日《ほんじつ》の会《かい》は、いわゆる「闇鍋《やみなべ》」形式《けいしき》で行《おこな》われます。そう、真《ま》っ暗《くら》な場所《ばしょ》で、それぞれが持《も》ち寄《よ》った、不可思議《ふかしぎ》な食材《しょくざい》を入《い》れて食《た》べる、というもの。あまり女子《じょし》には――特《とく》に我《わ》が校《こう》の女生徒《じょせいと》には、馴染《なじ》みがないかもしれませんね。とにかく、この文学《ぶんがく》サークルでは、毎学期《まいがっき》に一度《いちど》、休暇前《きゅうかまえ》に闇鍋《やみなべ》を囲《かこ》んだ定例会《ていれいかい》をすることにしているの。

え？

どうしてこの闇鍋会《やみなべかい》が始《はじ》まったのか、ですって？

さあ……歴史《れきし》の長《なが》いサークルだから、諸説《しょせつ》あるらしいのだけど。最初《さいしょ》はただ面白《おもしろ》がって始《はじ》めてみたら定着《ていちゃく》したとか、いつもおいしい贅沢《ぜいたく》なものばかり食《た》べているから好奇心《こうきしん》でグロテスクなものを食《しょく》してみたかったとか――けれどもわたしが一番納得《いちばんなっとく》して、信《しん》じている説《せつ》は、感覚《かんかく》を研《と》ぎ澄《す》ます、というもの。

暗闇《くらやみ》の中《なか》にいると、五感《ごかん》が研《と》ぎ澄《す》まされていく感《かん》じがするでしょう？　光《ひかり》という当《あ》たり前《まえ》のものを取《と》りはらったうえで、通常《つうじょう》の行為《こうい》をしてみる……すると普《ふ》通《つう》の行動《こうどう》でも、いかに違《ちが》う味《あじ》わいになるかがわかる。視覚《しかく》だけに頼《たよ》らない――文学《ぶんがく》を志《こころざ》す者《もの》にとって、それはとってもとっても大切《たいせつ》なこと。そう思《おも》わない？　だから、わたしはこの説《せつ》を、一番気《いちばんき》に入《い》っているの。

たとえば、今召《いまめ》し上《あ》がっているカクテル。それをこんな暗《くら》い所《ところ》で飲《の》んでいるだけでも、不思議《ふしぎ》な気分《きぶん》にならないかしら？　カクテルの色《いろ》が赤《あか》なのか青《あお》なのか、何《なに》が浮《う》かべられているのか、甘《あま》そうか、苦《にが》そうか。どろどろしているのか、さらさらしているのか。それがわからないまま口《くち》をつけるのって、なかなか勇気《ゆうき》がいるでしょう？　ああ、心配《しんぱい》しないでちょうだい。カクテルは、ちゃんと飲料《いんりょう》として成立《せいりつ》するものしか材料《ざいりょう》として使《つか》わないというルールなの。だって、これはあくまでも女子会《じょしかい》なんだもの。ドリンクは美味《おい》しいものをいただきたいじゃない。だけどこれが、どんな具材《ぐざい》が入《はい》っているかわからないお鍋《なべ》だったら……口《くち》に運《はこ》ぶのがとても怖《こわ》いでしょう？

視覚《しかく》を奪《うば》われたなかで、嗅覚《きゅうかく》、味覚《みかく》、聴覚《ちょうかく》、触覚《しょっかく》はどう反応《はんのう》するのか。五感《ごかん》を磨《みが》き、そして裏切《うらぎ》り、解《と》き放《はな》つ。それこそがこの闇鍋会《やみなべかい》の趣旨《しゅし》だと、わたしは理解《りかい》しているの。

それでは、闇鍋《やみなべ》のルールを説明《せつめい》するわ。

まずはみなさん、それぞれお好《す》きな具材《ぐざい》を持《も》ち寄《よ》ってくださったわね？　だいたいは食《た》べ物《もの》でないといけない、というルールがあるようだけど、この会《かい》では、食《た》べられないものでもいいの。うふふ、これがちょっと、わたしたちの闇鍋《やみなべ》のユニークなところよ。ただし、不衛生《ふえいせい》なものはダメ。靴《くつ》とか、虫《むし》とか。あくまでも、女子会《じょしかい》だということを忘《わす》れないでほしいの。

どんな闇鍋《やみなべ》も同《おな》じだと思《おも》うけれど、「ネタバレ厳禁《げんきん》」が鉄則《てっそく》よ。持《も》ち寄《よ》った具材《ぐざい》は、他《ほか》の人《ひと》に中《なか》が見《み》えないような入《い》れ物《もの》に入《い》れて、サロン付属《ふぞく》のキッチンにある冷蔵庫《れいぞうこ》に入《い》れて

くださったわね？

材料《ざいりょう》をお鍋《なべ》に入《い》れることができるのは、「鍋奉行《なべぶぎょう》」であるわたしだけ。お鍋《なべ》の中《なか》に出来上《できあ》がったものを、どきどきしながらいただきましょう。

では次《つぎ》のルール。自分《じぶん》の皿《さら》に取《と》った具材《ぐざい》は、空《から》にしなければ次《つぎ》の具材《ぐざい》を取《と》ってはいけない。また、お鍋《なべ》の中《なか》のものも、全員《ぜんいん》で責任《せきにん》をもって、空《から》になるまで全《すべ》て食《た》べなければならない。

いつの闇鍋会《やみなべかい》だったかしら……いちご大福《だいふく》にはちょっと懲《こ》りたわね。もう最初《さいしょ》から最後《さいご》まで甘《あま》くなってしまって。入《い》れた瞬間《しゅんかん》からぐずぐずになって、あんこもスープに溶《と》け込《こ》んでしまったから取《と》り出《だ》せなくて……もしかして、今回《こんかい》も持《も》ってきた方《かた》、いらっしゃる？　まあいいわ。なんでもあり、というのがルールなんだものね。

そういえばいつだったかしら、シャネルの時計《とけい》が出《で》てきたことがあったわね。暗闇《くらやみ》だから、最初《さいしょ》は時計《とけい》だということしかわからなくて、しかも取《と》ったものは空《から》にしない限《かぎ》り、次《つぎ》の具材《ぐざい》を取《と》れないルールだから、その人《ひと》は、ほとんど他《ほか》のものを食《た》べられなくて文句《もんく》を言《い》っていたわ。お鍋《なべ》が終《お》わっておうどんもお雑炊《ぞうすい》もいただいて、照明《しょうめい》をつけて……そしたらその時計《とけい》がシャネル、しかも限定《げんてい》モデルだったもので、もう大騒《おおさわ》ぎよ。お鍋《なべ》を食《た》べている間《あいだ》はくすくす笑《わら》われたり、気《き》の毒《どく》がられたりしていた女子《じょし》が、一瞬《いっしゅん》でみんなの羨望《せんぼう》の的《まと》。防水仕様《ぼうすいしよう》だけど高温《こうおん》でダメージを受《う》けていたらしくて、かなり修理代《しゅうりだい》はかかってしまったようだけど、それでも滅多《めった》に手《て》に入《はい》らないモデルだもの。修理代《しゅうりだい》だけで手《て》に入《はい》ったのなら、安《やす》いものだったと思《おも》うわ。

そのラッキーな子《こ》は誰《だれ》だったかしら……ああ、そう、そうだったわ。あれも確《たし》かいつみだった。いつみったら大《おお》はしゃぎして――。

――ごめんなさい。いつの間《ま》にか、また彼女《かのじょ》の話題《わだい》になってしまっていたわ。みなさんを哀《かな》しませるつもりじゃないのに……ほんとうに、ごめんなさい。

さあ、次《つぎ》のルールは――あらあら、初《はじ》めての方《かた》たち、そんなに怖《こわ》がらないで。もちろん、不味《まず》くて仕方《しかた》がない時《とき》もあるけれど、最後《さいご》にはちゃんと、お口直《くちなお》しのデザートを用意《ようい》してあるの。女子会《じょしかい》であるかぎり、美味《おい》しいドリンクとスイーツは必須《ひっす》でしょう？

闇鍋会《やみなべかい》でのスイーツは、会長《かいちょう》が作《つく》るしきたりになっているの。わたし、今日《きょう》は朝《あさ》から一生懸命腕《いっしょうけんめいうで》を振《ふ》るったんだから。去年《きょねん》はクリームブリュレ、はちみつのフラン、いちごのババロア、そして今回《こんかい》は……ふふ、それは最後《さいご》のお楽《たの》しみにしてね。

いちご大福《だいふく》にも参《まい》ったけれど、メロン味《あじ》のかき氷《ごおり》シロップも悲惨《ひさん》だったわね。汁《しる》がどろどろになって、合成香料《ごうせいこうりょう》の煮詰《につ》まった匂《にお》いがして、終《お》わって電気《でんき》をつけてみたら舌《した》も緑《みどり》色《いろ》に染《そ》まっていて……ああ、あの時《とき》の味《あじ》と匂《にお》いといったら！　思《おも》い出《だ》すとぞっとする。今《こ》年《とし》もいるかしら、そういうのを持《も》ってきた人《ひと》。毎回《まいかい》、冷《ひ》や冷《ひ》やしちゃうわ。

そう、これがもう一《ひと》つのルール。誰《だれ》が何《なに》を持《も》ってきたか、この会《かい》が終《お》わった後《あと》でも、絶《ぜっ》対《たい》に言《い》わないこと、お互《たが》いに探《さぐ》らないこと。そうでないと、毎回《まいかい》のパターンがわかってしまって、面白《おもしろ》くないから。

でも中《なか》には、嬉《うれ》しいものを持《も》って来《き》てくれる子《こ》もいるの。今《いま》までで一番喜《いちばんよろこ》ばれたのは、つばめの巣《す》ね。美肌《びはだ》に効果的《こうかてき》でミネラルもたっぷりで、口当《くちあ》たりも良《よ》くて、とにかく女子《じょし》受《う》けする具材《ぐざい》だったわ。歴代《れきだい》でも、一番《いちばん》なんじゃないかしら。フカヒレも、コラーゲンが含《ふく》まれているといって大好評《だいこうひょう》だったし、今年《ことし》も何《なに》か、美容《びよう》に良《よ》いものを誰《だれ》かが持《も》って来《き》てくれていたら、嬉《うれ》しいわね。

ところで――。

みなさん、今夜《こんや》はもうひとつ大切《たいせつ》なものを、忘《わす》れずに持《も》って来《き》てくださっているかしら。

そう。短編小説《たんぺんしょうせつ》です。

闇鍋会《やみなべかい》とは言《い》っても、これはれっきとした、我《わ》が文学《ぶんがく》サークルのメインの催《もよお》し。毎回《まいかい》、各自一編《かくじいっぺん》ずつ小説《しょうせつ》を仕上《しあ》げてきてもらって、お鍋《なべ》をいただきながら、それぞれの小説《しょうせつ》の朗読《ろうどく》を聞《き》くの。みなさん、もちろん書《か》いてきてくださったわね？

暗闇《くらやみ》の中《なか》で、声《こえ》だけで聞《き》く物語《ものがたり》。視覚《しかく》を奪《うば》われ、五感《ごかん》に裏切《うらぎ》られながら感《かん》じる創作《そうさく》小《しょう》説《せつ》。最高《さいこう》のセッティングだと思《おも》わない？　これこそが、この定例会《ていれいかい》の醍醐味《だいごみ》なんだわ。だからこそ、長《なが》い間《あいだ》ずっと続《つづ》いているんだと思《おも》うの。

いつもならテーマは自由《じゆう》なのだけど、今回《こんかい》だけは、あの出来事《できごと》があったから、勝手《かって》ながら決《き》めさせていただいたわ。決《き》められたテーマの中《なか》で書《か》くこと、しかも今回《こんかい》は特《とく》に時間《じかん》が限《かぎ》られていたから、なかなか難《むずか》しかったとは思《おも》うけれど、それも創作《そうさく》するにあたって大切《たいせつ》な練習《れんしゅう》だと、前向《まえむ》きに捉《とら》えてほしいの。

——そう。今回《こんかい》のテーマは、前会長《ぜんかいちょう》である白石《しらいし》いつみの死《し》。

わたしといつみは、初等部《しょとうぶ》からの幼馴染《おさななじみ》であり、大親友《だいしんゆう》だった。毎日一緒《まいにちいっしょ》にいたから、今《いま》でも、いなくなってしまったのが信《しん》じられないくらい。

わたしといつみは、まるで正反対《せいはんたい》だと、周《まわ》りからいつも言《い》われていたわ。積極的《せっきょくてき》で、物事全《ものごとすべ》てに白黒《しろくろ》をつけなくては気《き》が済《す》まないいつみ。わたしはどちらかというと、いつみの影《かげ》に守《まも》られながら、そうっと生《い》きてきた感《かん》じかしらね。わたしは生《う》まれつき、そんなに体《からだ》も丈夫《じょうぶ》じゃなかったし。

わたしたちの年《とし》ごろの友情《ゆうじょう》って、両極端《りょうきょくたん》だと思《おも》わない？　似《に》た者同士《ものどうし》で、強《つよ》く惹《ひ》かれあうか憎《にく》みあうか、または正反対同士《せいはんたいどうし》で、強《つよ》く惹《ひ》かれあうか憎《にく》みあうか。その中間《ちゅうかん》なんて存在《そんざい》しないの。大人《おとな》になるにつれて、そのあたりは器用《きよう》にコントロールできるようになるのかもしれない。似《に》ていても似《に》ていなくても、気《き》が合《あ》っても合《あ》わなくても、それなりに処世術《しょせいじゅつ》を身《み》につけて、要領《ようりょう》よく社会《しゃかい》を泳《およ》いでいけるようになるんだわ。

だけど、わたしたちの年代《ねんだい》には無理《むり》。だってわたしたちにとっては、自分《じぶん》の感情《かんじょう》と感《かん》性《せい》が一番大事《いちばんだいじ》なんだもの。何《なに》よりも守《まも》らなくてはならないものよ。だから自分《じぶん》というものを殺《ころ》すか、それとも殺《ころ》されるか――女子《じょし》の友情《ゆうじょう》って、いつもギリギリのところ。命《いのち》がけのサバイバルだわ。特《とく》に、そうね、こんな女子校《じょしこう》では。そうでしょ、みんな？

そういう意味《いみ》では、いつみはわたしにとって、最高《さいこう》のパートナーだった。わたしの苦手《にがて》な部分《ぶぶん》を、彼女《かのじょ》がすべて補《おぎな》ってくれていた。お互《たが》いが、お互《たが》いを殺《ころ》さずに、生《い》かしあえる関係《かんけい》。ボランティアをしたいけれど一人《ひとり》で参加《さんか》するのは不安《ふあん》だと言《い》ったら、一緒《いっしょ》に申《もう》し込《こ》んでくれたり、短期留学《たんきりゅうがく》を迷《まよ》っていたら背中《せなか》を押《お》してくれたり、授業《じゅぎょう》でやるディベートが苦手《にがて》だと言《い》ったら練習相手《れんしゅうあいて》になってくれたり。その代《か》わり、わたしだって、いつみにとって最高《さいこう》のパートナーだったと自負《じふ》しているわ。いつみの苦手《にがて》な細《こま》かい作業《さぎょう》――このサークルでのイベントの企画《きかく》や、合宿《がっしゅく》の手配《てはい》や下見《したみ》をしてあげたり、志望大学《しぼうだいがく》のリサーチをしてあげたり……わたしたち、本当《ほんとう》に二人《ふたり》でひとりだった。いつみはよく、「ああ、わたし小百合《さゆり》がいなければ、どうしていたかわからないわ」と言《い》ってくれた。それはわたしだって同《おな》じ。いつみがいなければ、わたしだって経験《けいけん》できないことがたくさんあった。

いつみとわたしのことを、「まるで太陽《たいよう》と月《つき》のようだね」と喩《たと》えたのは、顧問《こもん》の北条先《ほうじょうせん》生《せい》だったかしら。最初《さいしょ》は、国語教師《こくごきょうし》のくせに、なんてありきたりの陳腐《ちんぷ》な表現《ひょうげん》を使《つか》うんだろうと呆《あき》れたけれど、いつみを失《うしな》ってみて、わかったの。いつみは確《たし》かに、わたしの太《たい》陽《よう》だった。いつみがいなければ、わたしは輝《かがや》くことができない。いつみがいたからこそ、わたしも存在《そんざい》できたの。

だからいつみがいなくなって……まるで自分《じぶん》の半身《はんしん》をもぎ取《と》られてしまったみたいで……歩《ある》くことさえ、バランスがとれない気《き》がする。そんな毎日《まいにち》だわ。

どうしていつみが亡《な》くなってしまったのか……。

それは、わたしには今《いま》でもわからないの。

まだ亡《な》くなって一週間《いっしゅうかん》。本当《ほんとう》に、まだ信《しん》じられないのよ。それは、あなたたちだって同《おな》じよね？　無理《むり》もないわ。あんなに明《あか》るかったいつみが……最後《さいご》は、あんなふうに……。

――ごめんなさい、泣《な》いたりして。

え？

ええ、もちろん知《し》っているわ。このメンバーのなかの誰《だれ》かが、いつみを殺《ころ》したって噂《うわさ》されていること。それを信《しん》じているか、ですって？　さあ……どうなのかしらね……。

あれは自殺《じさつ》だったのか、他殺《たさつ》だったのか——いまだに、それさえもわかってはいないんですもの。

そう。いつみの死《し》は、謎《なぞ》だらけなの。みなさんも知《し》っているでしょう？　わたしたち、お葬式《そうしき》にも参列《さんれつ》させてもらえなかったし、いったい何《なに》があったのか教《おし》えてももらえなかった。いつみのお父様《とうさま》も、お母様《かあさま》も、弟《おとうと》の和樹君《かずきくん》も、固《かた》く口《くち》を閉《と》ざすばかりで……。

今《いま》でも、夢《ゆめ》に出《で》てくるの。血《ち》にまみれて、うつぶせで倒《たお》れているいつみの姿《すがた》——。

みなさんも、あのとき現場《げんば》で、いつみの死体《したい》を見《み》たわよね。どうしていつみは、校内《こうない》で死《し》んだのかしら。どうして、テラスの下《した》の花壇《かだん》に倒《たお》れていたのかしら。どうしてあんなものを持《も》って死《し》んでいたのかしら。いつみは何《なに》を伝《つた》えたかったのかしら……。

この一週間《いっしゅうかん》、わたしは毎日毎日《まいにちまいにち》、そのことばかりを考《かんが》えているのよ。

だから今夜《こんや》は、思《おも》い切《き》りいつみを偲《しの》びたいの。いつみの愛《あい》したこのサロンで、ここにいるメンバー全員《ぜんいん》と。

わたしが進行役《しんこうやく》を務《つと》めるけれど、今夜《こんや》の主役《しゅやく》はあくまでも、わたしたちの愛《あい》する亡《な》き友《とも》、白石《しらいし》いつみ。

実《じつ》は、今回《こんかい》の定例会《ていれいかい》を開催《かいさい》するか中止《ちゅうし》にするか、とっても迷《まよ》ったの。けれどもこの文学《ぶんがく》サークルは、いつみの高校生活《こうこうせいかつ》の重要《じゅうよう》な位置《いち》を占《し》めていた。青春《せいしゅん》の全《すべ》てを懸《か》けていたと言《い》ってもいい。彼女《かのじょ》は本気《ほんき》で、作家《さっか》にも文芸評論家《ぶんげいひょうろんか》にもなりたがっていたし、放課後《ほうかご》は毎日《まいにち》のように、このサロンでいろんな作家《さっか》の作品《さくひん》を読《よ》んでは、熱《あつ》く議論《ぎろん》していたんだもの。そんな彼女《かのじょ》の文学《ぶんがく》への情熱《じょうねつ》にほだされて、彼女《かのじょ》のお父様《とうさま》がサロンを寄贈《きぞう》してくださったくらいなのだから。わたしたちが一人一人《ひとりひとり》、ばらばらになって彼女《かのじょ》を偲《しの》ぶよりは、このサロンで、みんなで心《こころ》を一《ひと》つにして彼女《かのじょ》のことを思《おも》い出《だ》してあげる方《ほう》が、ずっとずっと良《よ》いはずだと判断《はんだん》したの。我《わ》が文学《ぶんがく》サークルらしい追悼《ついとう》の仕方《しかた》……みなさんも、そう思《おも》うでしょう？　不謹慎《ふきんしん》だと思《おも》わずに、賛同《さんどう》してくださったからこそ、こうして足《あし》を運《はこ》んでくださったのよね？

きっと、いつみも喜《よろこ》んでいると思《おも》うの。わたしにはわかるわ。

でもどうしても……どうしても知《し》りたいのよ、わたし。

あれは一体《いったい》、どういう出来事《できごと》だったのか。

だからこそみなさんに、それぞれの視点《してん》から、このことをテーマにして書《か》いてもらいたかったの。

いつみの死《し》をテーマにした小説《しょうせつ》。いつみに捧《ささ》げる小説《しょうせつ》。あの不幸《ふこう》な出来事《できごと》を、できるだけ思《おも》い出《だ》して、その通《とお》りに書《か》いて、分《わ》かちあってほしい。いつみの死《し》を小説《しょうせつ》に昇華《しょうか》させることで、きっと見《み》えてくる気《き》がするの。なぜいつみは死《し》ななくてはならなかったのか。そして――ほんとうに、この中《なか》の誰《だれ》かが彼女《かのじょ》を殺《ころ》したのか……。

まあ、ものすごい雷《かみなり》ね。ますます雨《あめ》の音《おと》も激《はげ》しくなってきたわ。でも、夏《なつ》の嵐《あらし》の夜《よる》なんて、今宵《こよい》の催《もよお》しにふさわしい設定《せってい》じゃないこと？

それでは、そろそろ始《はじ》めましょう。

シャンデリアの照明《しょうめい》を、完全《かんぜん》に落《お》としてしまいます。みなさん、準備《じゅんび》はよろしいかしら？

シャンデリアが消《き》えたら、蠟燭《ろうそく》の灯《あか》りをたよりに、わたしがスープと具材《ぐざい》を入《い》れ始《はじ》めます。そのあと、順番《じゅんばん》に朗読《ろうどく》をしていただきましょう。暖炉脇《だんろわき》にソファと燭台《しょくだい》を置《お》いて、朗読用《ろうどくよう》のスペースをつくってあるの。そちらでご自分《じぶん》の作品《さくひん》を読《よ》み上《あ》げてくださいね。

それでは第六十一回《だいろくじゅういっかい》、聖母女子高等学院文学《せいぼじょしこうとうがくいんぶんがく》サークル「定例闇鍋朗読会《ていれいやみなべろうどくかい》」のはじまりです。

2

朗《ろう》読《どく》小《しょう》説《せつ》「居《い》場《ば》所《しょ》」

1年《ねん》A《エー》組《ぐみ》　二《に》谷《たに》美《み》礼《れい》

あの光景《こうけい》を忘《わす》れることはできない。

ストレッチャーで運《はこ》ばれていく、血《ち》にまみれたひとりの美《び》少《しょう》女《じょ》。そして、陶《とう》器《き》のような白《しろ》い手《て》に握《にぎ》られた、一房《ひとふさ》の可憐《かれん》なすずらんの花《はな》。

人《ひと》がひとり亡《な》くなったというのに、それは不《ふ》謹《きん》慎《しん》なまでに美《うつく》しく幻《げん》想《そう》的《てき》で、見《み》る者《もの》を魅《み》了《りょう》してしまうほどだった。

この女《じょ》生《せい》徒《と》の死《し》を、わたしは一《いっ》生《しょう》忘《わす》れることはないだろう。

わたしがこの女生徒《じょせいと》――白石《しらいし》いつみに出会《であ》ったのは、入学《にゅうがく》して間《ま》もない頃《ころ》だ。

わたしは子供《こども》の頃《ころ》からいつも、自分《じぶん》には居場所《いばしょ》がないと思《おも》ってきた。

それは家庭《かてい》にいても、学校《がっこう》にいても、その二《ふた》つの場所《ばしょ》をつなぐ通学路《つうがくろ》や同級生《どうきゅうせい》たちが寄《よ》り道《みち》するコンビニなどでも、ぬぐえない疎外感《そがいかん》だった。家庭《かてい》においては、2LDK《エルディーケー》の団地《だんち》に家族五人《かぞくごにん》で住《す》んでいるため、自分《じぶん》の部屋《へや》など持《も》てるはずもなく、文字通《もじどお》り、物理的《ぶつりてき》に「居場所《いばしょ》」はなかった。2LDK《エルディーケー》のうち一部屋《ひとへや》をわたしと中学生《ちゅうがくせい》の妹《いもうと》が、もう一部《ひとへ》屋《や》を小学生《しょうがくせい》の弟《おとうと》二人《ふたり》が使用《しよう》していた。ひとり親《おや》である母《はは》は、八畳《はちじょう》のリビングの隅《すみ》にソファベッドを置《お》いて寝起《ねお》きしている。

どうして母《はは》が、一人《ひとり》で四人《よにん》の子供《こども》を抱《かか》え込《こ》むことになったのか、事情《じじょう》はよくわからない。たとえば離婚《りこん》する際《さい》、父《ちち》と母《はは》で二人《ふたり》ずつ育《そだ》てる、というわけにいかなかったのだろうかと、わずか六〇平米《ろくじゅうへいべい》に五人分《ごにんぶん》の生活《せいかつ》の全《すべ》てを詰《つ》め込《こ》んだ家《いえ》に帰《かえ》ってくるたび、ため息《いき》が出《で》る。父《ちち》は一人《ひとり》も引《ひ》き取《と》りたくなかったのか？　それとも母《はは》が、誰《だれ》も手放《てばな》したくなかったのか？　その辺《あた》りは、話《はな》してくれてもよさそうなのに、父《ちち》も母《はは》も、特《とく》に教《おし》えてはくれない。そういうことは教《おし》えないのに、養育費《よういくひ》を毎月《まいつき》、一人当《ひとりあ》たり二万五千円《にまんごせんえん》支払《しはら》っているということを、父《ちち》は会《あ》うたびに自慢《じまん》げに強調《きょうちょう》する。

「つまりは、毎月十万《まいつきじゅうまん》が、俺《おれ》の給料《きゅうりょう》から一瞬《いっしゅん》で消《き》えるってわけだ」

ファミリーレストランのブース席《せき》で、きょうだい四人《よにん》と一緒《いっしょ》になってチョコレートパフェをつつきながら、必《かなら》ずそのセリフが口《くち》をつく。そう言《い》う時《とき》、父《ちち》は自慢《じまん》げではあるが、恩着《おんき》せがましいわけでも、惜《お》しんでいる様子《ようす》もない。心《こころ》から不定期《ふていき》の親子《おやこ》の面会《めんかい》を楽《たの》しんでいるように見《み》えたし、時々《ときどき》は——競馬《けいば》で勝《か》った時《とき》などは——ファミリーレストランでなく、高級中華料理《こうきゅうちゅうかりょうり》や焼肉《やきにく》の店《みせ》に連《つ》れて行《い》ってくれるのだ。食《た》べざかりの弟二人《おとうとふたり》の食欲《しょくよく》に臆《おく》することもなく。

母《はは》も母《はは》で、養育費《よういくひ》が少《すく》ないとか、もっとくれればいいのにとか、そういう文句《もんく》を子供《こども》の前《まえ》で口《くち》にしたことはない。ただ淡々《たんたん》と、仕事《しごと》に通《かよ》い、わたしたちの世話《せわ》をし、仕事《しごと》のない日《ひ》には単発《たんぱつ》のパートや内職《ないしょく》などをして、日々《ひび》を過《す》ごしている。

離婚《りこん》した両親《りょうしん》の間《あいだ》に修羅場《しゅらば》がないからと言《い》って、それはもちろん、わたしたちの生活《せいかつ》が楽《らく》だということではない。端的《たんてき》に言《い》うと、我《わ》が家《や》はとても貧《まず》しい。父《ちち》はタクシーの運転《うんてん》手《しゅ》、母《はは》はスーパーでレジ打《う》ちの仕事《しごと》、加《くわ》えて洋服《ようふく》のリフォームや裾《すそ》あげの内職《ないしょく》。それなのにわたしが、地元《じもと》でも有名《ゆうめい》なミッション系《けい》の女子校《じょしこう》・聖母女子学院《せいぼじょしがくいん》に高等部《こうとうぶ》から編入《へんにゅう》することができたのは、学院《がくいん》が設《もう》けている奨学金制度《しょうがくきんせいど》のおかげだった。その規定《きてい》はこうである。

『初等部《しょとうぶ》、中等部《ちゅうとうぶ》、高等部《こうとうぶ》、それぞれ受験合格者《じゅけんごうかくしゃ》の中《なか》から一名《いちめい》、成績優秀《せいせきゆうしゅう》であり、かつ経済的状況《けいざいてきじょうきょう》により進学困難《しんがくこんなん》な者《もの》に対《たい》して、授業料《じゅぎょうりょう》を免除《めんじょ》し、交通費《こうつうひ》、教科書代《きょうかしょだい》、その他学校生活《たがっこうせいかつ》にかかわる一切《いっさい》の費用《ひよう》を支給《しきゅう》することとする。また、返済《へんさい》の義務《ぎむ》はなしとする。』

わたしは昔《むかし》から、この女子学院《じょしがくいん》に憧《あこが》れていた。電車《でんしゃ》で見《み》かける、清楚《せいそ》で可愛《かわい》らしい制服《せいふく》。キリスト教《きょう》を軸《じく》とした、凜《りん》とした校風《こうふう》。そして何《なに》より、女生徒《じょせいと》の顔《かお》がみんな輝《かがや》いていた。

こんな学校《がっこう》で学《まな》べたら、どんなに良《い》いだろう。わたしだって、合格《ごうかく》して奨学生《しょうがくせい》に選《えら》ばれれば、通《かよ》うことができる——その一心《いっしん》で、小学校高学年《しょうがっこうこうがくねん》のときから一生懸命勉強《いっしょうけんめいべんきょう》した。塾《じゅく》や家庭教師《かていきょうし》などに費《つい》やすお金《かね》はないから参考書《さんこうしょ》だけ買《か》ってもらって、それを塗《ぬ》りつぶすほど、繰《く》り返《かえ》し問題《もんだい》を解《と》いた。

高等部《こうとうぶ》の合格通知《ごうかくつうち》とともに奨学生選定通知書《しょうがくせいせんていつうちしょ》が同封《どうふう》されていたとき、わたしはどれだけ舞《ま》い上《あ》がっただろう。期待《きたい》はしていた。希望《きぼう》は捨《す》てなかった。けれども、本当《ほんとう》に、そのたった一名《いちめい》になれるなんて！

入学式《にゅうがくしき》までの日々《ひび》、制服《せいふく》の採寸《さいすん》や学校指定鞄《がっこうしていかばん》の受《う》け取《と》り、オリエンテーションなどで何度《なんど》かキャンパスへ足《あし》を運《はこ》んだ。初《はじ》めて学院内《がくいんない》に足《あし》を踏《ふ》み入《い》れた時《とき》は、胸《むね》が痛《いた》くなるほど高鳴《たかな》ったし、たおやかに振《ふ》る舞《ま》う制服姿《せいふくすがた》の先輩《せんぱい》たちを見《み》れば、自分《じぶん》もこのようになれるのだ、とドキドキした。

けれども――。

入学《にゅうがく》して二週間《にしゅうかん》。結局《けっきょく》、わたしの居場所《いばしょ》はここにもなかった。

友達《ともだち》はできた。一緒《いっしょ》にお弁当《べんとう》を食《た》べる子《こ》もいる。けれども、やはりわたしだけが、ここにそぐわないような感覚《かんかく》がずっと続《つづ》いている。授業《じゅぎょう》を受《う》けていても、朝《あさ》と下校時《げこうじ》にクラスで祈《いの》りをささげている時《とき》にも、わたしだけが場違《ばちが》いなのだ。

自分《じぶん》だけが奨学金《しょうがくきん》をもらわずにはこの学校《がっこう》に通《かよ》えないという僻《ひが》みと、何《なん》の不自由《ふじゆう》もない生活《せいかつ》を送《おく》っているクラスメイトたちへの妬《ねた》みのせいかと思《おも》っていたが、アルバイトを始《はじ》めてみて、どうやらそうではないことがわかった。

アルバイトは（本当《ほんとう》は学校《がっこう》では固《かた》く禁止《きんし》されているのだが）、母《はは》と同《おな》じスーパーでのレジ打《う》ちなのだが、やはりそこでも同年代《どうねんだい》の誰《だれ》ともそりが合《あ》わず、ただ黙々《もくもく》と日々《ひび》をやり過《す》ごしているだけだ。最初《さいしょ》の頃《ころ》こそ、休憩時間《きゅうけいじかん》に話《はな》しかけてきてくれた子《こ》たちもいたが、わたしが聖母女子学院《せいぼじょしがくいん》に通《かよ》っていることがわかると、へえと感心《かんしん》したっきり、次《つぎ》の日《ひ》からは遠巻《とおま》きに眺《なが》めるだけになった。

――なんで聖母女子《せいぼじょし》の子《こ》が、スーパーでバイトしてんの。

――お母《かあ》さんもここで働《はたら》いてるよ。

——えー！　金持《かねも》ちじゃないんだ。じゃあ聖母女子《せいぼじょし》なんて、絶対《ぜったい》ガセだね。

——でもこの間《あいだ》、制服着《せいふくき》てたよ。

——マジ？　ありえないよ。

ロッカールームから、そんな会話《かいわ》が聞《き》こえてきたこともある。結局《けっきょく》、わたしの存在《そんざい》はどこに行《い》っても中途半端《ちゅうとはんぱ》なのだ。……そう思《おも》っていた。

白石《しらいし》いつみに出逢《であ》うまでは。


白石《しらいし》いつみに初《はじ》めて出逢《であ》った時《とき》のことを、わたしは今《いま》でもよく思《おも》いだす。

馴染《なじ》んだふりだけ上手《じょうず》になるばかりで、わたしは心《こころ》から学院生活《がくいんせいかつ》を楽《たの》しんでいるわけではなかった。だから休《やす》み時間《じかん》になると、よく一人《ひとり》で校舎三階《こうしゃさんかい》にある屋上《おくじょう》テラスに来《き》ては、柵越《さくご》しにキャンパスを眺《なが》めていた。

ここにはいつも誰《だれ》もおらず、ひっそりとしている。以前《いぜん》はにぎわっていたらしいが、第《だい》一校舎《いちこうしゃ》にサンルームができてからは、そちらがたまり場《ば》になっているそうだ。天候《てんこう》にも左《さ》右《ゆう》されず、また日焼《ひや》けの心配《しんぱい》のない、紫外線《しがいせん》カット加工《かこう》を施《ほどこ》したガラス天井《てんじょう》のサンルームの方《ほう》が、女子《じょし》の人気《にんき》が出《で》るのは当然《とうぜん》だろう。

わたしがいつも眺《なが》めていたのは、校庭脇《こうていわき》にある小《ちい》さな聖堂《せいどう》だ。三角屋根《さんかくやね》の上《うえ》に十字架《じゅうじか》が立《た》っている、古《ふる》びた木造《もくぞう》の聖堂《せいどう》。全校生徒《ぜんこうせいと》を収容《しゅうよう》できる大聖堂《だいせいどう》は新聖堂《しんせいどう》、こちらは旧《きゅう》聖堂《せいどう》と呼《よ》ばれている。毎日《まいにち》、朝《あさ》と下校前《げこうまえ》のホームルームでの「主《しゅ》の祈《いの》り」は教室《きょうしつ》で唱《とな》えるが、宗教《しゅうきょう》の授業《じゅぎょう》などは旧聖堂《きゅうせいどう》へ行《い》ってシスターの話《はなし》を聞《き》き、聖歌《せいか》を歌《うた》う。中《なか》は粗末《そまつ》な木《き》の長椅子《ながいす》と調子《ちょうし》外《はず》れのオルガン、そしてところどころ塗装《とそう》のはげたイエス・キリストの磔刑像《たっけいぞう》が祭壇《さいだん》にかかっているだけだ。

この聖堂《せいどう》に行《い》くと、わたしの心《こころ》は不思議《ふしぎ》と落《お》ち着《つ》くのだった。もともとイギリスの修《しゅう》道女《どうじょ》が戦後《せんご》に来日《らいにち》し、キリスト教精神《きょうせいしん》を礎《いしずえ》とした女子教育《じょしきょういく》を行《おこな》うという目的《もくてき》で創立《そうりつ》した学校《がっこう》だ。初等部《しょとうぶ》から短大《たんだい》までの一貫教育《いっかんきょういく》を行《おこな》うこの聖母女子学院《せいぼじょしがくいん》は、校舎《こうしゃ》も、併設《へいせつ》された修道院《しゅうどういん》も、年月《ねんげつ》は経《た》っているものの、まるで日本《にほん》にあるとは思《おも》えないような、洒落《しゃれ》た造《つく》りとなっている。まして十年前《じゅうねんまえ》に新築《しんちく》されたという新聖堂《しんせいどう》に至《いた》っては、入口《いりぐち》には優《ゆう》美《び》なマリア像《ぞう》が据《す》えられ、祭壇《さいだん》の背後《はいご》には著名《ちょめい》なクリスチャン・アーティストが手《て》がけた大《おお》きなステンドグラスがはめこまれており、キャンパスの中《なか》でも圧倒的《あっとうてき》な美《うつく》しさと存在感《そんざいかん》を放《はな》っている。そんななかで、旧聖堂《きゅうせいどう》だけは派手《はで》な装飾《そうしょく》もなく、その質素《しっそ》な佇《たたず》まいが、なんとなくわたし自身《じしん》の存在《そんざい》と重《かさ》なるような気《き》がしたのだ。

テラスの床《ゆか》に直接座《ちょくせつすわ》り、旧聖堂《きゅうせいどう》をときどき眺《なが》めながら、エズラ・パウンドの詩集《ししゅう》を読《よ》む。それが、わたしの気《き》に入《い》っている休《やす》み時間《じかん》の過《す》ごし方《かた》だった。

「いつもここにいるのね」

突然《とつぜん》、声《こえ》をかけられた。顔《かお》を上《あ》げると、白石《しらいし》いつみがわたしを覗《のぞ》き込《こ》んでいた。

「本《ほん》が好《す》きなの？　よく読《よ》んでるわよね」

「ええ、まあ……」

白石《しらいし》いつみに声《こえ》をかけられるとは！

彼女《かのじょ》のことは、入学当初《にゅうがくとうしょ》からよく知《し》っていた。もともと一学年三《いちがくねんさん》クラスしかない小規《しょうき》模《ぼ》な女子校《じょしこう》だし、また女子校《じょしこう》の特性《とくせい》として、容姿《ようし》に秀《ひい》でた先輩《せんぱい》は下級生《かきゅうせい》の憧《あこが》れの的《まと》になる。しかも彼女《かのじょ》の父親《ちちおや》はこの学院《がくいん》の経営者《けいえいしゃ》で、リッチな女生徒《じょせいと》が通《かよ》うこの学院《がくいん》の中《なか》でさえ、飛《と》びぬけて裕福《ゆうふく》だ。そしてわたしが受《う》けている「白石記念奨学金《しらいしきねんしょうがくきん》」は彼女《かのじょ》の父親《ちちおや》が設立《せつりつ》したもので、つまり、彼女《かのじょ》の父親《ちちおや》のお陰《かげ》でわたしはこの学院《がくいん》に通《かよ》えているわけである。

ただ、わたしが奨学生《しょうがくせい》であろうがなかろうが関係《かんけい》ない。この学院《がくいん》に通《かよ》っていながら白《しら》石《いし》いつみを知《し》らない者《もの》などいないだろう。初等部《しょとうぶ》、中等部《ちゅうとうぶ》、高等部《こうとうぶ》の全校生徒《ぜんこうせいと》は、このとびきり美《うつく》しく聡明《そうめい》な女生徒《じょせいと》に憧《あこが》れ、一挙一動《いっきょいちどう》に常《つね》に注目《ちゅうもく》し、手本《てほん》とし、学院生活《がくいんせいかつ》を送《おく》っているのである。

初《はじ》めて身近《みぢか》にいつみを見《み》て、ぼんやり見惚《みと》れていると、いつみが言《い》った。

「わたし、高等部《こうとうぶ》の文学《ぶんがく》サークルを主宰《しゅさい》してるの。そんなに本《ほん》がお好《す》きなら、いらっしゃらない？」

もちろん文学《ぶんがく》サークルのことも知《し》っていた。そして誰《だれ》もがそのメンバーになりたがっていた。別館校舎《べっかんこうしゃ》にしつらえられた、特別《とくべつ》サロン。噂《うわさ》で聞《き》けば聞《き》くほど、女子《じょし》の憧《あこが》れ全《すべ》てが揃《そろ》っている。一度《いちど》でいいからそこで紅茶《こうちゃ》を飲《の》んでみたいというのが、女生徒《じょせいと》たちの夢《ゆめ》になっていた。

文学《ぶんがく》サークルと銘打《めいう》ってはいるが、文学《ぶんがく》に興味《きょうみ》があれば誰《だれ》でも入会《にゅうかい》できるというわけではない。白石《しらいし》いつみからの誘《さそ》いがなければ、入《はい》ることなどできないのだ。逆《ぎゃく》に言《い》えば、文学《ぶんがく》に興味《きょうみ》がなくても、小説《しょうせつ》が書《か》けなくても、評論《ひょうろん》ができなくても、読書《どくしょ》が得意《とくい》でなくても、白石《しらいし》いつみに気《き》に入《い》ってさえもらえれば入会《にゅうかい》できるという。だから現在《げんざい》のメンバー五名《ごめい》は、いつみ自《みずか》らが選《えら》んだ特別《とくべつ》な生徒《せいと》ということになり、みんなから一目置《いちもくお》かれる存在《そんざい》だ。つまり、一種《いっしゅ》の社交《しゃこう》クラブのような、属《ぞく》しているだけでステイタスになるサークルなのだった。

「わたしなんかがお邪魔《じゃま》してもよろしいんですか？」

おずおずと尋《たず》ねた。

「もちろんよ。どうして？」

「だって……」一瞬迷《いっしゅんまよ》ったが、正直《しょうじき》に答《こた》えた。「あそこは特別《とくべつ》な人《ひと》しか入《はい》れないと聞《き》いたから」

いつみは大声《おおごえ》を上《あ》げて笑《わら》った。それがイメージと違《ちが》って、良《い》い意味《いみ》であけっぴろげで、親《した》しみが湧《わ》いたのは事実《じじつ》だ。

「いやねえ。誰《だれ》だって歓迎《かんげい》よ。噂《うわさ》ばかりが一人歩《ひとりある》きして、誰《だれ》もドアを叩《たた》いてくれないだけ。さあ行《い》きましょう」

「いえ、わたしは……」

「遠慮《えんりょ》しなくていいじゃない。——あなた、二谷美礼《にたにみれい》さんでしょ?」

驚《おどろ》いていつみの顔《かお》を見《み》た。わたしがいつみのことを知《し》っていても、彼女《かのじょ》が入学《にゅうがく》したての下級生《かきゅうせい》、しかも地味《じみ》なわたしのことなど知《し》っているとは思《おも》わなかった。いつみはわたしの驚《おどろ》きを察《さっ》したように、朗《ほが》らかに笑《わら》った。

「だってあなた、今年《ことし》の高等部《こうとうぶ》の奨学生《しょうがくせい》でしょう。注目《ちゅうもく》の的《まと》よ」

そうだったのか。

周《まわ》りに奨学生《しょうがくせい》だと知《し》られることは、家庭《かてい》の事情《じじょう》をさらけ出《だ》すようで、恥《は》ずかしかった。自分《じぶん》からクラスメイトに打《う》ち明《あ》けたこともないし、教師《きょうし》が他《ほか》の生徒《せいと》に話《はな》しているのも聞《き》いたことがない。しかし、やはり小《ちい》さな女子校《じょしこう》では、自然《しぜん》とそういう噂《うわさ》は広《ひろ》まるのだろう。わたしは背伸《せの》びをして他《ほか》の生徒《せいと》たちと並《なら》ぼうとしていた自分《じぶん》が、とたんに恥《は》ずかしくなった。

「ねえ、サロンにいらっしゃいよ。入会《にゅうかい》するかどうかは、あとから考《かんが》えればいいわ。自《じ》慢《まん》のブック・コレクションもあるのよ」

「何《なに》を置《お》いてあるんですか」興味《きょうみ》が湧《わ》いた。

「そうね……あなたが好《す》きそうなものなら、T《ティー》・S《エス》・エリオットやイェーツなどかしらね。もちろんエズラ・パウンドもあるわよ」

それは読《よ》んでみたい。ハードカバーの高価《こうか》な本《ほん》ばかりで、とても買《か》えるようなものではないのだ。

こうしてわたしは招《まね》かれるまま、サロンを訪《たず》ねることになったのだった。


サロンに初《はじ》めて足《あし》を踏《ふ》み入《い》れたときの感動《かんどう》を、どう伝《つた》えたら良《い》いだろう？　高《たか》い天井《てんじょう》から吊《つ》り下《さ》げられた、黒《くろ》く光《ひか》るシャンデリア。ふかふかの絨毯《じゅうたん》。外国製《がいこくせい》の大《おお》きなアンティーク・ソファア。ジノリやウェッジウッドなど高級食器《こうきゅうしょっき》が並《なら》ぶキャビネット。煉瓦造《れんがづく》りの暖炉《だんろ》。そして壁一面《かべいちめん》を埋《う》め尽《つ》くす蔵書《ぞうしょ》。外国語《がいこくご》の書物《しょもつ》もかなり揃《そろ》っていて、まるで壁《かべ》を飾《かざ》るアートのようでもあった。

圧倒《あっとう》されていると、いつみがシェルフから一冊《いっさつ》の本《ほん》を取《と》り出《だ》した。

「エズラ・パウンドの『ヒュー・セルウィン・モーバリー』。とても稀少《きしょう》で、しかもサイン入《い》りの本《ほん》なの。よろしかったらご覧《らん》になって」

その茶表紙《ちゃびょうし》の本《ほん》を手《て》にとって驚《おどろ》いた。噂《うわさ》で聞《き》いたことがある。一九二〇年《ねん》に出版《しゅっぱん》された奇書《きしょ》で、現在《げんざい》だと確《たし》か百万円《ひゃくまんえん》以上《いじょう》する代物《しろもの》だ。それが今《いま》、わたしの手元《てもと》にあるなんて。震《ふる》える指《ゆび》で表紙《ひょうし》をめくると、タイトルページの左側《ひだりがわ》に、ぶっきらぼうなエズラの自筆《じひつ》サインがあった。

「すごい。どうしてこんなものが」

「父《ちち》のつてを使《つか》って手《て》に入《い》れたの。このサロンには、珍《めずら》しい本《ほん》がたくさんあるのよ。なんでもお手《て》にとって読《よ》んでちょうだい」

ここに来《き》て良《よ》かった。心《こころ》からそう思《おも》いながら、わたしはシェルフを一段《いちだん》一段《いちだん》、じっくり眺《なが》めた。

「蔵書見学《ぞうしょけんがく》はひと休《やす》みにして、お茶《ちゃ》でも召《め》し上《あ》がらない？」

奥《おく》から別《べつ》の女生徒《じょせいと》が、トレイを運《はこ》んできた。

「新《あたら》しい方《かた》ね。わたし、副会長《ふくかいちょう》の澄川小百合《すみかわさゆり》。よろしくね」

トレイからティーカップとケーキ皿《ざら》をテーブルに置《お》きながら、小百合《さゆり》が会釈《えしゃく》した。小《さ》百合《ゆり》のことも、入学《にゅうがく》したときから知《し》っていた。白石《しらいし》いつみの、初等部時代《しょとうぶじだい》からの親友《しんゆう》。

華《はな》やかないつみとは、また別《べつ》の美《うつく》しさを持《も》っている。つややかな長《なが》い黒髪《くろかみ》に、柔《やわ》らかそうな白《しろ》い肌《はだ》。リップクリームすらつけず、装飾《そうしょく》は十字架《じゅうじか》のネックレスだけ。それなのに、しっとりとした朝露《あさつゆ》のような美《うつく》しさだ。

二人《ふたり》が並《なら》んでいると、そこだけが違《ちが》う空気《くうき》に包《つつ》まれる。まるで銀幕《ぎんまく》の世界《せかい》に息《いき》づくトップスター。そんな感《かん》じだ。

「いつみ。この方《かた》、今年度《こんねんど》の奨学生《しょうがくせい》の方《かた》じゃないの？」

小百合《さゆり》がいつみに聞《き》いた。

「そう。本《ほん》が好《す》きみたいだから、声《こえ》をかけたの」

「奨学生試験《しょうがくせいしけん》には、読書論文《どくしょろんぶん》もあるものね。きっと鋭《するど》い視点《してん》を持《も》っていらっしゃるんだわ。ぜひサークルに参加《さんか》してちょうだい。楽《たの》しみだわ」

ふんわりと微笑《ほほえ》み、小百合《さゆり》はわたしにお菓子《かし》を勧《すす》めてくれた。春《はる》らしく、いちごのタルトだった。

「美味《おい》しい！」思《おも》わずため息《いき》が漏《も》れた。「これ、澄川先輩《すみかわせんぱい》が？」

「そう、と言《い》いたいところだけど違《ちが》うの。メンバーに、とてもお菓子作《かしづく》りの上手《じょうず》な方《かた》がいてね。スイーツは彼女《かのじょ》の専門《せんもん》になってるのよ。ご紹介《しょうかい》するわ。小南《こみなみ》さん、リビングにいらっしゃって」

小百合《さゆり》が奥《おく》に向《む》かって声《こえ》をかけた。インテリアや蔵書《ぞうしょ》に目《め》を奪《うば》われていたので気《き》づかなかったが、キッチンまであるのか。

「ちょうど今《いま》、マドレーヌも焼《や》けたところです。味見《あじみ》しませんか？」

ピンク色《いろ》のミトンを両手《りょうて》につけ、焼《や》き菓子《がし》を載《の》せたオーブントレイを持《も》ってキッチンから出《で》てきたのは、白《しろ》いフリルのエプロン姿《すがた》の女生徒《じょせいと》だった。くるくるとカールした髪《かみ》を腰《こし》までたらした、童顔《どうがん》で愛《あい》くるしい少女《しょうじょ》。わたしは急《きゅう》に、自分《じぶん》だけが場違《ばちが》いなのではないか、とまた不安《ふあん》になった。

「二年生《にねんせい》の小南《こみなみ》あかねさん。彼女《かのじょ》はとにかくこのキッチンがお気《き》に入《い》りで、本《ほん》を読《よ》むよりキッチンで新《あたら》しいレシピに試行錯誤《しこうさくご》している方《ほう》が多《おお》いくらいなの」

いつみがおかしそうに笑《わら》うと、

「あら、ちゃんと読書《どくしょ》だってしてます。まったく、白石先輩《しらいしせんぱい》ったら」

小南《こみなみ》が可愛《かわい》らしい頬《ほお》を膨《ふく》らませてムキになった。

その時《とき》、ドアが開《あ》いて三人《さんにん》の女生徒《じょせいと》が連《つ》れ立《だ》って入《はい》ってきた。

「わあ、良《い》い匂《にお》い！」

「今日《きょう》のスイーツはなあに？」

挨拶《あいさつ》もすっ飛《と》ばして、鼻《はな》をうごめかしている。

「あらあらお嬢《じょう》さんたち。新《しん》メンバーの前《まえ》で、はしたなくてよ」

小百合《さゆり》が笑《わら》いながらたしなめると、三人《さんにん》はわたしの存在《そんざい》に気《き》づき、いたずらっこのように舌《した》を出《だ》して顔《かお》を見合《みあ》わせた。

「二年《にねん》の高岡志夜《たかおかしよ》です。このサークルを白石先輩《しらいしせんぱい》と澄川先輩《すみかわせんぱい》が復活《ふっかつ》させてからの、栄《は》えある最初《さいしょ》のメンバー。いちおう、現役《げんえき》の作家《さっか》として活動《かつどう》してます」

爽《さわ》やかなポニーテールの、凛《りん》とした美少女《びしょうじょ》。

「三年《さんねん》の古賀園子《こがそのこ》。いつみと小百合《さゆり》とはクラスメイトなんだ。よろしくね」

シャープな眼鏡《めがね》の奥《おく》に切《き》れ長《なが》の瞳《ひとみ》を光《ひか》らせた、理知的《りちてき》なアイアン・レディ。

「ディアナ・デチェヴァ、留学生《りゅうがくせい》です。ブルガリアから来《き》ました」

彫《ほ》りの深《ふか》い顔立《かおだ》ちをした、神秘的《しんぴてき》な東欧《とうおう》の妖精《ようせい》。

みんなそれぞれに個性的《こせいてき》な美《うつく》しさと品《ひん》を備《そな》えている。どうして、わたしだけ……また惨《みじ》めな気持《きも》ちで萎《しぼ》みそうになったところを、ぐっとこらえる。

「さあ、メンバー全員《ぜんいん》が揃《そろ》ったところで、ティータイムにしましょう」

小百合《さゆり》がロイヤル・コペンハーゲンのティー・セットを用意《ようい》する隣《となり》で、あかねがマドレーヌを人数分《にんずうぶん》、皿《さら》に取《と》り分《わ》ける。

夢《ゆめ》みたいだ。このわたしが、全校生徒《ぜんこうせいと》憧《あこが》れのサロンに招《まね》かれて、煌《きら》びやかなメンバー

と共《とも》にお茶《ちゃ》に与《あずか》るなんて。おしゃべりと笑《わら》い声《ごえ》が飛《と》び交《か》う中《なか》で、なかなか輪《わ》に加《くわ》われず黙々《もくもく》とマドレーヌを食《た》べていると、

「二谷《にたに》さんは、どんな本《ほん》を読《よ》むの？」

古賀園子《こがそのこ》が話《はな》しかけてくれた。

「ええと、今《いま》はベケットを頑張《がんば》って読《よ》んでるところです」

「へえ、ユニークな趣味《しゅみ》だね。わたしはああいうの、難《むずか》しくてダメだ」

「古賀先輩《こがせんぱい》はどんなものを？」

「うーん、理系《りけい》なもんでね。医療《いりょう》ものとか、作家《さっか》にこだわらず適当《てきとう》に読《よ》む感《かん》じ」

ショートボブのさらさらした髪《かみ》をかき上《あ》げ、古賀《こが》が笑《わら》った。その時《とき》なめらかな首筋《くびすじ》から、ふわりと良《い》い香《かお》りがした。

「わぁ……何《なん》の香《かお》りですか」

「これ？　ゲランのミュゲ」

「あら」香水《こうすい》の名前《なまえ》を聞《き》きつけて、いつみが会話《かいわ》に入《はい》ってきた。「園子《そのこ》、もうミュゲを手《て》に入《い》れたの？　今年《ことし》のは、まだ発売《はつばい》されてないじゃない」

「特別《とくべつ》に早《はや》くフランスから取《と》り寄《よ》せてもらえたんだ」

わたしには聞《き》いたこともない香水《こうすい》だったが、毎年春《まいとしはる》に数量《すうりょう》も販売店舗《はんばいてんぽ》も限定《げんてい》で売《う》り出《だ》

されるのだという。うっとりとするような、忘《わす》れられないような香《かお》りだった。

「じゃあしばらくは、この香《かお》りはあなたが独《ひと》り占《じ》めってわけね」

古賀《こが》といつみのこんな会話《かいわ》さえも、わたしにとっては優雅《ゆうが》に聞《き》こえる。

「タルトを食《た》べ過《す》ぎちゃった。胸《むね》が苦《くる》しいわ。よかったら召《め》し上《あ》がってくださらない」

さりげなく、いつみがマドレーヌを差《さ》し出《だ》してくれた。とっくに自分《じぶん》の分《ぶん》を平《たい》らげてしまっていたわたしは、きっと物欲《ものほ》しそうな顔《かお》をしていたのだろう。恥《は》ずかしいと思《おも》ったが、迷《まよ》わず手《て》を伸《の》ばした。市販《しはん》のものなんかより、ずっとずっと美味《おい》しいのだ。

マドレーヌはほどよい甘《あま》さで、ラム酒《しゅ》の香《かお》りが効《き》いていた。酔《よ》いそうなほどだった。いや、実際《じっさい》に酔《よ》いしれていたのだ。ゴージャスなサロン、美《うつく》しい会長《かいちょう》と副会長《ふくかいちょう》、素敵《すてき》で個《こ》性的《せいてき》なメンバーたち、そして楽《たの》しいおしゃべりに。

食《た》べなれないものを食《た》べたせいか、サロンの華《はな》やかさにあてられたのか……その夜《よる》、わたしは家《いえ》に帰《かえ》って、胃《い》の中《なか》のものを全《すべ》て戻《もど》してしまった。

わたしはあの日《ひ》、入学《にゅうがく》して以来《いらい》初《はじ》めて心《こころ》から笑《わら》うことができた。家族《かぞく》でもなく、クラスメイトでもなく、教師《きょうし》たちでもなく、白石《しらいし》いつみこそが、わたしに居場所《いばしょ》を与《あた》えてくれたのだ。

サークルでの活動《かつどう》は、楽《たの》しいものだった。

月曜日《げつようび》は読書会《どくしょかい》で、一冊《いっさつ》の本《ほん》を読《よ》み、みんなで感想《かんそう》を述《の》べ合《あ》う。火曜日《かようび》は討論会《とうろんかい》……というと堅《かた》く聞《き》こえるが、実際《じっさい》は文学《ぶんがく》に関《かん》することを気《き》ままにおしゃべりするだけ。水曜日《すいようび》は蔵書整理《ぞうしょせいり》ということで、お休《やす》み。木曜日《もくようび》と金曜日《きんようび》はフリー活動《かつどう》。執筆《しっぴつ》したい者《もの》は執筆《しっぴつ》すればよし、シェルフの本《ほん》を読《よ》み耽《ふけ》るもよし。基本的《きほんてき》に参加《さんか》は自由《じゆう》だが、みんなの出席率《しゅっせきりつ》は高《たか》い。それにはわれらがパティシエ、小南《こみなみ》あかねのデザートも貢献《こうけん》しているに違《ちが》いない。

しかし、わたしにとって放課後《ほうかご》とは、高校生《こうこうせい》であるわたしが唯一《ゆいいつ》お金《かね》を稼《かせ》げる時間《じかん》だ。憧《あこが》れのサークルに入会《にゅうかい》できたものの、それから一週間《いっしゅうかん》、会合《かいごう》へ参加《さんか》できることはほとんどなかった。

「せっかく入会《にゅうかい》したのに、あまりサロンにいらっしゃらないのね。お忙《いそが》しいの？」

ある日廊下《ひろうか》でいつみとすれ違《ちが》ったとき、呼《よ》び止《と》められた。

「いえ、あの……実《じつ》はアルバイトをしてるんです」

「――アルバイト？」

いつみは眉《まゆ》を寄《よ》せた。校則《こうそく》でアルバイトは禁止《きんし》されていた。それは奨学生《しょうがくせい》も同《おな》じだった。勉学《べんがく》に集中《しゅうちゅう》するという目的《もくてき》での奨学金制度《しょうがくきんせいど》なのだから。けれども我《わ》が家《や》は、わたしの教育費《きょういくひ》にお金《かね》がかからないとは言《い》っても、そもそもギリギリの生活《せいかつ》だったわけだし、少《すこ》しでもアルバイトをしなければ回《まわ》らないのだった。

いつみの父親《ちちおや》に奨学金《しょうがくきん》をだしてもらっているわけだから、アルバイトの件《けん》がいつみにバレれば、奨学金《しょうがくきん》を打《う》ち切《き》られるかもしれない。けれどもわたしは、このまっすぐで美《うつく》しい先輩《せんぱい》に、嘘《うそ》をついたりしたくなかった。

「アルバイトって、なんの？」

「スーパーのレジです。母《はは》と一緒《いっしょ》に」

「まあ、そうだったの……」

いつみは目《め》を細《ほそ》めた。それからしばらく考《かんが》えると、

「あのね、気《き》を悪《わる》くしないで聞《き》いてほしいんだけど」と続《つづ》けた。

「アルバイトするなら、あなたにもっとふさわしいものがあると思《おも》う。スーパーのレジが悪《わる》いって言《い》ってるんじゃないの。適材適所《てきざいてきしょ》よ。あなたはせっかく頭《あたま》がいいんだもの。それを活用《かつよう》してみない？」

「活用《かつよう》？」

「実《じつ》は、弟《おとうと》の家庭教師《かていきょうし》を探《さが》していたの。今《いま》小学校《しょうがっこう》の四年生《よねんせい》なんだけど、算数《さんすう》と国語《こくご》が苦手《にがて》でね。あなたなら、両方得意《りょうほうとくい》でしょう？」

「でも、わたしなんて……」

「うちの弟《おとうと》の家庭教師《かていきょうし》をするというのなら、学校《がっこう》だって文句《もんく》は言《い》えないし、父《ちち》だって喜《よろこ》ぶもの。堂々《どうどう》とアルバイトできるわよ」

いつみは柔《やわ》らかく微笑《ほほえ》んだ。

わたしは嬉《うれ》しくなった。いつみは、わたしの状況《じょうきょう》を察《さっ》し、わたしにとっても、学校《がっこう》にとっても、奨学金制度《しょうがくきんせいど》にとっても問題《もんだい》にならない方法《ほうほう》を、瞬時《しゅんじ》に考《かんが》え出《だ》してくれたのだ。

そんな彼女《かのじょ》の気持《きも》ちが、わたしには何《なに》より意味《いみ》のあるものだった。

「じゃあ喜《よろこ》んで、引《ひ》き受《う》けさせていただきます」

この件《けん》以来《いらい》、ますますわたしはいつみを尊敬《そんけい》し、慕《した》うようになった。

いつみの自宅《じたく》は——いや、屋敷《やしき》という方《ほう》が相応《ふさわ》しいだろうか——山《やま》の手《て》にあった。

黒《くろ》い自家用車《じかようしゃ》の後部座席《こうぶざせき》に座《すわ》って、なだらかに続《つづ》く坂道《さかみち》と、うっそうと繁《しげ》る緑《みどり》を眺《なが》めていた。すでに六十《ろくじゅう》は越《こ》していると思《おも》われる、眉毛《まゆげ》まで白《しろ》くなった運転手《うんてんしゅ》は、濃紺《のうこん》のスーツを着《き》て白《しろ》い手袋《てぶくろ》をし、わたしにもとても丁重《ていちょう》に話《はな》しかけてくれた。

「美礼《みれい》お嬢様《じょうさま》、冷房《れいぼう》はきつすぎませんか？」

「美礼《みれい》お嬢様《じょうさま》、車酔《くるまよ》いは大丈夫《だいじょうぶ》でいらっしゃいますか？」

「美礼《みれい》お嬢様《じょうさま》、いつみお嬢様《じょうさま》は、学校《がっこう》ではどのようなご様子《ようす》でいらっしゃいますか？」

お嬢様《じょうさま》と呼《よ》ばれたことなんて、人生《じんせい》で一度《いちど》もない。わたしはなんだかくすぐったくて、小《ちい》さな声《こえ》でもそもそと答《こた》えるだけだった。

「室生《むろう》さん」いつみが運転手《うんてんしゅ》に話《はな》しかけた。「美礼《みれい》さんは、今日《きょう》から和樹《かずき》の家庭教師《かていきょうし》をしてくださるのよ」

「それはそれは。もう一人《ひとり》お姉《ねえ》さまが増《ふ》えたみたいで、和樹《かずき》さまもお喜《よろこ》びになるでしょう」

バックミラー越《ご》しに、運転手《うんてんしゅ》と目《め》があった。穏《おだ》やかで、白石家《しらいしけ》に長年愛情《ながねんあいじょう》を持《も》って勤《つと》めていることが、その眼差《まなざ》しに表《あらわ》れていた。幸《しあわ》せな家庭《かてい》なのだろうな、とわたしは思《おも》った。

いつみの屋敷《やしき》には、噂通《うわさどお》り、プールがあった。それだけでなく、鯉《こい》の泳《およ》ぐ池《いけ》もあり、小《ちい》さく作《つく》った滝《たき》もあり、立派《りっぱ》な石灯籠《いしどうろう》があり、茶室《ちゃしつ》らしき枯《か》れた離《はな》れもあった。屋敷《やしき》は広《ひろ》く、戦前《せんぜん》の洋館《ようかん》のような、洒落《しゃれ》たモダンな造《つく》りだった。

しかしそれよりも何《なに》よりも、わたしはいつみの家族《かぞく》に心惹《こころひ》かれた。おっとりと淑《しと》やかな母親《ははおや》。学校《がっこう》の他《ほか》にも、総合病院《そうごうびょういん》やゼネコンなどを多角的《たかくてき》に経営《けいえい》しており、人《ひと》を射抜《いぬ》くような眼差《まなざ》しを持《も》つ父親《ちちおや》（いつみの優雅《ゆうが》な雰囲気《ふんいき》は母親《ははおや》に、鋭敏《えいびん》な雰囲気《ふんいき》は父親《ちちおや》に似《に》たのだと思《おも》う）。そして行儀《ぎょうぎ》も言葉遣《ことばづか》いも良《い》いが、小学生《しょうがくせい》らしい茶目《ちゃめ》っ気《け》たっぷりの弟《おとうと》。彼《かれ》らが何《なに》をしていても、行動《こうどう》や言葉《ことば》の端々《はしばし》に気品《きひん》がにじみ出《で》る。これが本当《ほんとう》の、上流階《じょうりゅうかい》級《きゅう》なのだ。ほんの十六《じゅうろく》のわたしでさえ、そう感《かん》じ入《い》った。

その夜《よる》、わたしは和樹君《かずきくん》に算数《さんすう》と国語《こくご》を一時間《いちじかん》ずつ教《おし》え、夕食《ゆうしょく》をごちそうになり、帰《かえ》り際《ぎわ》に封筒《ふうとう》をもらった。帰《かえ》りの車《くるま》の中《なか》でこっそりと封筒《ふうとう》を覗《のぞ》いてみると、一万円《いちまんえん》入《はい》っていた。これは月謝《げっしゃ》だろうか？　まさか今日《きょう》の二《に》時間分《じかんぶん》ではないだろう。時給《じきゅう》五千円《ごせんえん》なんて、プロの家庭教師《かていきょうし》でもなかなかもらえる額《がく》ではない。

けれども次《つぎ》の日《ひ》、学校《がっこう》でいつみに確認《かくにん》してみると、日給《にっきゅう》だということだった。

「多《おお》すぎます。いただけません」

返《かえ》そうとしたが、いつみは頑《がん》として受《う》け取《と》らなかった。

「だって、前《まえ》の家庭教師《かていきょうし》にも一回一万円《いっかいいちまんえん》、お支払《しはら》いしてたのよ」

「わたしはプロでもないし、それに有名大学《ゆうめいだいがく》の学生《がくせい》でもない。普通《ふつう》の高校生《こうこうせい》です。しかも、あなたの後輩《こうはい》。時給《じきゅう》で千円《せんえん》いただければ、ありがたいくらいです」

しばらく押《お》し問答《もんどう》が続《つづ》いて、やっといつみは折《お》れてくれた。

こうしてわたしは、家庭教師《かていきょうし》として白石家《しらいしけ》へ通《かよ》うことになったのだった。

いつみの母親《ははおや》は親切《しんせつ》な人《ひと》で、ときおり色々《いろいろ》なものをくれる。「お部屋《へや》に飾《かざ》って」と美《うつく》しいリモージュの置時計《おきどけい》を、「お母様《かあさま》とお使《つか》いになって」とレース編《あ》みのコースターを、「同《おな》じの買《か》っちゃったから」と切子《きりこ》のグラスを。我《わ》が家《や》には全《まった》く似《に》つかわしくないものだったので、ありがた迷惑《めいわく》だったのだが、ゴディバのチョコレートをもらって帰宅《きたく》したときは、妹《いもうと》や弟《おとうと》たちは大喜《おおよろこ》びだった。

「なんだ、こんなもの有難《ありがた》がってさ。あんた変《か》わったね」

一緒《いっしょ》になってチョコレートをつまみながら、母《はは》は皮肉《ひにく》を言《い》う。母《はは》は、わたしがスーパーのレジを辞《や》めてしまったことが気《き》に入《い》らないのだ。

「あ〜あ、家庭教師《かていきょうし》のない日《ひ》にシフト入《い》れてくれたら、もっと稼《かせ》げるのにさ」

不機嫌《ふきげん》そうに、母《はは》は次々《つぎつぎ》とトリュフを口《くち》に放《ほう》り込《こ》む。

「ダメだよ。本当《ほんとう》はアルバイト禁止《きんし》なんだから。レジを辞《や》める代《か》わりに、家庭教師《かていきょうし》をさせてもらってるんだもん。今度《こんど》違反《いはん》したら、退学《たいがく》になっちゃうかもしれないじゃない」

「いくらでもごまかせばいいじゃないか」

「お母《かあ》さんは、わたしが奨学金《しょうがくきん》をもらえなくなってもいいの？」

「母《かあ》さんは最初《さいしょ》から私学《しがく》なんて反対《はんたい》してたろ。退学《たいがく》になったらなったで結構《けっこう》じゃないか」

母《はは》はチョコレートでべとべとになっている弟《おとうと》の口元《くちもと》を拭《ふ》いてやりながら言《い》った。

「だいたいさ、家庭教師《かていきょうし》なんて毎日《まいにち》じゃないんだろ。なのにいつも帰《かえ》りが遅《おそ》いじゃないか」

「それは……サークルに入《はい》ったから」

「サークル？」

「そう。文学《ぶんがく》サークル」

「ああ、あんたは本《ほん》が好《す》きだからね。良《い》いご身分《みぶん》ですこと」

「そんな言《い》い方《かた》しないでよ。そもそも、こんな生活《せいかつ》がいやなら、お母《かあ》さんだって離婚《りこん》しなきゃ良《よ》かったんじゃない」

母《はは》は黙《だま》り込《こ》んだ。わたしは今《いま》まで、母《はは》にこんな口《くち》のきき方《かた》をしなかった。それなのに離《り》婚《こん》のことに触《ふ》れてしまったのは、一流《いちりゅう》の私学《しがく》で、一流《いちりゅう》の人《ひと》たちと交流《こうりゅう》しているという自《じ》負《ふ》によって、母《はは》のことを見下《みくだ》してしまったからかもしれない。

「なによあんた、生意気《なまいき》なこと言《い》うようになったね」

しかし母《はは》は怒《おこ》りもせず、ただ苦笑《くしょう》してぽつりとつぶやいた。

「そうね……居場所《いばしょ》かな」

「——え？」

「自分《じぶん》の居場所《いばしょ》がなくてさ、あの人《ひと》と結婚《けっこん》してるとき。きっと、あの人《ひと》も同《おな》じだったんじゃないかな」

わたしが驚《おどろ》いていると、母《はは》はあわてて続《つづ》けた。

「あ、物理的《ぶつりてき》な意味《いみ》じゃなくて、なんていうのかな、心《こころ》のよりどころっていうか――」

「わかる」

遮《さえぎ》ると、今度《こんど》は逆《ぎゃく》に母《はは》のほうが驚《おどろ》いた顔《かお》をした。

「わかるよ。わたしも同《おな》じだから」

そう言《い》うと、母《はは》はなんとなく穏《おだ》やかな顔《かお》になった。食卓《しょくたく》で向《む》かい合《あ》ったまま、しばらく無言《むごん》でお茶《ちゃ》をすすった。結局《けっきょく》、わたしたちは親子《おやこ》なんだなと思《おも》った。

母《はは》にとっての離婚《りこん》が居場《いば》所作《しょづく》りなら、わたしにとってそれは文学《ぶんがく》サークルであり文学《ぶんがく》サロンだった。そしてつくづく、それを与《あた》えてくれたいつみに感謝《かんしゃ》したい気持《きも》ちになった。


「あのう、なにかお返《かえ》しをしたいんですが」

一度《いちど》いつみに言《い》ってみたことがある。いつみだけでなく、わたしは白石家全員《しらいしけぜんいん》からさまざまな恩恵《おんけい》を受《う》けているからだ。しかしいつみは、

「もし本当《ほんとう》に恩返《おんがえ》しをしたいと思《おも》ってくれるのなら、わたしたちにでなく、恵《めぐ》まれない人《ひと》にしてさしあげて」

と微笑《ほほえ》むのだった。

さっそくわたしは、中学《ちゅうがく》の時《とき》に始《はじ》めたものの高校入試以後《こうこうにゅうしいご》はなかなかできなかったボ

ランティア活動《かつどう》に、真剣《しんけん》に取《と》り組《く》むことにした。インターネットで募集《ぼしゅう》を見《み》つけた、一人暮《ひとりぐ》らしのお年寄《としよ》りや、地方出身《ちほうしゅっしん》で知《し》り合《あ》いのいない人《ひと》たちなどの話《はな》し相手《あいて》だ。その理由《りゆう》は、彼《かれ》らの姿《すがた》が、つねに居場所《いばしょ》を探《さが》し続《つづ》けていたわたし自身《じしん》の姿《すがた》と重《かさ》なったからだ。見《み》ず知《し》らずの人《ひと》と会《あ》うのは、もちろん勇気《ゆうき》がいる。けれども、こんな自分《じぶん》でも、誰《だれ》かの孤《こ》独《どく》を埋《う》める相手《あいて》になることができるのだ。決《けっ》して派手《はで》なボランティアではないかもしれないが、わたしには向《む》いている。自分自身《じぶんじしん》が苦《にが》い孤独感《こどくかん》を味《あじ》わってきたからこそ、彼《かれ》らの寂《さび》しさをわかってあげられるのだ。

中学《ちゅうがく》の時《とき》は受験勉強《じゅけんべんきょう》もあったし、活動《かつどう》は気《き》が向《む》いたときしかしなかったけれど、いつみを見習《みなら》い、改《あらた》めて熱意《ねつい》を持《も》って取《と》り組《く》んでみることにした。すると、それまでは自分《じぶん》が与《あた》えるだけだと思《おも》っていたのに、与《あた》えられるものも多《おお》いということに初《はじ》めて気《き》がついた。ボランティアを通《とお》して自分《じぶん》も成長《せいちょう》させてもらっているのだということを、やっと理解《りかい》できるようになったのだった。

そのように視野《しや》を広《ひろ》げることができたのも、寛大《かんだい》な白石家《しらいしけ》のお陰《かげ》だろう。白石家《しらいしけ》は、わたしにとっての憧《あこが》れとなり、いつかわたしも結婚《けっこん》して家族《かぞく》を持《も》つようになったら、こんな家庭《かてい》を作《つく》りたいと思《おも》うようになった。

それほどに、白石家《しらいしけ》はわたしの目《め》には完璧《かんぺき》に見《み》えた。わたしの家族《かぞく》が、どうしたって手《て》に入《い》れられないもの——品《ひん》のよい物腰《ものごし》、家族《かぞく》への労《いた》わり、にじみ出《で》る教養《きょうよう》——理想《りそう》の家《か》族《ぞく》たる要素《ようそ》全《すべ》てを兼《か》ね備《そな》えている。

妬《ねた》みという感情《かんじょう》が出《で》るのは、自分《じぶん》だってそうなれたはずだと思《おも》い上《あ》がっているからだと思《おも》う。いつみやいつみの家族《かぞく》を見《み》ていると、そんな感情《かんじょう》さえ湧《わ》いてこない。それほどまでに、わたしのいる世界《せかい》とはかけ離《はな》れていたのだ。

初夏《しょか》にむけて緑《みどり》がまぶしくなってきた頃《ころ》だろうか。あんなに明《あか》るくて溌剌《はつらつ》としていたいつみが、ふさぎこむようになった。サロンにいても、いつもなら積極的《せっきょくてき》に発言《はつげん》し、中心《ちゅうしん》的存在《てきそんざい》であるのに、ぼんやりとみんなの会話《かいわ》を聞《き》いているだけなのだ。日《ひ》に日《ひ》に元気《げんき》を失《うしな》っていくいつみのことを、みんなが心配《しんぱい》した。小百合《さゆり》ははちみつや生姜《しょうが》が体力回復《たいりょくかいふく》によいと紅茶《こうちゃ》に加《くわ》えて飲《の》ませ、小南《こみなみ》は栄養《えいよう》たっぷりの野菜《やさい》のキッシュなどを作《つく》って食《た》べさせた。ディアナはブルガリアン・ローズのオイルを使《つか》っていつみに全《ぜん》身《しん》マッサージを施《ほどこ》し、古賀《こが》は医学書《いがくしょ》を調《しら》べ、高岡《たかおか》は励《はげ》ましの言葉《ことば》をかけ続《つづ》けた。

何《なに》があったのだろうか。家庭教師《かていきょうし》で白石家《しらいしけ》に行《い》くたびに、聞《き》いてみようと思《おも》っていた。

そんなある夜《よる》——。

思《おも》いがけず、わたしは目撃《もくげき》してしまったのだ。あんなに完璧《かんぺき》なファミリーだと思《おも》っていた、白石家《しらいしけ》のほころびを。

その日《ひ》は実力《じつりょく》テストの最終日《さいしゅうび》だったので、いつもより早《はや》めに家庭教師《かていきょうし》に行《い》くことができた。和樹君《かずきくん》の授業《じゅぎょう》を終《お》え、部屋《へや》を出《で》て、階段《かいだん》を下《お》りていった。白石氏《しらいしし》の書斎《しょさい》から激《はげ》しく言《い》い争《あらそ》う声《こえ》が聞《き》こえてきたのは、その時《とき》だった。「恥知《はじし》らずめ！」という怒声《どせい》に続《つづ》いて、はっきりと誰《だれ》かをぶつような音《おと》が聞《き》こえたと思《おも》ったら、白石氏《しらいしし》が泣《な》き叫《さけ》ぶいつみの腕《うで》を掴《つか》み、書斎《しょさい》から出《で》てきたのだ。わたしは慌《あわ》てて柱《はしら》に身《み》を隠《かく》した。いつみは髪《かみ》を振《ふ》り乱《みだ》し、泣《な》きじゃくりながら抵抗《ていこう》している。白石氏《しらいしし》の眼《め》は血走《ちばし》っていて、いつも品《ひん》よく撫《な》でつけられている髪《かみ》は乱《みだ》れ、シャツの襟《えり》がだらしなく開《あ》いていた。白石氏《しらいしし》はいつみを玄関《げんかん》から無《む》理《り》やり引《ひ》きずり出《だ》すと、室生《むろう》さんの車《くるま》に乗《の》せ、どこかへ走《はし》り去《さ》っていった。

この幸《しあわ》せそうな、仲良《なかよ》し家族《かぞく》にいったい何《なに》が——？

わたしはそっと靴《くつ》を履《は》き、このまま挨拶《あいさつ》せずに帰《かえ》るべきかどうか思案《しあん》していると、暗《くら》い廊下《ろうか》から突然誰《とつぜんだれ》かが現《あらわ》れた。

「ひぃ！」

思《おも》わず叫《さけ》んだが、相手《あいて》は驚《おどろ》くふうでもなく、ただぼんやりとそこに突《つ》っ立《た》っていた。

「……おばさま？」

それはいつみの母親《ははおや》だった。

「あら、美礼《みれい》さん……」

母親《ははおや》の顔《かお》は青白《あおじろ》く、いつもの朗《ほが》らかな表情《ひょうじょう》は欠片《かけら》もなかった。

「さきほど授業《じゅぎょう》終《お》わりました。今《いま》から帰《かえ》るところです」

「そう……」

母親《ははおや》の目《め》はうつろで、焦点《しょうてん》は合《あ》っていなかった。母親《ははおや》も、さきほどの二人《ふたり》のやりとりを聞《き》いたのかもしれない。

わたしは何《なん》だか恐《おそ》ろしくなり、そのまま急《いそ》いで白石家《しらいしけ》を後《あと》にした。

いつみはその後《ご》しばらく学校《がっこう》を休《やす》んだ。肺炎《はいえん》で入院《にゅういん》ということだった。


一週間後《いっしゅうかんご》、いつみが退院《たいいん》したという噂《うわさ》を聞《き》いて、嬉《うれ》しくて文学《ぶんがく》サロンへ寄《よ》ってみた。

しかしいつみの姿《すがた》はない。もしやと思《おも》い、テラスへと急《いそ》いだ。予想通《よそうどお》り、いつみはそこにいた。気《け》だるそうに、手《て》すりに体《からだ》をもたせかけて立《た》っている。

「白石先輩《しらいしせんぱい》……」

振《ふ》り向《む》いたいつみは、いつもの彼女《かのじょ》ではないような気《き》がした。皮膚《ひふ》は青白《あおじろ》く、まぶたは紅《あか》くうっすらと腫《は》れ、頬《ほお》はやつれていた。

「もうお体《からだ》はいいんですか？」

「ええ、おかげさまで。昔《むかし》から、呼吸器系《こきゅうきけい》が弱《よわ》いの」

無理《むり》やりつくった笑顔《えがお》が痛々《いたいた》しい。

「何《なに》かあったんですか？」

「何《なに》かって？」

「いえ、その、ご家庭《かてい》で――」

「どうしてそんなことを聞《き》くの？」怒《おこ》ったような口調《くちょう》になった。諍《いさか》いを偶然目撃《ぐうぜんもくげき》してしまったとは、とても言《い》えなかった。

「いえ、何《なに》もなければいいんです。もしも何《なに》か、悩《なや》みでもあればと」

「悩《なや》み……ね」

それからぼんやりと、いつみは聖堂《せいどう》を見《み》た。

「二谷《にたに》さん……あなた、誰《だれ》かを殺《ころ》してやりたい、と思《おも》ったことはある？」

ぎくりとした。たとえ誰《だれ》もが一度《いちど》は持《も》つであろう黒《くろ》い感情《かんじょう》とはいえ、まさかいつみが口《くち》にするとは思《おも》えなかったのだ。

答《こた》えられないでいると、

「わたしはいるわ。殺《ころ》してやりたい奴《やつ》が」

暗《くら》い、うつろな声《こえ》でいつみが呟《つぶや》いた。驚《おどろ》いて、いつみの顔《かお》を見《み》た。聞《き》き間違《まちが》いだと思《おも》った。風《かぜ》が強《つよ》く、ごうと鳴《な》った。

「その人《ひと》を殺《ころ》すことができれば、わたし自身《じしん》も死《し》んだってかまわない。それくらい憎《にく》い」

「先輩《せんぱい》……なんだか、先輩《せんぱい》らしくないです。いったい何《なに》が——」

わたしの脳裏《のうり》には、白石氏《しらいしし》とのやり取《と》りが蘇《よみがえ》っていた。泣《な》きながら連《つ》れ去《さ》られるいつみ——。

「父《ちち》がね」

いつみは遠《とお》くを眺《なが》めながら、ぼんやり言《い》った。

「誘惑《ゆうわく》されているのよ。文学《ぶんがく》サークルのメンバーに」

「——え？」

「最近《さいきん》、父《ちち》の様子《ようす》がおかしいと思《おも》っていたの。それで書斎《しょさい》を探《さぐ》ってみたら、学院指定《がくいんしてい》のハンカチが落《お》ちてた。もちろん、わたしのではないわ」

「まあ……」

「それにはすずらんの香《かお》りがしみ込《こ》んでいたの。ゲランのミュゲ——この香水《こうすい》を使《つか》っているのは……ひとりしかいないでしょう？」

「まさか。それじゃあ——」

「ひどい話《はなし》よね。理数《りすう》コースのクラスメイト。良《よ》きライバルだと思《おも》ってた。それなのに……いつの間《ま》に父《ちち》と」

いつみはぎゅっと唇《くちびる》を噛《か》んだ。こんな顔《かお》をしたいつみを見《み》るのは初《はじ》めてだった。

「白石先輩《しらいしせんぱい》……」

今《いま》すぐ凶器《きょうき》にすらなりそうな鋭《するど》い視線《しせん》で前方《ぜんぽう》を睨《にら》みつけるいつみに、わたしは恐《おそ》ろしくなって声《こえ》をかけた。いつみはハッと我《われ》に返《かえ》ったように肩《かた》の力《ちから》をゆるめると、わたしの方《ほう》を向《む》き、穏《おだ》やかに微笑《ほほえ》んだ。

「サロンに行《い》きましょう。ココアでも淹《い》れてあげる」

そう言《い》っていつみはわたしの手《て》を取《と》り、

「このことは誰《だれ》にも言《い》わないで。ふたりだけの秘密《ひみつ》よ」

と念《ねん》を押《お》すように言《い》った。

その後《ご》サロンでは、六月《ろくがつ》に行《おこな》われるイースター&ペンテコステ祭《さい》で販売《はんばい》するお菓子《かし》のことを話《はな》し合《あ》った。春《はる》の復活祭《イースター》とその五十日後《ごじゅうにちご》の聖霊降臨祭《ペンテコステ》を一緒《いっしょ》に祝《いわ》う、盛大《せいだい》なチャリティ・バザーだ。ぼんやりと黙《だま》り込《こ》んでいるいつみに代《か》わって、ミーティングを進《すす》めているのは澄川小百合《すみかわさゆり》だ。

「毎年《まいとし》うさぎのクッキーを出《だ》してるでしょう。今年《ことし》はなにか目新《めあたら》しいものを出《だ》したいわ。みなさん、アイディアはない？」

「あの、卵形《たまごがた》のクッキーはどうでしょうか。表面《ひょうめん》にアイシングで模様《もよう》を描《か》くんです」

小南《こみなみ》の提案《ていあん》に、

「あ、それいい。絶対可愛《ぜったいかわい》い。わたし描《か》く係《かかり》やりたい」

高岡《たかおか》が手《て》を挙《あ》げた。

「じゃあ今年《ことし》のクッキーはそれでいきましょう。パウンドケーキ、今年《ことし》は何本焼《なんぼんや》きましょうか」

「去年《きょねん》は二百本焼《にひゃっぽんや》いたんだよね」

「それでもすぐ売《う》り切《き》れちゃった」

「じゃあ三百本《さんびゃっぽん》がんばってみましょうか」

話《はな》し合《あ》いが進《すす》んでいく中《なか》で、いつみだけが一点《いってん》を見《み》つめている。その視線《しせん》の先《さき》には——

古賀園子《こがそのこ》。

この人《ひと》が、本当《ほんとう》に白石先輩《しらいしせんぱい》のお父様《とうさま》と……？

「じゃあプレーン、抹茶《まっちゃ》、ココアで百本《ひゃっぽん》ずつにしようよ」

古賀《こが》が言《い》った。いつみを目《め》の前《まえ》にして、ごく普通《ふつう》に振舞《ふるま》っている。良心《りょうしん》は痛《いた》まないのだろうか。

「いいアイディアね。是非《ぜひ》そうしましょう。ねえ、ブルガリアでもイースターってお祝《いわ》いするのかしら？」

小百合《さゆり》がディアナに尋《たず》ねる。

「はい。わたしの村《むら》では大人《おとな》の背丈《せたけ》くらいある大《おお》きな卵《たまご》のオブジェを作《つく》って、それに色《いろ》を塗《ぬ》って、村《むら》の中心《ちゅうしん》に飾《かざ》ります」

「それ面白《おもしろ》いね！　やってみたいな。実行委員会《じっこういいんかい》にかけあってみる」

古賀《こが》が話《はな》すのを、いつみはぼんやりと見《み》つめている。

「あのう、ちょっといいですか」小南《こみなみ》が手《て》を挙《あ》げる。「抹茶《まっちゃ》のパウンドケーキには、大納《だいな》言《ごん》を入《い》れてみたいんですけど、どうでしょう」

「大納言《だいなごん》？　あずきの？」

「はい。北海道産《ほっかいどうさん》は皮《かわ》が厚《あつ》いので、できれば丹波《たんば》のものを使《つか》いたいんです」

「美味《おい》しくなりそうね。いつみ、どうかしら。抹茶《まっちゃ》のケーキだけ値段設定《ねだんせってい》を少《すこ》し上《あ》げれば、問題《もんだい》ないんじゃない？」

小百合《さゆり》が声《こえ》をかけても、いつみは視線《しせん》を泳《およ》がせたままだ。

「いつみ？」

ふたたび声《こえ》をかけられると、いつみはハッとして笑顔《えがお》を取《と》り繕《つくろ》った。

「ええ、そうね……。それでいいわ」

それからみんなは、ラッピングとリボンを何色《なにいろ》にするか、値段《ねだん》をいくらに設定《せってい》するかなど、わいわい話《はな》し始《はじ》めた。そのなかで、やはりいつみだけが暗《くら》い瞳《ひとみ》をして窓《まど》に顔《かお》を向《む》ける。

いつみが近頃《ちかごろ》ふさぎこんでいたのも無理《むり》はない。もしもわたしがいつみの立場《たちば》になったらと想像《そうぞう》すると、それは並々《なみなみ》ならぬ衝撃《しょうげき》だろう。こうして表面上《ひょうめんじょう》は取《と》り繕《つくろ》いつつ、毎日《まいにち》顔《かお》を合《あ》わせるというのは辛《つら》いに違《ちが》いない。しかも相手《あいて》は、いつみが知《し》っていることに気《き》づいていないのだ。

わたしは何度《なんど》か小百合《さゆり》に打《う》ち明《あ》けて相談《そうだん》しようと考《かんが》えたが、やめておいた。親友《しんゆう》だからこそ、言《い》えないこともある。だからこそ、いつみはわたしに口止《くちど》めしたのだ。わたしはもどかしい気持《きも》ちを抱《かか》えたまま、口《くち》を閉《と》ざすことに決《き》めた。


ある日《ひ》の放課後《ほうかご》、いつみからサロンに呼《よ》び出《だ》された。

サロンにはいつみがたったひとりで、暖炉《だんろ》のそばに寝《ね》そべっていた。わたしの姿《すがた》を見《み》ると、迷子《まいご》の子供《こども》がやっと母親《ははおや》を見《み》つけたような、安堵《あんど》の表情《ひょうじょう》を浮《う》かべた。

「来《き》てくれてありがとう。どうぞ座《すわ》って。紅茶《こうちゃ》でも淹《い》れるわ。カモミールでいいかしら。

落《お》ち着《つ》きたくて」

「はい」

いつみは一旦《いったん》キッチンへと姿《すがた》を消《け》し、それからジノリのティー・セットをトレイに載《の》せて戻《もど》ってきた。ケーキ皿《ざら》にはアップルパイとバニラアイスクリームが盛《も》られている。

「あかねちゃんに教《おそ》わって作《つく》ってみたの。やっぱり彼女《かのじょ》みたいにうまくはできなかったけど」

いつみはポットの中《なか》で茶葉《ちゃば》を丁寧《ていねい》に蒸《む》らしてから、カップに注《そそ》いだ。

「昨日《きのう》ね……また園子《そのこ》が、うちに来《き》てたみたいなのよ」

やはりいつみはこの話《はなし》をしたかったのか。昨日《きのう》、古賀《こが》は読書会《どくしょかい》を欠席《けっせき》した。もしやとは思《おも》っていたのだ。

「母《はは》はボランティア、弟《おとうと》はクラブで家《いえ》にいなかったの。わたし、読書会《どくしょかい》のあと急《いそ》いで帰《き》宅《たく》してみたら、ちょうど園子《そのこ》が門《もん》から出《で》てくるところだったわ」

いつみは忌々《いまいま》しげに言《い》った。

「お父様《とうさま》には、そのことを？」

「問《と》い詰《つ》めようと思《おも》ったけど、やめたの。証拠《しょうこ》を掴《つか》んでからにしようと思《おも》って。前《まえ》に、書斎《しょさい》を探《さぐ》っていたのを見《み》つかって、恥知《はじし》らずって怒《おこ》られちゃったから」

「だけど証拠《しょうこ》ってどうやって？」

「実《じつ》はね、隠《かく》しカメラをセットしたの。どんな映像《えいぞう》が撮《と》れるか、楽《たの》しみだわ」

いつみはやつれた頰《ほお》をゆがませて笑《わら》ったが、その微笑《びしょう》はみるみる崩《くず》れて、泣《な》き顔《がお》になった。

「ああ憎《にく》いわ、園子《そのこ》が……」

いつみの瞳《ひとみ》から、大粒《おおつぶ》の涙《なみだ》がこぼれ落《お》ちる。いつみにとって、あの幸《しあわ》せな家庭《かてい》は大切《たいせつ》な居場所《いばしょ》なのだ。土足《どそく》で踏《ふ》み込《こ》み、壊《こわ》そうとする古賀《こが》のことは、さぞかし憎《にく》いだろう。

「先輩《せんぱい》……何《なに》かお力《ちから》になれることはないですか」

そっといつみの肩《かた》に手《て》を添《そ》えると、彼女《かのじょ》は細《ほそ》い指《ゆび》で涙《なみだ》をぬぐった。

「心配《しんぱい》してくれるの？　あなたって本当《ほんとう》にいい子《こ》だわ。だからかしら。なぜかあなたには素直《すなお》に全部《ぜんぶ》話《はな》せるの。聞《き》いてもらえてよかった」

それからまじまじとわたしを見《み》つめると、思《おも》いついたように、自分《じぶん》の髪《かみ》につけていたバレッタを外《はず》した。黒《くろ》いバレッタで、色《いろ》とりどりのクリスタルが埋《う》め込《こ》まれている。ロココ調《ちょう》のシックなデザインで、いつみの栗色《くりいろ》の髪《かみ》にとても似合《にあ》っていた。

「これ、さしあげるわ。あなたの方《ほう》が、似合《にあ》いそう」

「え？」

遠慮《えんりょ》するわたしの手《て》に、いつみはバレッタを押《お》し付《つ》けてきた。きっと高価《こうか》なものに違《ちが》いない。

「そんな、いただけません」

「あなたにもらって欲《ほ》しいの。友情《ゆうじょう》の記念《きねん》に」

自分《じぶん》では買《か》えないようなヘアアクセサリーをもらうことよりも、先輩《せんぱい》と後輩《こうはい》という関係《かんけい》でなく、対等《たいとう》な友情《ゆうじょう》をわたしたちの間《あいだ》に認《みと》めてくれたことに、わたしは感動《かんどう》した。

「本当《ほんとう》に……いいんですか？」

「ええ、つけてみて」

わたしは髪《かみ》を耳元《みみもと》でまとめて、バレッタで留《と》めた。

「やっぱりよく似合《にあ》うわ。わたしだと思《おも》って、ずっと持《も》っていてちょうだいね」

よくよく思《おも》い返《かえ》してみれば、なんて不吉《ふきつ》な言葉《ことば》だろう。まるで形見《かたみ》を残《のこ》すようではないか。

そして実際《じっさい》、いつみはそれからほどなくして死《し》を遂《と》げてしまったのだ。

今《いま》でも、わたしは悔《く》やんでいる。

なぜあの時《とき》、いつみを止《と》めておかなかったのかと。古賀《こが》は、こっそりと学友《がくゆう》の父親《ちちおや》を誘惑《ゆうわく》するような、卑劣《ひれつ》な人間《にんげん》だ。証拠《しょうこ》など掴《つか》んで追《お》い詰《つ》めれば、どんな手《て》を使《つか》ってでも、口《くち》を封《ふう》じようとすることは、想像《そうぞう》がついたはずなのに。

いつみの死《し》から一週間《いっしゅうかん》。誰《だれ》が彼女《かのじょ》を殺《ころ》したのか——誰《だれ》もが、その真実《しんじつ》を探《さぐ》ろうとしている。しかしわたしは知《し》っているのだ。いつみをテラスから突《つ》き落《お》としたのは、他《ほか》でもない古賀園子《こがそのこ》なのだと。

今《いま》でもわたしは思《おも》い出《だ》す。花壇《かだん》をしとねに横《よこ》たわる、白石《しらいし》いつみの死体《したい》を。ストレッチャーで運《はこ》ばれていくいつみの青白《あおじろ》い手《て》を。そしてその手《て》が、すずらんの花《はな》を握《にぎ》り締《し》めているのを。

きっといつみは力尽《ちからつ》きる前《まえ》に、とっさに花壇《かだん》からすずらんの花《はな》を掴《つか》んだのだろう。わたしに犯人《はんにん》が誰《だれ》であるかを伝《つた》えるために。自分《じぶん》を殺《ころ》したのは、すずらんの香《かお》りを身《み》にまとった、あの女《おんな》だと。


（了《りょう》）

†

二谷美礼《にたにみれい》さん、朗読《ろうどく》ありがとう。

トップバッターって、緊張《きんちょう》するでしょう。しかも新入生《しんにゅうせい》のあなたにとっては、初《はじ》めての定例会《ていれいかい》ですものね。でもあなたなら度胸《どきょう》もあるし、最初《さいしょ》にふさわしいと思《おも》って、このような順番《じゅんばん》にさせてもらったの。

二谷《にたに》さんらしい、まっすぐな小説《しょうせつ》でしたね。そうね、たしかにいつみは、ここ数ヶ月《すうかげつ》、悩《なや》んでいるように見《み》えた。会《あ》うたび、思《おも》いつめたような厳《きび》しい横顔《よこがお》を見《み》せて……サロンでもぼんやりすることが多《おお》かったわね。

なにかあったのか、それとなく何度《なんど》も聞《き》いてみたのだけど、いつも哀《かな》しそうにほほ笑《え》むだけで、決《けっ》して明《あ》かしてはくれなかった。わたしはいつみの親友《しんゆう》だと自負《じふ》していたのだけれどね。

お父様《とうさま》のことは、初耳《はつみみ》だわ。いつみから、家族《かぞく》のことで相談《そうだん》を持《も》ちかけられたこともない。特《とく》にいつみは、結婚《けっこん》するならお父様《とうさま》みたいな人《ひと》とする、というのが口癖《くちぐせ》だったくらい、尊敬《そんけい》していたから。ここにいる方《かた》たちも、何度《なんど》も彼女《かのじょ》がそう言《い》っているのを、聞《き》いたことあるでしょ？　いわゆるファザコンってやつよね。お父様《とうさま》の方《ほう》も、それはそれは、いつみのことを、ものすごく可愛《かわい》がっていらっしゃったわ。

だけど、こんなことになってしまうなんて。ああ、もっともっといつみの話《はなし》を聞《き》いてあげればよかった。悔《くや》しくて、自分自身《じぶんじしん》に対《たい》して腹《はら》が立《た》って腹《はら》が立《た》って――。

……え？　親友《しんゆう》だからこそ、打《う》ち明《あ》けられなかったこともあるのかもしれない、ですって？　ありがとう、そう言《い》ってくれて。そうね、そうかもしれないわ。親友《しんゆう》だからこそ、お互《たが》いに踏《ふ》みこんではいけない領域《りょういき》があるのかもしれない。少《すこ》しだけ、気《き》が楽《らく》になったわ。

それにしても……あなたが犯人《はんにん》を名指《なざ》しするので、驚《おどろ》いてしまったわ。みなさんも気《き》になることや、色々《いろいろ》とお聞《き》きしたいことはあるでしょうけれど、とりあえずは全員《ぜんいん》の朗読《ろうどく》を聴《き》いてからにしましょうね。

今《いま》おつけになっている黒《くろ》のバレッタ。これが、さきほどのお話《はなし》に出《で》てきた、いつみの形《かた》見《み》ね？　とても素敵《すてき》だわ。よく似合《にあ》っているし、いつみがあなたにプレゼントした気持《きも》ちもわかる。あなたの明《あか》るめの髪《かみ》に、とてもよく映《は》えるものね。

朗読用《ろうどくよう》の灯《あか》りでほのかに見《み》えるうちに、もうちょっとよく見《み》せてくださらない？　――あら、ラインストーンでお花《はな》の模様《もよう》が模《かたど》られているのね？　とても綺麗《きれい》だわ。どうもありがとう。

それでは、どうぞお席《せき》にお戻《もど》りになって。暗《くら》いから足元《あしもと》に気《き》をつけてね。みなさん、二《に》谷美礼《たにみれい》さんに温《あたた》かい拍手《はくしゅ》を。

ところでみなさん、お味《あじ》の方《ほう》はいかが？　あまりにも食《た》べづらかったら、カレー粉《こ》や豆《トウ》板醤《バンジャン》などで辛《から》く味付《あじつ》けするのもお勧《すす》めよ。不思議《ふしぎ》よね。暗闇《くらやみ》で食《た》べると、味覚《みかく》も研《と》ぎ澄《す》まされて、不味《まず》いものはより不味《まず》く、美味《おい》しいものはより美味《おい》しく感《かん》じるんだもの。だからこの闇鍋《やみなべ》の最初《さいしょ》の味付《あじつ》けがひどいものになると、最初《さいしょ》から最後《さいご》まで、それはそれは悲惨《ひさん》になってしまうのよね。さあ、どんどん召《め》し上《あ》がってね。

それではそろそろ、次《つぎ》の朗読《ろうどく》に移《うつ》っていただこうかしら。

次《つぎ》は小南《こみなみ》あかねさんの番《ばん》だったわね。さあ、朗読《ろうどく》コーナーへどうぞいらして。

3

朗読《ろうどく》小説《しょうせつ》「マカロナージュ」

2年《ねん》B《ビー》組《ぐみ》　小南《こみなみ》あかね

最初《さいしょ》の頃《ころ》、本音《ほんね》を言《い》えば、わたしは白石《しらいし》いつみのことが苦手《にがて》だった。

――いや、嫌《きら》いだった。

一学年上《いちがくねんうえ》である白石《しらいし》いつみとは面識《めんしき》もなくて、もちろん会話《かいわ》さえ交《か》わしたこともなかったけれど、いつみは校内《こうない》で有名《ゆうめい》だから、ずっと以前《いぜん》から知《し》っていた。経営者《けいえいしゃ》の娘《むすめ》ってだけじゃなく、類稀《たぐいまれ》なる美貌《びぼう》と明晰《めいせき》な頭脳《ずのう》の持《も》ち主《ぬし》だったから。高等部《こうとうぶ》だけでなく、初等部《しょとうぶ》や中等部《ちゅうとうぶ》の校舎《こうしゃ》からもファンが彼女《かのじょ》の教室《きょうしつ》へと押《お》しかけるのを、わたしはいつも冷《ひ》ややかな目《め》で眺《なが》めていたっけ。

確《たし》かに、背筋《せすじ》も手足《てあし》もすらりと伸《の》び、笑顔《えがお》は華《はな》やかで、校内《こうない》のどこにいても彼女《かのじょ》の優美《ゆうび》な姿《すがた》は目《め》を引《ひ》く。理想的《りそうてき》な八頭身《はっとうしん》。形《かたち》の良《い》い輪郭《りんかく》。下級生《かきゅうせい》たちがこぞって賞賛《しょうさん》する、大《おお》きくて蠱惑的《こわくてき》な瞳《ひとみ》。気品《きひん》と色香《いろか》を漂《ただよ》わせた、花《はな》の蕾《つぼみ》のような唇《くちびる》。そして生来《せいらい》の育《そだ》ちの良《よ》さが醸《かも》し出《だ》す、洗練《せんれん》された雰囲気《ふんいき》。

美人《びじん》なんていう、ありきたりな言葉《ことば》は似合《にあ》わない。そう、麗人《れいじん》。全《すべ》てにおいて端麗《たんれい》な人《ひと》。そしてそれこそが、わたしが彼女《かのじょ》を美《うつく》しいと思《おも》わない理由《りゆう》。

白石《しらいし》いつみは、完璧《かんぺき》すぎるのだ。一般的《いっぱんてき》にはケーキのデコレーションでも、和菓子《わがし》の飾《かざ》りつけでも、趣《おもむ》きを出《だ》すために、あえて左右非対称《さゆうひたいしょう》に崩《くず》すことが多《おお》い。それこそが味《あじ》わい深《ぶか》い魅力《みりょく》になるから。だけどいつみの容姿《ようし》は綿密《めんみつ》に計算《けいさん》されたように整《ととの》いすぎていて、不完全《ふかんぜん》なところが全《まった》くない。完全《かんぜん》なものなんて、美《うつく》しくない。下品《げひん》だ。

だからわたしは、いつみを美《うつく》しいと感嘆《かんたん》する同級生《どうきゅうせい》たちを、軽蔑《けいべつ》しきっていた。真《しん》の美《び》というものを知《し》らないに違《ちが》いないって。

だから白石《しらいし》いつみが、もう何年《なんねん》も休眠状態《きゅうみんじょうたい》になっていた高等部《こうとうぶ》の文学《ぶんがく》サークルを復活《ふっかつ》させたと聞《き》いたときも、暇人《ひまじん》の気《き》まぐれとしか思《おも》わなかった。しかも、メンバーは会長《かいちょう》である白石《しらいし》いつみ自身《じしん》と、副会長《ふくかいちょう》の澄川小百合《すみかわさゆり》の二人《ふたり》だけだなんて、なおさら。それなのに、すぐ修道院《しゅうどういん》の改築《かいちく》とともに豪華《ごうか》な文学《ぶんがく》サロンが造《つく》られ、それが乙女《おとめ》の夢《ゆめ》の城《しろ》そのものだということで話題《わだい》になり、けれども白石《しらいし》いつみから声《こえ》をかけられた者《もの》しかメンバーになれないという噂《うわさ》で、ますます白石《しらいし》いつみと文学《ぶんがく》サロンは全校生徒《ぜんこうせいと》の憧《あこが》れの対象《たいしょう》になった。わたしはその頃《ころ》まだ中等部《ちゅうとうぶ》の三年生《さんねんせい》だったけれど、周《まわ》りの子《こ》たちはみんな、「来年《らいねん》高等部《こうとうぶ》にあがったら、文学《ぶんがく》サークルに誘《さそ》ってもらう」ということを目標《もくひょう》にしていた。

だから高等部《こうとうぶ》にあがってすぐ、ライトノベルで文学賞《ぶんがくしょう》を獲《と》った同級生《どうきゅうせい》の高岡志夜《たかおかしよ》が、いつみの誘《さそ》いで文学《ぶんがく》サークルの最初《さいしょ》の会員《かいいん》になったときには、どれほどみんな羨《うらや》ましがったことか。志夜《しよ》からお茶会《ちゃかい》――イギリスやフランスから取《と》り寄《よ》せた最高級《さいこうきゅう》の茶葉《ちゃば》に、マイセンのティー・セット、ヴィタメールのザッハトルテ――の様子《ようす》を伝《つた》え聞《き》いては、誰《だれ》もがため息《いき》をついていた。サロンの居心地《いごこち》がよほど良《い》いのか、志夜《しよ》はテレビ出演《しゅつえん》や雑誌《ざっし》取《しゅ》材《ざい》のオファーを断《ことわ》って、放課後《ほうかご》はサロンに入《い》り浸《びた》っているほど。バカラ・クリスタルのシャンデリアの下《した》で執筆《しっぴつ》すると、はかどるんだって喜《よろこ》んでいた。

だけど……とわたしは苦々《にがにが》しく思《おも》う。

バカラ・クリスタルのシャンデリアやマイセンのティー・セット。

そんなものが、文学《ぶんがく》サロンに必要《ひつよう》？

わたしの家《いえ》は老舗《しにせ》の料亭《りょうてい》で、華美《かび》すぎるものは品《ひん》がないと、幼《おさな》い頃《ころ》から教《おそ》わってきた。華《はな》やかさでなく、侘《わび》があり、寂《さび》があり、味《あじ》わいがあり、いさぎよく枯《か》れたもの。上品《じょうひん》で控《ひか》えめで、さりげないもの。それこそが、粋《いき》なのだと。

噂《うわさ》で聞《き》く煌《きら》びやかなだけの文学《ぶんがく》サロンには、味《あじ》わいなどあったものじゃない。だからわたしはサロンを悪趣味《あくしゅみ》だと心《こころ》の中《なか》でののしり、それはいつみを苦手《にがて》とする理由《りゆう》と同《おな》じだった。

わたしの父親《ちちおや》は、もう何年《なんねん》もデパートへの出店《しゅってん》の誘《さそ》いやテレビ出演《しゅつえん》のオファーを断《ことわ》り続《つづ》けている、昔《むかし》かたぎの地味《じみ》で頑固《がんこ》な料理人《りょうりにん》だ。料理本《りょうりぼん》を出版《しゅっぱん》したいと頼《たの》み込《こ》んでくる人《ひと》も多《おお》いけれど、料理人《りょうりにん》は料理《りょうり》だけを作《つく》っていればいいのだという姿勢《しせい》を貫《つらぬ》いている。支店《してん》も作《つく》らない。料理《りょうり》は作《つく》ったその場《ば》で味《あじ》わってほしいという願《ねが》いから、リクエストの多《おお》いお弁当《べんとう》や仕出《しだ》し料理《りょうり》も売《う》らない。ゆいいつ、上得意《じょうとくい》に歳暮代《せいぼが》わりに差《さ》し入《い》れるおせちだけが、店《みせ》の外《そと》で食《た》べられる父《ちち》の料理《りょうり》だ。それは注文制《ちゅうもんせい》ではないし、誰彼《だれかれ》なしに差《さ》し入《い》れられるわけではないので、幻《まぼろし》の絶品《ぜっぴん》おせちだと噂《うわさ》になっている。

そんな頑固《がんこ》な父《ちち》を長年《ながねん》支《ささ》えているのが、和菓子屋《わがしや》の一人娘《ひとりむすめ》だった母《はは》だ。母《はは》は、懐石《かいせき》の最後《さいご》を飾《かざ》る季節《きせつ》の和菓子《わがし》をもう何十年《なんじゅうねん》も作《つく》っており、父《ちち》の料理《りょうり》に彩《いろどり》を添《そ》えている。月《つき》が替《か》わるごとに、季節《きせつ》が巡《めぐ》るたびに、二人《ふたり》は話《はな》し合《あ》ってテーマを決《き》め、父《ちち》はそれに沿《そ》った懐石《かいせき》をひと品《しな》ひと品《しな》丁寧《ていねい》に作《つく》り、母《はは》が和菓子《わがし》とともに、店《みせ》の生《い》け花《ばな》やかけ軸《じく》を調《ととの》えるのだった。

二人《ふたり》の血《ち》を引《ひ》いたせいか、わたしは幼少《ようしょう》の頃《ころ》から台所《だいどころ》に立《た》つのが好《す》きだった。

昔《むかし》ながらの土間《どま》に、父《ちち》こだわりのかまど。わたしは、母《はは》が朝《あさ》の五時《ごじ》から台所《だいどころ》に立《た》ち、寸胴鍋《ずんどうなべ》いっぱいに鰹節《かつおぶし》と昆布《こんぶ》で、家族《かぞく》四人《よにん》の三食分《さんしょくぶん》の出汁《だし》を取《と》るのを見《み》て育《そだ》った。ていねいに濾《こ》された透《す》き通《とお》った液体《えきたい》が、朝食《ちょうしょく》には味噌汁《みそしる》になり、昼食《ちゅうしょく》には出汁巻《だしま》き卵《たまご》になり、夕食《ゆうしょく》には煮物《にもの》や茶碗蒸《ちゃわんむ》しになるなど、味《あじ》も形《かたち》も変《か》えていくことに魅《み》せられ、興味《きょうみ》を持《も》ったのは自然《しぜん》な流《なが》れだと思《おも》う。初《はじ》めて包丁《ほうちょう》を持《も》ったのは三歳《さんさい》のとき。自分専用《じぶんせんよう》の、名前《なまえ》が彫《ほ》り込《こ》まれた包丁《ほうちょう》を与《あた》えてもらったのは四歳《よんさい》のときで、すでにその時《とき》には、ある程度《ていど》の包丁捌《ほうちょうさば》きができるようになっていた。

生《う》まれた時《とき》から和食《わしょく》や和菓子《わがし》の世界《せかい》にどっぷりと浸《つ》かっていたせいか、年頃《としごろ》になるにつれて、洋食《ようしょく》や洋菓子《ようがし》が新鮮《しんせん》に映《うつ》り、どんどんそちらの世界《せかい》にはまっていった。父《ちち》も母《はは》も何《なに》も言《い》わなかった。そもそも料亭《りょうてい》は大学生《だいがくせい》の兄《あに》が継《つ》ぐべきものと決《き》まっていて、早朝《そうちょう》の店《みせ》の掃除《そうじ》から始《はじ》まり、市場《いちば》での仕入《しい》れや、素材《そざい》に合《あ》った下《した》ごしらえの仕方《しかた》など、スパルタ教育《きょういく》を受《う》けていたのは兄《あに》だけだった。わたしはいつも、兄《あに》の修業《しゅぎょう》を羨《うらや》ましいと思《おも》いながらながめていた。わたしは父《ちち》から料亭《りょうてい》の厨房《ちゅうぼう》に出入《でい》りすることすら禁《きん》じられていたから。大正元年《たいしょうがんねん》から続《つづ》く料亭《りょうてい》「こみなみ」の四代目《よんだいめ》は兄《あに》で、わたしが包丁《ほうちょう》を握《にぎ》ろうと、料理《りょうり》を覚《おぼ》えようと、洋菓子《ようがし》をマスターしようと、それらは全《すべ》て、両親《りょうしん》にとっては花嫁修《はなよめしゅ》業程度《ぎょうていど》のことだったのである。

兄《あに》は不真面目《ふまじめ》で、料理《りょうり》にも店《みせ》にも全《まった》く興味《きょうみ》を示《しめ》さなかった。しょっちゅう仕込《しこ》みをサボって遊《あそ》びに出《で》ていたし、閉店後《へいてんご》の掃除《そうじ》もせず、夜中《よなか》にバイクを乗《の》り回《まわ》している。それなのに、「こみなみ」は自動的《じどうてき》に兄《あに》のものとなる――。悔《くや》しさから、わたしはますます、洋《よう》食《しょく》と洋菓子《ようがし》の世界《せかい》にのめり込《こ》んで行《い》った。けれども、自宅《じたく》にある年代《ねんだい》ものの台所《だいどころ》では、思《おも》うようにケーキなど焼《や》けないのだった。

そんなとき、文学《ぶんがく》サロン付属《ふぞく》のキッチンの噂《うわさ》を聞《き》いた。広《ひろ》くて何《なん》でも揃《そろ》っていて使《つか》い勝手《がって》がよく、そこでメンバーは時々《ときどき》ケーキを焼《や》いたりムースを作《つく》って楽《たの》しんでいるんだって。

他《ほか》の女生徒《じょせいと》みたいに、シャンデリアにも、大理石《だいりせき》のテーブルにも、暖炉《だんろ》にも、ティータイムにも興味《きょうみ》はない。だけどそのキッチンのことを聞《き》いて初《はじ》めて、わたしは文学《ぶんがく》サークルに心惹《こころひ》かれるようになったのだった。

会長《かいちょう》であるいつみの目《め》に留《と》まらなければ入会《にゅうかい》できない文学《ぶんがく》サークルに、わたしなんかが入会《にゅうかい》できたのには理由《りゆう》がある。それを語《かた》るには、あの忌《い》まわしい事件《じけん》のことに触《ふ》れないわけにはいかないだろう。

ことの始《はじ》まりは、父《ちち》が若《わか》い時分《じぶん》に修業《しゅぎょう》していた料亭《りょうてい》の親方《おやかた》が引退《いんたい》することになり、その店舗《てんぽ》を「こみなみ」に譲《ゆず》りたいと、父《ちち》に打診《だしん》がきたことだ。

恩人《おんじん》の頼《たの》みだけれど、父《ちち》は乗《の》り気《き》じゃなかった。開店資金《かいてんしきん》がかかるだけでなく、支店《してん》を出《だ》すと目《め》が行《い》き届《とど》かなくなる。自分《じぶん》が包丁《ほうちょう》を握《にぎ》るのでなくては、「こみなみ」の暖簾《のれん》を出《だ》すべきではないと頑《かたく》なに信《しん》じているからだ。かといって、むげに断《ことわ》るわけにはいかない。どうしたものかと悩《なや》んでいる父《ちち》に、わたしはひとつ提案《ていあん》をした。

洋食《ようしょく》を出《だ》すのはどうだろう、と。

「こみなみ」の洋食屋《ようしょくや》であれば、父《ちち》が厨房《ちゅうぼう》にいなくても客《きゃく》は納得《なっとく》するし、親方《おやかた》の気持《きも》ちも汲《く》める。父《ちち》はわたしの提案《ていあん》にとても感心《かんしん》し、店《みせ》のレイアウトやメニュー作《づく》りに関《かか》わらせてくれることになった。しかも、ゆくゆくはわたしが店《みせ》を仕切《しき》ればよいと、わたしをオーナーとして登記《とうき》してくれることも決《き》まった。

やっと、兄《あに》よりも認《みと》めてもらうことができた。わたしは有頂天《うちょうてん》だった。

通学電車《つうがくでんしゃ》の中《なか》でも、学校《がっこう》の休《やす》み時間《じかん》でも、ずっと新《あたら》しい店《みせ》のことばかりを考《かんが》えていた。シェフとして勤務《きんむ》してくれることになった父《ちち》の友人《ゆうじん》に、いっしょうけんめい考《かんが》えたメニューを見《み》せ、それに合《あ》う食器《しょっき》を選《えら》んだ。デザートも充実《じゅうじつ》させたい。ケーキ、プリン、ムース、ババロア、アイスクリーム、タルト。そうだ、デザートは持《も》ち帰《かえ》りができるようにしたらどうだろう——そんな想像《そうぞう》を膨《ふく》らませる、幸《しあわ》せな日々《ひび》。
その夢《ゆめ》が、儚《はかな》く散《ち》ってしまうことも知《し》らずに。

ある日《ひ》の放課後《ほうかご》、靴箱《くつばこ》のところで、白石《しらいし》いつみに声《こえ》をかけられた。

「あなた、小南《こみなみ》あかねさんよね？」

わたしは小柄《こがら》なので、いつみを見上《みあ》げる感《かん》じになる。間近《まぢか》で見《み》るいつみの肌《はだ》は、ていねいに泡立《あわだ》てた生《なま》クリームのようになめらかで、唇《くちびる》はチェリーのシロップ漬《づ》けのように赤《あか》く艶《つや》めいている。つくづく、呆《あき》れるくらいパーフェクトな美貌《びぼう》だ。下級生《かきゅうせい》たちが、チラチラ見《み》ながら、いつみの脇《わき》を通《とお》り過《す》ぎてゆく。

「そうですけど」

普通《ふつう》の生徒《せいと》なら声《こえ》をかけられて喜《よろこ》ぶのかもしれないけれど、わたしはいつみのファンじゃない。思《おも》い返《かえ》してみれば、ずいぶん無愛想《ぶあいそう》な返事《へんじ》だったと思《おも》う。

「あなたの書《か》いた『斜陽《しゃよう》』の感想文《かんそうぶん》、拝読《はいどく》したわ。面白《おもしろ》かった」

わたしは、特《とく》に本《ほん》をたくさん読《よ》むほうじゃない。だけど現代国語《げんだいこくご》の授業《じゅぎょう》で書《か》かされた感想文《かんそうぶん》が、担任《たんにん》の北条先生《ほうじょうせんせい》の目《め》に留《と》まって、校内新聞《こうないしんぶん》で紹介《しょうかい》されたのだ。適当《てきとう》に書《か》き流《なが》しただけのもので、きっと年配《ねんぱい》の先生《せんせい》だったら「もっと真面目《まじめ》に書《か》きなさい」なんて怒《おこ》るような代物《しろもの》だけど、まだ二十代《にじゅうだい》の北条先生《ほうじょうせんせい》はわたしたちの年代《ねんだい》と近《ちか》いセンスを持《も》っていたのか、とても評価《ひょうか》してくれた。

「主人公《しゅじんこう》かず子《こ》を現代《げんだい》のシングルマザーと比較《ひかく》して分析《ぶんせき》するなんて、とてもユニークだった。もっとお話《はなし》を伺《うかが》いたいわ。よろしかったら、文学《ぶんがく》サロンにお茶《ちゃ》を飲《の》みにいらっしゃらない？」

ふと、キッチンの噂《うわさ》を思《おも》い出《だ》した。見《み》てみたいと思《おも》ったけど、なんとなく、いつみと話《はな》すことに気《き》が進《すす》まない。

「いえ……結構《けっこう》です」

「いいじゃない、是非《ぜひ》いらしてよ。さっき、ちょうどパウンドケーキを焼《や》いたところなの」

「ご自分《じぶん》でも、お菓子《かし》を作《つく》るんですか？」

ほんの少《すこ》し、ライバル心《しん》が芽生《めば》える。わたしがどんなケーキを焼《や》けるのか、見《み》せつけてやりたくなってしまう。

「そうよ。読書会《どくしょかい》にスイーツは欠《か》かせないでしょ。それに、イベントの時《とき》にはたくさん作《つく》って売《う》って、サークル費《ひ》を稼《かせ》がなくちゃ」

キッチン。それも、たくさんお菓子《かし》の作《つく》れるキッチン。

「あのう……ガスですか、電気《でんき》ですか？」

「何《なに》がかしら？」

「オーブンです」

いつみは一瞬《いっしゅん》きょとんとすると、大笑《おおわら》いした。

「ガスよ。変《か》わった人《ひと》ね。そんなこと聞《き》いた人《ひと》、あなたが初《はじ》めてだわ」

そしてわたしは、誘《さそ》われるまま文学《ぶんがく》サロンを訪《おとず》れた。

そこにあるのは、まさに理想《りそう》とするキッチンだった。広《ひろ》くて清潔《せいけつ》で、カウンターはL《エル》字《じ》型《がた》とアイランド型《がた》の両方《りょうほう》が備《そな》わっている。シャワーノズル付《つ》きの大《おお》きなシンクが三《みっ》つ。銀色《ぎんいろ》の業務用冷蔵庫《ぎょうむようれいぞうこ》。スタンド式《しき》のミキサー。パンだね発酵器《はっこうき》。アイスクリームマシン。

「すてき……」

ほうっとため息《いき》をついて、磨《みが》きこまれたカウンタートップを撫《な》でる。ひんやりとした大《だい》理石《りせき》。これならパイ生地《きじ》もこねやすいし、チョコレートのテンパリングもできる。なんて贅沢《ぜいたく》なんだろう。

「さあ、これがオーブンよ。あなたのご期待《きたい》に添《そ》えるかしら？」

いつみが指差《ゆびさ》した壁面《へきめん》には、ガスオーブンが三台備《さんだいそな》えつけてあった。一台《いちだい》で七号《ななごう》のラウンドのケーキが二《に》、三個《さんこ》は焼《や》けそうだ。

「すごいわ」

オーブンの隣《となり》のドアを開《あ》けるとウォークイン・パントリーになっている。強力粉《きょうりきこ》、薄力粉《はくりきこ》、粉砂糖《こなざとう》、アラザン、ナッツ類《るい》、バニラスティック、カカオパウダー、フルーツの瓶詰《びんづ》め、ジャム、はちみつ、カラフルなスパイス……いったい、デザートを何種類《なんしゅるい》作《つく》れるんだろう？　輸入物《ゆにゅうもの》も多《おお》くて、洒落《しゃれ》たパッケージを見《み》ているだけでも飽《あ》きない。ここに座《すわ》って、一日中《いちにちじゅう》過《す》ごしたいくらいだ。

ボウルやヘラ、刷毛《はけ》などのキッチンツールも、整然《せいぜん》と並《なら》べられている。今回《こんかい》、自分《じぶん》の店《みせ》のためにたくさん見《み》て回《まわ》ったからわかる。全《すべ》て、超一流《ちょういちりゅう》のものだ。

「すごい。わたしのレストランより画期的《かっきてき》だわ」

「あなたのレストラン？　ああ、ご実家《じっか》の料亭《りょうてい》のことね」

「いいえ、わたし、洋食屋《ようしょくや》を開《ひら》かせてもらうことになったんです」

「あなたが？　まあ、それは素敵《すてき》ね」

「そこではデザートもたくさん作《つく》って出《だ》すつもりなんです。このキッチン、完璧《かんぺき》だわ。ぜひ参考《さんこう》にさせていただきます」

それからいつみの焼《や》いたパウンドケーキを食《た》べながら、付《つ》け足《た》しのように太宰治《だざいおさむ》の話《はなし》をした。いつみのケーキは、悪《わる》くなかった。っていうより、こんなキッチンで、こんな材《ざい》料《りょう》で、こんな設備《せつび》で作《つく》ったら、誰《だれ》が作《つく》っても美味《おい》しくなるんじゃないだろうか。

なんだか楽《たの》しくて、ついつい話《はなし》も長《なが》くなってしまった。

「あらいやだ。もうこんな時間《じかん》！」

いつみが時計《とけい》を見《み》て、驚《おどろ》いて言《い》った。いつの間《ま》にか、時計《とけい》は十時《じゅうじ》を回《まわ》っている。

「こんな遅《おそ》くまでお引止《ひきと》めしてしまって、ごめんなさい。車《くるま》で送《おく》らせていただくわ」

「大丈夫《だいじょうぶ》です。電車《でんしゃ》で帰《かえ》れますから」

「ダメよ。もう暗《くら》いもの。『こみなみ』なら場所《ばしょ》も知《し》ってるから」

そうしてわたしは、いつみと一緒《いっしょ》に送《おく》ってもらって帰宅《きたく》することになった。

車《くるま》に乗《の》っているあいだにも、たくさん話《はなし》をした。その頃《ころ》にはわたしの肩《かた》の力《ちから》も抜《ぬ》け、苦手《にがて》だと敬遠《けいえん》していたいつみとも自然《しぜん》に会話《かいわ》できるようになっていた。いつみは朗《ほが》らかで気《き》さくで、なるほど、人気《にんき》があるのも納得《なっとく》できた。

車《くるま》が繁華街《はんかがい》を抜《ぬ》けて、そろそろ料亭《りょうてい》がみえてくるなと思《おも》ったときだった。

先《さき》の方《ほう》で、そこだけ夜《よる》の空《そら》が真《ま》っ赤《か》に揺《ゆ》らめいていた。

背筋《せすじ》を嫌《いや》な予感《よかん》が走《はし》る。近《ちか》づいてくる消防車《しょうぼうしゃ》のサイレン。わらわらと集《あつ》まってくる野《や》次馬《じうま》。車《くるま》を迂回《うかい》させている警察官《けいさつかん》。

「何《なに》があったのでしょうか」

窓《まど》を開《あ》け、室生《むろう》という運転手《うんてんしゅ》が交通整理《こうつうせいり》をしている警察官《けいさつかん》に尋《たず》ねた。

「この先《さき》の料亭《りょうてい》から火《ひ》が出《で》ましてね」

それを聞《き》いた途端《とたん》、わたしは車《くるま》から飛《と》び出《だ》していた。野次馬《やじうま》をかき分《わ》けて走《はし》って、やっとたどり着《つ》いてみると、すでに「こみなみ」はまるごと炎《ほのお》に包《つつ》まれていた。

父《ちち》の全《すべ》て。父《ちち》の人生《じんせい》そのものが、目《め》の前《まえ》で燃《も》えていた。辺《あた》りを見回《みまわ》すと、茫然《ぼうぜん》と見《み》つめる父《ちち》と母《はは》、そして兄《あに》の姿《すがた》があった。真《ま》っ赤《か》に燃《も》える炎《ほのお》に照《て》らされ、躍《おど》り狂《くる》う炎《ほのお》を父《ちち》の顔《かお》にあるシワやシミ、目《め》の下《した》のくまがくっきりと浮《う》かび上《あ》がっている。店《みせ》を丸《まる》ごと呑《の》み込《こ》むほどの炎《ほのお》の前《まえ》で、父《ちち》の姿《すがた》はとても小《ちい》さく、無力《むりょく》に見《み》えた。わたしはとても声《こえ》をかけることができず、人波《ひとなみ》にまぎれてその姿《すがた》を見守《みまも》るだけだった。

火《ひ》はそのまま、何時間《なんじかん》もかけて父《ちち》の全《すべ》てを燃《も》やし尽《つ》くした。

「こみなみ」の火事《かじ》は、新聞《しんぶん》に載《の》った。

大正元年創業《たいしょうがんねんそうぎょう》の料亭《りょうてい》が全焼《ぜんしょう》したこと、閉店後《へいてんご》だったので誰《だれ》もおらず負傷者《ふしょうしゃ》は出《で》ていないこと、火元《ひもと》は厨房《ちゅうぼう》ではないこと、そして放火《ほうか》の疑《うたが》いが強《つよ》いこと。

登校《とうこう》すると、ニュースはもう学校中《がっこうじゅう》に知《し》れ渡《わた》っており、みんなが見舞《みま》いの言葉《ことば》をかけてくれた。そのなかでも特《とく》に、白石《しらいし》いつみは自分《じぶん》のことのように胸《むね》を痛《いた》めていた。

「お引《ひ》き止めしなければよかったのかしら」

「とんでもない。逆《ぎゃく》に、引《ひ》き止《と》めてくださらなかったら、巻《ま》き込《こ》まれていたかもしれませんん」

「でもあなたがあのまま帰宅《きたく》なさっていたら、放火犯《ほうかはん》を目撃《もくげき》することもできたかもしれない。犯人《はんにん》は思《おも》いとどまったかもしれない。――わたし責任《せきにん》を感《かん》じてしまって」

「昨日《きのう》のことは、なにも関係《かんけい》ないです。気《き》にしないでください」

「わたしにできることがあったら、何《なん》でも言《い》ってちょうだい」

「そんな――」言《い》いかけて、ふと思《おも》いついた。「あの……」

「何《なに》かしら」

「わたしをサークルに入会《にゅうかい》させていただけませんか」

いつみはとても柔和《にゅうわ》な微笑《びしょう》を浮《う》かべ、慈《いつく》しむようにわたしの両手《りょうて》を握《にぎ》った。

「もちろんよ。あなたなら大歓迎《だいかんげい》だわ」

思《おも》ったとおり、文学《ぶんがく》サロンのキッチンは最高《さいこう》に使《つか》い勝手《がって》が良《よ》かった。

わたしは思《おも》いつくままに、次々《つぎつぎ》とデザートを作《つく》った。材料《ざいりょう》でも道具《どうぐ》でも、いつみにねだれば、世界中《せかいじゅう》から最高級《さいこうきゅう》のものを用意《ようい》してもらえる。他《ほか》のメンバーにとっては、サロンそのものがお城《しろ》なんだろう。けれどもわたしにとっては、このキッチンこそが夢《ゆめ》のお城《しろ》だった。

それまでは、いつみも小百合《さゆり》も、気《き》が向《む》くとクッキーを焼《や》いたりしていたらしいけれど、わたしが入会《にゅうかい》してからは、スイーツは全《すべ》てわたしが作《つく》ることになった。わたしにとっては、食《た》べてくれる人《ひと》がいることも幸《しあわ》せである。

とは言《い》っても、キッチンで小麦粉《こむぎこ》や卵《たまご》ばかりをいじっていたわけじゃない。サークルの趣旨《しゅし》である文学活動《ぶんがくかつどう》にも、国語《こくご》の成績《せいせき》がそれなりながら、ちゃんと参加《さんか》していたつもり。

料理《りょうり》を扱《あつか》った文学作品《ぶんがくさくひん》がけっこう多《おお》いことを、このサークルで教《おし》えてもらった。ワイルダーの『大草原《だいそうげん》の小《ちい》さな家《いえ》』だってそうだし、メルヴィルの『白鯨《はくげい》』だってそう。『赤《あか》毛《げ》のアン』には美味《おい》しそうな焼《や》き菓子《がし》がふんだんに出《で》て来《く》る。読書会《どくしょかい》でクリスティのミス・マープルシリーズがテーマになったとき、よく出《で》てくるスコーンやポピーシード・パイを再現《さいげん》して振《ふ》る舞《ま》ってみたら、大好評《だいこうひょう》だった。

そうやって文学《ぶんがく》の面白《おもしろ》さにも徐々《じょじょ》に目覚《めざ》めてきたわたしは、少《すこ》しずつ討論会《とうろんかい》で発言《はつげん》するようにもなっていった。料理《りょうり》を通《つう》じて文学《ぶんがく》へと目《め》を向《む》けられるようになったのは、白石《しらいし》いつみのおかげだと感謝《かんしゃ》している。

わたしが入会《にゅうかい》して以来《いらい》、増《ふ》えたメンバーは三名《さんめい》。一年先輩《いちねんせんぱい》で医学部《いがくぶ》を狙《ねら》う古賀園子《こがそのこ》、ブルガリアからの留学生《りゅうがくせい》ディアナ・デチェヴァ、そして新入生《しんにゅうせい》であり奨学生《しょうがくせい》である二谷《にたに》美礼《みれい》だ。食《た》べてくれる人《ひと》が増《ふ》えて、わたしはますます腕《うで》を振《ふ》るうのが楽《たの》しくなった。読書《どくしょ》会《かい》や討論会《とうろんかい》が長引《ながび》いてしまうときには、オムライスやクラブサンド、パスタなど軽食《けいしょく》も作《つく》るようになった。

あの火事《かじ》があってから、洋食屋《ようしょくや》の計画《けいかく》は立《た》ち消《ぎ》えになってしまった。父《ちち》は店《みせ》を立《た》て直《なお》すことに駆《か》けずり回《まわ》っていたし、新店舗《しんてんぽ》への資金繰《しきんぐ》りも難《むずか》しくなったから。だからわたしは、中途半端《ちゅうとはんぱ》に燃《も》え尽《つ》きてしまった夢《ゆめ》を、このキッチンで実現《じつげん》しようとしていたのかもしれない。

サークルで過《す》ごす時間《じかん》は楽《たの》しかった。少人数《しょうにんずう》だからこそ、みんな親密《しんみつ》で、結束《けっそく》も固《かた》かったんじゃないだろうか。イースター&ペンテコステ祭用《さいよう》にパウンドケーキを三百本《さんびゃっぽん》作《つく》ることになったときなんて、材料集《ざいりょうあつ》め、計量《けいりょう》、生地《きじ》づくり、洗《あら》い物《もの》など、それぞれ係《かかり》を決《き》めて、三日三晩《みっかみばん》かけて焼《や》き上《あ》げた。

整然《せいぜん》と冷凍庫《れいとうこ》に並《なら》べられた三百本《さんびゃっぽん》のケーキを眺《なが》め、わたしは充実感《じゅうじつかん》を噛《か》みしめた。焼《や》きたてを急速冷凍《きゅうそくれいとう》することで、風味《ふうみ》と香《かお》りは新鮮《しんせん》なまま閉《と》じ込《こ》められている。たかだか学校《がっこう》のバザーだって、お金《かね》を頂《いただ》く限《かぎ》りは、完璧《かんぺき》なものを届《とど》けたい。お菓子作《かしづく》りにかけては、

わたしにはプライドがあるんだもの。そしてこのキッチンは、それを満《み》たしてくれる。白《しら》石《いし》いつみが、叶《かな》えてくれる。

それにしても、好《す》きな音楽《おんがく》をかけて、おしゃべりを楽《たの》しみながらのケーキ作《づく》りというのは、女子《じょし》としての究極《きゅうきょく》の醍醐味《だいごみ》。それでもだらだらとせず、きちんと一日百本《いちにちひゃっぽん》のノルマをこなせたのは、副会長《ふくかいちょう》の澄川小百合《すみかわさゆり》がしっかりとタイムテーブルをたててくれたからだ。道具《どうぐ》を出《だ》している間《あいだ》にバターを溶《と》かしておくこと、生地《きじ》をまぜている間《あいだ》にオーブンを温《あたた》めておくこと、焼《や》いている間《あいだ》に次《つぎ》の生地《きじ》の粉《こな》をふるって混《ま》ぜておくこと、焼《や》きあがったらすぐケーキ表面《ひょうめん》にラム酒《しゅ》を塗《ぬ》ってラップでくるむこと……。小百合《さゆり》がてきぱきと的確《てきかく》に指《し》示《じ》を出《だ》してくれたおかげで、全《すべ》てがスムーズに運《はこ》んだのだ。ケーキを焼《や》き慣《な》れているわたしでさえ、さすがに一日百本《いちにちひゃっぽん》ともなると、いつ何《なに》をするべきかあたふたとしてしまうのに。いつみにはカリスマ性《せい》やリーダーシップはあるが、小百合《さゆり》のような綿密《めんみつ》さや計画性《けいかくせい》に欠《か》けている。小百合《さゆり》のサポートがあってこそ、いつみも思《おも》うままに振《ふ》る舞《ま》えるのだ。これが白石《しらいし》いつみと澄川小百合《すみかわさゆり》が、理想的《りそうてき》なBFF《ビーエフエフ》——ベスト・フレンズ・フォエバーと憧《あこが》れられる理由《りゆう》だろう。いつか洋菓子店《ようがしてん》を開《ひら》くことができたなら、小百合先輩《さゆりせんぱい》に協力《きょうりょく》してもらいたいなと心《こころ》から思《おも》った。

澄川小百合《すみかわさゆり》はそんなふうに、陰《かげ》でしっかりとサークルを支《ささ》えている人《ひと》だった。

サークルに入《はい》ってからも、やはり時々《ときどき》いつみのことを苦手《にがて》だと感《かん》じることはあった。読《どく》書会《しょかい》のときでも、派手《はで》で大胆《だいたん》な解釈《かいしゃく》を披露《ひろう》するかと思《おも》えば、まったく矛盾《むじゅん》する意見《いけん》を述《の》べたりする。少《すこ》しでも反対意見《はんたいいけん》を述《の》べようものなら、とことんやりこめてくる。そこにやんわりと「いつみったら、文学《ぶんがく》の解釈《かいしゃく》って、人《ひと》それぞれなのが面白《おもしろ》いんじゃないの」と入《はい》ってきてくれるのが、小百合《さゆり》なのだった。

いつみが華美《かび》で絢爛《けんらん》であるとすれば、小百合《さゆり》はまさに侘寂《わびさび》の世界観《せかいかん》を持《も》った人《ひと》。しなやかな感性《かんせい》を持《も》ち、控《ひか》えめでありつつも、自分《じぶん》の芯《しん》というものをしっかりと持《も》っている。いつみの隣《となり》でしっとり微笑《ほほえ》みつつも、いつみが突《つ》っ走《ぱし》りそうになると上手《じょうず》に手綱《たづな》を締《し》める。学院《がくいん》の女生徒達《じょせいとたち》、また文学《ぶんがく》サークルのメンバーがいつみに強《つよ》く憧《あこが》れていた中《なか》で、わたしは小百合《さゆり》のような女性《じょせい》になりたいと密《ひそ》かに願《ねが》っていた。

そうやって、いつみと小百合《さゆり》を中心《ちゅうしん》に、メンバー同士仲良《どうしなかよ》くしてきたつもりだ。わたしが入会《にゅうかい》して一年《いちねん》と少《すこ》し。毎週《まいしゅう》の活動《かつどう》も、学院《がくいん》のイベントも、闇鍋朗読会《やみなべろうどくかい》も、みんなで楽《たの》しみながら活動《かつどう》してきた。だからつい最近《さいきん》になって問題《もんだい》が起《お》こるなんて、思《おも》ってもみなかった。

キッチンで粉砂糖《こなざとう》とアーモンドプードルを合《あ》わせてふるっていたところに、ある日《ひ》いつみが暗《くら》い表情《ひょうじょう》をしてやってきた。

「先輩《せんぱい》、どうかしたんですか」

「ええ、実《じつ》はね」いつみはため息《いき》をついた。「困《こま》ってるの。つきまとわれて」

「え？」

わたしは、いつも廊下《ろうか》や通学路《つうがくろ》でいつみを待《ま》ち伏《ぶ》せている下級生《かきゅうせい》たちの姿《すがた》を思《おも》い浮《う》かべる。中《なか》には積極的《せっきょくてき》に手紙《てがみ》やプレゼントを渡《わた》す子《こ》もいたし、メールアドレスを聞《き》きに来《く》る子《こ》も見《み》かけた。いつみはにこやかに対応《たいおう》していたけれど、内心《ないしん》はやはり疲《つか》れていたんだろうか。

「先輩《せんぱい》は目立《めだ》つし、仕方《しかた》ないですよ。憧《あこが》れられてるんだもの」

「そんなんじゃないの。家《いえ》まであがりこんでくるのよ」

「え、家《いえ》まで？」

「そう。弟《おとうと》の家庭教師《かていきょうし》をしたい、と言《い》って無理《むり》やり」

家庭教師《かていきょうし》。ということは——。

「断《ことわ》れないんですか？」

「何度《なんど》も断《ことわ》ったわ。それなのに、ボランティアでいいからって。そんなわけにいかないから、ちゃんとお月謝《げっしゃ》は渡《わた》すことにしたけど……それにしても、ちょっとね」

「そんなの、おかしいですよ。校長《こうちょう》に相談《そうだん》しては？」

「それがね、ずる賢《がしこ》いというかなんというか……。この学校《がっこう》、アルバイト禁止《きんし》じゃない？　だけどそれでは生活《せいかつ》していけないと、彼女《かのじょ》は校長先生《こうちょうせんせい》に直談判《じかだんぱん》したわけ。そうしたら校《こう》長先生《ちょうせんせい》が、うちの弟《おとうと》の家庭教師《かていきょうし》なら、アルバイトとして認《みと》めてもいいと提案《ていあん》したのよ。だから校長先生《こうちょうせんせい》をも丸《まる》め込《こ》んでのことになってしまってね」

「そんな……」

わたしは冷凍《れいとう》させた後《あと》に自然解凍《しぜんかいとう》した卵白《らんぱく》の入《はい》ったボウルに、グラニュー糖《とう》を少《すこ》しずつ入《い》れながら泡立《あわだ》てていく。

「なにを作《つく》っているの？」

「マカロンです」

「まあ、難《むずか》しいんでしょ？」

いつみは子供《こども》みたいに人差《ひとさ》し指《ゆび》をボウルに突《つ》っ込《こ》んで、甘《あま》いメレンゲを舐《な》めた。ふるってておいたココアパウダーを投入《とうにゅう》し、ゴムベラで切《き》るように混《ま》ぜていく。

「なんていうか、ちょっと可哀想《かわいそう》なのよね。痛々《いたいた》しいっていうか。貧《まず》しくて、この学院《がくいん》に溶《と》け込《こ》めるはずなんてないのに、必死《ひっし》で溶《と》け込《こ》もうとしているのよ。ヘアサロンに行《い》くようなお小遣《こづか》いがないから、保健室《ほけんしつ》に置《お》いてあるオキシドールで髪《かみ》を脱色《だっしょく》したり、安物《やすもの》のハンカチにブランドのロゴマークを自分《じぶん》で刺繍《ししゅう》したりしてね。そんなことをしても他《ほか》の生徒《せいと》たちに近《ちか》づけるはずなんてないのに、それで馴染《なじ》めていると思《おも》い込《こ》んでいるのよ。本《ほん》当《とう》はみんな、陰《かげ》で笑《わら》っているのにね」

「それは哀《あわ》れですね」

下地《したじ》ができた。失敗《しっぱい》するか成功《せいこう》するか、マカロンはここからが勝負《しょうぶ》だ。わたしはゴムベラをボウルの壁《かべ》に押《お》し付《つ》けて、生地《きじ》の気泡《きほう》をつぶしていく。

「あら、せっかくふんわり泡立《あわだ》てたのに？」

いつみが驚《おどろ》く。

「マカロナージュです」

「マカロナージュ？」

「生地《きじ》が膨《ふく》らみすぎないように泡《あわ》をつぶすことです。膨《ふく》らみすぎると、表面《ひょうめん》にひびが入《はい》って割《わ》れてしまうから。だけどつぶしすぎると形《かたち》が崩《くず》れて、ぺたんこになっちゃいます。どこまでマカロナージュするか、その見極《みきわ》めがホント難《むずか》しいんですよね」

「じゃあ、マカロン作《づく》りで一番大切《いちばんたいせつ》な工程《こうてい》なのね」

わたしが根気《こんき》よく生地《きじ》の気泡《きほう》をつぶしていくのを、いつみはじっと見守《みまも》っている。生地《きじ》に艶《つや》が出《で》てきた。

「ちょっとやってみたいな」

「いいですよ」

普通《ふつう》なら、この大事《だいじ》な工程《こうてい》をぜったいに他人任《ひとまか》せにしないけれど、いつみはセンスがあるので素直《すなお》にボウルを渡《わた》すことができる。これは、わたしがよほどその人《ひと》の勘《かん》を信頼《しんらい》している証拠《しょうこ》なのだ。

「とにかく、そういうわけで、なんだかむげにできなくて」

いつみはボウルを少《すこ》しずつ回《まわ》しながら、満遍《まんべん》なく生地《きじ》の気泡《きほう》をつぶしていく。その作《さ》業《ぎょう》を数分続《すうふんつづ》けると、ボウルを置《お》いてゴムベラを持《も》ち上《あ》げた。ココア色《いろ》の生地《きじ》が、ぼとりと垂《た》れる。

「どう？　まだ足《た》りない？」

「足《た》りないですね。もう少《すこ》し、泡《あわ》をヘラでこすりつけるようにしてみてください」

わたしの指示通《しじどお》り、いつみはさらに作業《さぎょう》を続《つづ》ける。なめらかな額《ひたい》に、うっすらと汗《あせ》が滲《にじ》んできた。

「ただね、それだけじゃないのよ」

「つきまとうだけじゃないんですか？　家《いえ》にあがりこんでくるだけで、かなりずうずうしいとは思《おも》いますけど」

「実《じつ》は……うちからいろいろなものがなくなるのよ」

「ええ！」

「最初《さいしょ》はハンカチとか、化粧《けしょう》ポーチとかそういう小《ちい》さなものだったんだけど、だんだんリモージュの置時計《おきどけい》とか、グラスとかエスカレートしていって。それに、お財布《さいふ》からお金《かね》も盗《ぬす》まれちゃったの」

「そんなの、泥棒《どろぼう》じゃないですか」

「やっぱりそうよね」

さらに作業《さぎょう》を続《つづ》けようとするいつみの手《て》を止《と》めて、わたしはヘラを持《も》ち上《あ》げてみる。生地《きじ》はきれいに、リボン状《じょう》になってボウルの中《なか》に落《お》ちていった。

「警察《けいさつ》に届《とど》けましたか」

「そんなのしないわよ。この学院《がくいん》の生徒《せいと》は、身内《みうち》みたいなものだし」

生地《きじ》をふたつの絞《しぼ》り袋《ぶくろ》に分《わ》けて入《い》れ、ひとつをいつみに手渡《てわた》す。それぞれオーブンシートの上《うえ》に、丸《まる》く搾《しぼ》り出《だ》していった。

「あかねちゃんみたいに綺麗《きれい》な丸《まる》にならないわ」

いつみが口《くち》を尖《とが》らせる。

「慣《な》れですよ」

オーブンシートの上《うえ》に、百個以上《ひゃっこいじょう》の円《えん》ができる。絞《しぼ》り終《お》えたら、焼《や》く前《まえ》にしばらく乾《かん》燥《そう》させなければならない。

「待《ま》つ間《あいだ》、お茶《ちゃ》にしましょうか」

いつみは湯《ゆ》を沸《わ》かし、ティーポットに茶葉《ちゃば》を入《い》れた。

「今日《きょう》は何《なん》の紅茶《こうちゃ》ですか」

「アールグレイにしようと思《おも》って。ストレスがたまってるときは、香《かお》りが高《たか》いものを飲《の》むと気持《きも》ちがほぐれるでしょう」

湯《ゆ》を入《い》れて少《すこ》し蒸《む》らし、ミントンのマグカップに注《そそ》ぐ。サロンへは運《はこ》ばず、キッチンのカウンターで飲《の》むことにした。こういうカジュアルなティータイムも、わたしは気《き》に入《い》っている。

「このこと、ご両親《りょうしん》は？」

「もちろん知《し》ってるわ。だって、リビングや弟《おとうと》の部屋《へや》からも、お金《かね》や物《もの》がなくなったりしてるんですもの。両親《りょうしん》だって、弟《おとうと》だって、彼女《かのじょ》に家庭教師《かていきょうし》を辞《や》めてもらいたがってるの。でも彼女《かのじょ》はそんなことお構《かま》いなし。居座《いすわ》って、夕飯《ゆうはん》だって食《た》べていくのよ」

「あの……わたしでよかったら、追《お》い払《はら》ってやりましょうか」

「え？」

いつみは目《め》を丸《まる》くし、そしてからからと笑《わら》った。

「あかねちゃんって面白《おもしろ》い人《ひと》ね。あなたのような小柄《こがら》でお人形《にんぎょう》さんみたいな人《ひと》が、いったいどうやって追《お》い払《はら》うって言《い》うのよ」

ひとしきり笑《わら》った後《あと》、ふといつみは安《やす》らいだ微笑《びしょう》を浮《う》かべた。

「なんだか気持《きも》ちが軽《かる》くなった」

「わたしなんかでよければ、いつでも話《はな》しに来《き》てください」

「そうね。キッチンに来《く》れば、あかねちゃんがいてくれるものね」

それ以来《いらい》、その家庭教師《かていきょうし》のことで何《なに》かあるたび、キッチンにやって来《き》ては、わたしに話《はなし》をするようになった。手《て》を動《うご》かしながらキッチンを忙《いそが》しく歩《ある》き回《まわ》るわたしのあとを、いつみもシンクへ、冷蔵庫《れいぞうこ》へ、オーブンへとついて回《まわ》るのだ。その時《とき》だけは、先輩《せんぱい》と後輩《こうはい》という立場《たちば》が逆《ぎゃく》になる。あの白石先輩《しらいしせんぱい》がこんなに甘《あま》えた表情《ひょうじょう》を見《み》せるのかと、意外《いがい》に思《おも》ったりもした。


その家庭教師《かていきょうし》とは、いやでもサロンで顔《かお》を合《あ》わせることになる。

いつみは表面上《ひょうめんじょう》、何事《なにごと》もないかのように振《ふ》る舞《ま》い、分《わ》け隔《へだ》てなく温《あたた》かく接《せっ》している。

しかし、それがものすごいストレスだったに違《ちが》いない。いつみはだんだん無口《むくち》になり、ふさぎこむようになっていった。

「どうかしたんですか」

聞《き》いてみても、力《ちから》なく首《くび》を振《ふ》るだけだ。心労《しんろう》からか、いつみはどんどんやつれていく。わたしだったら家庭教師《かていきょうし》も、この文学《ぶんがく》サークルも辞《や》めさせるが、いつみはそんな冷《つめ》たいことができる人《ひと》じゃない。火事《かじ》によって、実家《じっか》の料亭《りょうてい》も、将来《しょうらい》の洋食屋《ようしょくや》と洋菓子屋《ようがしや》の夢《ゆめ》も、何《なに》もかも失《うしな》ってしまったわたしを拾《ひろ》い上《あ》げてくれたように、いつみは、この貧《まず》しくて卑《いや》しい奨学生《しょうがくせい》のことも見捨《みす》てることができないに違《ちが》いない。

親《した》しくなる前《まえ》の印象《いんしょう》と違《ちが》って、実《じつ》はいつみは、人間関係《にんげんかんけい》をマカロナージュできる人《ひと》なのだろう。不満《ふまん》や杞憂《きゆう》などの気泡《きほう》をつぶしながら、他《ほか》のメンバーとなめらかに混《ま》ざり合《あ》って、ほどよい関係《かんけい》を形作《かたちづく》ることができる。自分《じぶん》をつぶしすぎてぺたんこになることもないし、自分《じぶん》を出《だ》しすぎて関係《かんけい》をひび割《わ》れさせたりすることもない。これまで、そういうのは小百合《さゆり》の役割《やくわり》だと思《おも》ってきたが、いつみもいつみなりに折《お》り合《あ》いをつけていたのだ。そしてその見極《みきわ》めをちゃんとできる人《ひと》だからこそ、会長《かいちょう》という役割《やくわり》をこなしてこられたのかもしれない。

ある放課後《ほうかご》、キッチンで次《つぎ》の日《ひ》の討論会《とうろんかい》で出《だ》すババロアを作《つく》るのに没頭《ぼっとう》していると、サロンを出《で》るのが最後《さいご》になってしまった。道具《どうぐ》を洗《あら》い、カウンターを拭《ふ》きあげて帰《かえ》ろうとすると、ソファに手帳《てちょう》が置《お》きっぱなしになっていることに気《き》がついた。クロコダイルのカバー。いつみの忘《わす》れ物《もの》だ。この間《あいだ》も置《お》き忘《わす》れていて、そっと鞄《かばん》に戻《もど》してあげたばかりなのに。携帯《けいたい》に連絡《れんらく》しようとしたとき、ドアが開《あ》いて本人《ほんにん》が入《はい》ってきた。

「ああ、よかった。ここに忘《わす》れてたのね」

わたしから手帳《てちょう》を受《う》け取《と》ると、いつみは大切《たいせつ》そうに抱《だ》きしめた。

「見《み》つけてくれたのがあかねちゃんでよかった。彼女《かのじょ》だったら、そのまま盗《ぬす》まれてしまったかもしれないもの」

「もしかして、まだ続《つづ》いているんですか？」

わたしが尋《たず》ねると、いつみの顔《かお》はみるみる曇《くも》り、目《め》に涙《なみだ》が溢《あふ》れてきた。

「先輩《せんぱい》？」

「実《じつ》は……昨日《きのう》また、大切《たいせつ》なものを盗《と》られてしまって」

「まあ！　何《なに》をですか」

「バレッタよ。すずらんの模様《もよう》が入《はい》っているの」

「お母様《かあさま》とか……お手伝《てつだ》いさんが片《かた》づけたのではなくて？」

「もちろん聞《き》いてみたわ。誰《だれ》も触《さわ》っていないって。わたし大切《たいせつ》に、ドレッサーに仕舞《しま》っておいたのに」

「ひどい……」

「他《ほか》のものを盗《ぬす》まれてもまだ許《ゆる》せるわ。でも、あのすずらんのバレッタだけはダメなの。亡《な》くなったおばあさまが、特注《とくちゅう》してくださったものなんだもの」

「やっぱり警察《けいさつ》に行《い》きましょう。立派《りっぱ》な犯罪《はんざい》ですよ」

「ダメよ。自分《じぶん》に罪《つみ》を犯《おか》す者《もの》を赦《ゆる》せと、イエス様《さま》はおっしゃってるわ」

いつみは慈《いつく》しみ深《ぶか》い微笑《びしょう》を浮《う》かべた。

「可哀想《かわいそう》な子《こ》なんだわ。経済的《けいざいてき》な貧《まず》しさが心《こころ》の貧《まず》しさになってしまったのね。よくよくの事情《じじょう》があってのことだと思《おも》う。彼女《かのじょ》と話《はな》してみるわ。根《ね》は悪《わる》い子《こ》じゃないはずだもの。あなたも責《せ》めないであげてね」

それから数日後《すうじつご》、いつみが嬉《うれ》しそうにわたしに報告《ほうこく》しに来《き》た。

「彼女《かのじょ》と話《はな》し合《あ》えることになったの。明日《あした》の放課後《ほうかご》、テラスで。あそこは彼女《かのじょ》のお気《き》に入《い》りの場所《ばしょ》なんですって。誰《だれ》にも聞《き》かれる心配《しんぱい》もないし、きっと素直《すなお》に打《う》ち明《あ》けてくれるつもりなんだわ」

わたしから見《み》ればただの卑劣《ひれつ》な盗人《ぬすっと》なのに、いつみはあくまでも彼女《かのじょ》のプライドを守《まも》ってやろうとしている。さすがに彼女《かのじょ》だって反省《はんせい》するに違《ちが》いない。

それなのに――。

どうしてこんなことになってしまったんだろう。わたしは花壇《かだん》に埋《う》もれたいつみの死体《したい》を目《め》の前《まえ》に、呆然《ぼうぜん》とした。話《はな》し合《あ》いがこじれた？　いつみから責《せ》められていると思《おも》って逆上《ぎゃくじょう》した？　それとも……最初《さいしょ》からいつみを突《つ》き落《お》とすつもりでテラスに呼《よ》び出《だ》した？

彼女《かのじょ》が反省《はんせい》して行動《こうどう》を改《あらた》めるだろうと高《たか》を括《くく》っていたわたしは、なんて甘《あま》かったんだろう。集《あつ》まった女生徒《じょせいと》たちの悲鳴《ひめい》やすすり泣《な》きの中《なか》、いつみが運《はこ》ばれていくのをわたしはぼんやりと眺《なが》めていた。その時《とき》、血《ち》にまみれたいつみの手《て》に握《にぎ》りしめられた一房《ひとふさ》の花《はな》が目《め》に留《と》まった。

すずらん。

わたしには、すぐにわかった。それは、いつみからわたしへの、ダイイング・メッセージ。その花《はな》は犯人《はんにん》が誰《だれ》であるかを告《つ》げ、そして最後《さいご》までその人物《じんぶつ》を赦《ゆる》そうとした、いつみの高貴《こうき》な魂《たましい》が込《こ》められていた。

いつみが亡《な》くなってからの、この一週間《いっしゅうかん》。学院《がくいん》も、白石家《しらいしけ》も、そして警察《けいさつ》も、いつみの死《し》の真相《しんそう》、そしてそれを解明《かいめい》するために、すずらんの意味《いみ》を探《さが》していた。けれどもわたしは口《くち》を固《かた》く閉《と》ざしてきた。犯人《はんにん》を差《さ》し出《だ》すことは、いつみの本意《ほんい》でないと知《し》っていたから。けれど、それが却《かえ》ってさまざまな憶測《おくそく》を呼《よ》んで、メンバーの誰《だれ》もが怪《あや》しく思《おも》われ、色々《いろいろ》な噂《うわさ》が流《なが》れることとなってしまった。

だから、そろそろ真実《しんじつ》を述《の》べなくちゃならないと思《おも》う。慈悲深《じひぶか》いいつみには申《もう》し訳《わけ》ない気《き》もするけれど、わたしだって個人的《こじんてき》に犯人《はんにん》を赦《ゆる》すことはできない。このわたしの裏切《うらぎ》りに関《かん》しては、いつか天国《てんごく》に召《め》されたとき、いつみに再会《さいかい》して謝《あやま》ろうと思《おも》っている。

（終《お》わり）

†

小南《こみなみ》あかねさん、どうもありがとう。

いつも穏《おだ》やかに微笑《ほほえ》み、甘《あま》いお菓子《かし》を焼《や》いているあなたからは想像《そうぞう》もつかないような、皮肉《ひにく》の混《ま》じったドライな小説《しょうせつ》でしたね。けれども、きっとそれが小説《しょうせつ》という手法《しゅほう》の醍醐《だいご》味《み》なのでしょう。事実《じじつ》を客観視《きゃっかんし》する。それを文章化《ぶんしょうか》する。すると、自分《じぶん》でも気《き》づかなかった本音《ほんね》が見《み》えてくる。

小南《こみなみ》さん。もしかしたらあなた、この作品《さくひん》を書《か》くまで、いつみのことが苦手《にがて》だったと……ああ、あなたは嫌《きら》いだとハッキリお書《か》きでしたね……お気《き》づきではなかったんじゃないかしら？　書《か》き始《はじ》めて初《はじ》めて、自分《じぶん》の過去《かこ》の感情《かんじょう》に気《き》づいたのでは？

――ああ、やっぱりそうなのですね。それこそが、今回《こんかい》のテーマの本当《ほんとう》の意義《いぎ》なのかもしれません。本音《ほんね》で故人《こじん》を偲《しの》ぶということ。

それにしても……とても興味深《きょうみぶか》い内容《ないよう》でしたね。あなたも犯人《はんにん》をご存知《ぞんじ》だと、そうおっしゃりたいのね。けれど、さきほどの朗読作品《ろうどくさくひん》と矛盾点《むじゅんてん》がある。いったい何《なに》が真実《しんじつ》なのかしら……。暗闇《くらやみ》の中《なか》にいると、真実《しんじつ》と虚構《きょこう》の見定《みさだ》めもはっきりできない気《き》がしてくるわ。混乱《こんらん》してしまいそう。

このあとのみなさんの朗読《ろうどく》をお聞《き》きするのが、楽《たの》しみなような、恐《おそ》ろしいような気《き》がしてきたわ。いったい、みなさんそれぞれ、どんなストーリーをお持《も》ちなのかしら。

ああ、ごめんなさい。小南《こみなみ》さんは、どうぞお席《せき》にお戻《もど》りになって。あなたは国語《こくご》が苦《にが》手《て》だとか、書《か》くことには興味《きょうみ》はないといつもおっしゃっているけど、なかなかの文章《ぶんしょう》力《りょく》でしてよ。ガーリーな毒《どく》がたっぷりと効《き》いていたと思《おも》うわ。

さあみなさん、小南《こみなみ》あかねさんに盛大《せいだい》な拍手《はくしゅ》を。

まあ、すごい雷《かみなり》ね。いっこうに嵐《あらし》は止《や》みそうにないわ。ますます雨《あめ》も激《はげ》しくなるばかり。恐《おそ》ろしいくらいの勢《いきお》いね。

ところでみなさん、お飲《の》み物《もの》は足《た》りていて？　お口直《くちなお》しに、ソルベ風《ふう》のカクテルをお配《くば》りするわね。足元《あしもと》が暗《くら》いから、その間《あいだ》だけちょっとキャンドルを使《つか》わせてちょうだい。さあみなさん、遠慮《えんりょ》なくお代《か》わりしてね。

――あら、二谷《にたに》さん？　どうなさったの、真《ま》っ青《さお》な顔《かお》をなさって。それに、どうして慌《あわ》ててバレッタをお外《はず》しになるの。大切《たいせつ》ないつみの形見《かたみ》だと……いつみから譲《ゆず》り受《う》けたものだと……あなたがご自身《じしん》でおっしゃったのに。

まあみなさん、すっかり具材《ぐざい》が煮《に》えすぎていてよ。朗読《ろうどく》に引《ひ》き込《こ》まれてしまうのもわかるけれど、どうぞお食事《しょくじ》も進《すす》めてちょうだいね。

それでは次《つぎ》は――どなたの番《ばん》だったかしら。ああ、留学生《りゅうがくせい》のディアナ・デチェヴァアさん ね。そんなに慌《あわ》てて準備《じゅんび》なさらないで大丈夫《だいじょうぶ》よ。ゆっくり召《め》し上《あ》がってからでいいわ。

4

朗読《ろうどく》小説《しょうせつ》「春《はる》のバルカン」

留学生《りゅうがくせい》　ディアナ・デチェヴァ

わたしの祖国《そこく》・ブルガリアには吸血鬼《きゅうけつき》がいると古《ふる》くからいわれています。吸血鬼《きゅうけつき》というとルーマニア・トランシルバニア地方《ちほう》のドラキュラ伯爵《はくしゃく》が有名《ゆうめい》なようですが、ブルガリアでも、結婚《けっこん》した相手《あいて》が吸血鬼《きゅうけつき》だったとか、いろいろな民話《みんわ》があちこちに残《のこ》っているのです。

わたしが住《す》んでいるのはバルカン山脈《さんみゃく》のふもとにあるレバゴラド村《むら》というところで、そこには吸血鬼《きゅうけつき》は若《わか》い娘《むすめ》の姿《すがた》をしているという言《い》い伝《つた》えがあります。その吸血鬼《きゅうけつき》はラミアーと呼《よ》ばれています。魔術《まじゅつ》を使《つか》えるので、吸血鬼《きゅうけつき》というよりは、魔女《まじょ》に近《ちか》いとも言《い》われています。

春《はる》になると、村《むら》ではラミアーの宴《うたげ》が行《おこな》われます。夜《よる》、みんなで集《あつ》まり、山《やま》のように積《つ》んだ枯《か》れ枝《えだ》に火《ひ》をつけ、ごうごうと燃《も》え盛《さか》る炎《ほのお》のまわりで、踊《おど》り騒《さわ》ぐのです。若《わか》い娘《むすめ》は黒《くろ》いドレスをまとい、次々《つぎつぎ》と色《いろ》んな人《ひと》に抱《だ》きついて血《ち》を吸《す》うまねをします。大《おお》きな火《ひ》の塊《かたまり》が、村《むら》のあちこちで、笑《わら》うように揺《ゆ》れ、香《こう》が焚《た》かれ、酒《さけ》がじゃんじゃん振舞《ふるま》われ、水煙草《みずたばこ》が回《まわ》し喫《の》みされます。熱気《ねっき》でひとびとの顔《かお》は赤《あか》く、炎《ほのお》が映《うつ》って瞳《ひとみ》が燃《も》えているように見《み》えます。

吸血鬼《きゅうけつき》は、生《い》きている死者《ししゃ》です。宴《うたげ》の夜《よる》には死者《ししゃ》と生者《せいじゃ》の境目《さかいめ》がなくなるといわれ、死者《ししゃ》の魂《たましい》が歩《ある》き回《まわ》るとされています。踊《おど》っている人《ひと》が、歌《うた》っている人《ひと》が陽気《ようき》であればあるほど、この人《ひと》はもしかしたら、もうとっくに死《し》んでいるのではないかと思《おも》うことがあります。

そのなかで、黒《くろ》いカラスの羽《はね》のドレスに身《み》を包《つつ》んだ、ひときわ不吉《ふきつ》で、ひときわ美《うつく》しい女性《じょせい》がいました。しっとりと濡《ぬ》れた漆黒《しっこく》の瞳《ひとみ》。蠟《ろう》のように光沢《こうたく》のある白《しろ》い肌《はだ》。彼女《かのじょ》が火《ひ》のまわりで跳《は》ねるたび、汗《あせ》が飛《と》び散《ち》り、長《なが》い髪《かみ》がざわりと空気《くうき》を揺《ゆ》らしました。ひとびとは歌《うた》うことも忘《わす》れ、その女性《じょせい》の踊《おど》りを夢中《むちゅう》で見《み》ていました。

誰《だれ》かが「ラミアーだ」と呟《つぶや》きました。それほどその女性《じょせい》は美《うつく》しく、神秘的《しんぴてき》だったのです。

そしてその女性《じょせい》こそが、イツミでした。

イツミをその祭《まつ》りに連《つ》れて来《き》たのは、わたしの姉《あね》のエマでした。

姉《あね》といっても、わたしとは双子《ふたご》なので同《おな》い年《どし》です。我《わ》が家《や》は貧《まず》しくて、わたしたち姉妹《しまい》二人《ふたり》を高校《こうこう》にやるのがやっとです。わたしは子供《こども》の頃《ころ》に事故《じこ》にあって以来《いらい》、左足《ひだりあし》が不自《ふじ》由《ゆう》なので外《そと》で働《はたら》いたことはありませんが、この村《むら》では子供《こども》でも花摘《はなつ》みや野菜配達《やさいはいたつ》などをしてお金《かね》を稼《かせ》ぐことは珍《めずら》しくはありません。エマも、小《ちい》さなころから農園《のうえん》の手伝《てつだ》いや牛《うし》の世《せ》話《わ》などをし、高校《こうこう》に入《はい》ってからは、村《むら》からバスで一時間《いちじかん》ほどの町《まち》にある旅行会社《りょこうがいしゃ》でアルバイトをして家計《かけい》を助《たす》けてくれています。エマは健康《けんこう》で、快活《かいかつ》で、活動的《かつどうてき》なので、学校《がっこう》でもとても人気《にんき》があります。エマはいつか色々《いろいろ》な国《くに》を旅行《りょこう》するのが夢《ゆめ》だったので、この仕事《しごと》を選《えら》んだのだと言《い》っていました。

レバゴラドは首都《しゅと》ソフィアからも遠《とお》い、小《ちい》さな小《ちい》さな村《むら》です。「薔薇《ばら》の谷《たに》」で有名《ゆうめい》なカザンラク近郊《きんこう》に位置《いち》していますが、村自体《むらじたい》にはこれといって観光《かんこう》をするところもないので、薔薇《ばら》の谷《たに》の途中《とちゅう》に立《た》ち寄《よ》る以外《いがい》は、そんなに人《ひと》が訪《おとず》れることはありませんでした。けれども姉《あね》のエマが旅行会社《りょこうがいしゃ》で働《はたら》き始《はじ》めてから、レバゴラドに積極的《せっきょくてき》に観光客《かんこうきゃく》を案内《あんない》するようになり、少《すこ》しずつですが、村《むら》が栄《さか》えてきたのです。

エマはその後《ご》、外国人旅行者《がいこくじんりょこうしゃ》を一般家庭《いっぱんかてい》に宿泊《しゅくはく》させるサーヴィスをレバゴラドで始《はじ》めました。そして、それが大変好評《たいへんこうひょう》となったのです。アメリカやイギリスでなく、わざわざブルガリアを選《えら》んでやってくるような旅人《たびびと》は、その土地《とち》の日常生活《にちじょうせいかつ》を知《し》りたい、体験《たいけん》したいと思《おも》う人《ひと》が多《おお》いのでしょう。村《むら》の家庭《かてい》に宿泊《しゅくはく》させ、手料理《てりょうり》を食《た》べさせ、近所《きんじょ》を案《あん》内《ない》するという企画《きかく》は、うまくいきました。ホテルと違《ちが》い、普通《ふつう》の家《いえ》に寝泊《ねとま》りするわけですから、残念《ざんねん》ながら、旅行者《りょこうしゃ》とのトラブルは多少《たしょう》ありました。旅行者《りょこうしゃ》が家《いえ》を汚《よご》したり、うるさかったり、マナーが悪《わる》かったりなどです。けれどもそのなかで、日本《にほん》からの旅行者《りょこうしゃ》はおだやかで、清潔《せいけつ》で、とても人気《にんき》がありました。それ以来《いらい》、わたしたちは、日本《にほん》と日本人《にほんじん》が好《す》きになりました。

そのうち、日本《にほん》からの高校生《こうこうせい》を二《に》週間《しゅうかん》ほどホームステイさせてほしいと問《と》い合《あ》わせがありました。生徒《せいと》はひとりということでした。わたしたちと同年代《どうねんだい》だというので、我《わ》が家《や》であずかることになりました。こうして我《わ》が家《や》にやってきたのが、イツミなのです。

引率《いんそつ》で来《き》ていた北条先生《ほうじょうせんせい》は、国際研修《こくさいけんしゅう》や学校見学《がっこうけんがく》などで忙《いそが》しく飛《と》び回《まわ》っていたので、基本的《きほんてき》にはわたしとエマがイツミの世話係《せわがかり》でした。それまで日本《にほん》のことなどほとんど知《し》りませんでしたが、イツミから伝《つた》え聞《き》く東洋《とうよう》の小《ちい》さな島国《しまぐに》の話《はなし》に、わたしもエマも魅了《みりょう》されてしまいました。高層《こうそう》ビルが聳《そび》え立《た》つ都市《とし》が全国《ぜんこく》あちこちにありながら、豊《ゆた》かな海《うみ》と自然《しぜん》に囲《かこ》まれ、世界中《せかいじゅう》の料理《りょうり》が食《た》べられるというのです。いつか日本《にほん》を訪《おとず》れてみたいと心《こころ》から願《ねが》うようになりました。そして、わたしたちがイツミの国《くに》を好《す》きになったように、イツミにもブルガリアを好《す》きになってもらいたいと思《おも》いました。

わたしたちは、いろいろな美《うつく》しい場所《ばしょ》へイツミを連《つ》れて行《い》きました。まだ雪《ゆき》の残《のこ》る、雄々《おお》しいヴィトシャ山《さん》。砂浜《すなはま》が黄金《おうごん》にきらめく黒海《こっかい》。国土《こくど》を潤《うるお》し続《つづ》ける母《はは》なるドナウ川《がわ》。フレスコ画《が》が荘厳《そうごん》なリラ修道院《しゅうどういん》。野生動物《やせいどうぶつ》がたくましく息《いき》づく、ピリン山脈《さんみゃく》にある広大《こうだい》な国立公園《こくりつこうえん》。

ブルガリアは、決《けっ》して経済的《けいざいてき》に豊《ゆた》かな国《くに》ではありません。EU《イーユー》加盟国《かめいこく》の中《なか》でも最貧国《さいひんこく》の部類《ぶるい》に入《はい》るほど、貧《まず》しく弱《よわ》い国《くに》です。けれども、その麗《うるわ》しさはヨーロッパ中《じゅう》でも一番《いちばん》だと、わたしは誇《ほこ》りに思《おも》っているのです。

イツミは朗《ほが》らかで、なんにでも興味《きょうみ》を示《しめ》し、観光先《かんこうさき》でも色々《いろいろ》な人《ひと》に話《はな》しかけ、旅行者《りょこうしゃ》が敬遠《けいえん》するような地方料理《ちほうりょうり》を率先《そっせん》して食《た》べるような女《おんな》の子《こ》でした。奔放《ほんぽう》で、天真爛漫《てんしんらんまん》で、大《おお》らかである一方《いっぽう》、足《あし》を引《ひ》きずって歩《ある》くわたしにさりげなく歩調《ほちょう》を合《あ》わせてくれるなど、細《こま》やかな気遣《きづか》いに溢《あふ》れています。

イツミとは英語《えいご》でたくさんおしゃべりをしました。エマのベッドルームに集《あつ》まって、語《かた》り明《あ》かすこともありました。ほんの二週間《にしゅうかん》という短《みじか》いステイ期間《きかん》でしたが、親友《しんゆう》とも呼《よ》び合《あ》えるくらいの絆《きずな》が生《う》まれたと思《おも》います。

楽《たの》しい時間《じかん》が早《はや》く過《す》ぎてしまうのは、残念《ざんねん》ながら全世界共通《ぜんせかいきょうつう》です。あっという間《ま》に滞在最終日《たいざいさいしゅうび》となってしまいました。最後《さいご》の夜《よる》には近所《きんじょ》の人《ひと》をたくさん招《まね》いて、我《わ》が家《や》で送別会《そうべつかい》を開《ひら》きました。羊《ひつじ》のチーズをたっぷり使《つか》ったショプスカやシシカバブを食卓《しょくたく》に並《なら》べ、自家製《じかせい》のラキア酒《しゅ》も振舞《ふるま》いました。北条先生《ほうじょうせんせい》もイツミも、とても喜《よろこ》んでくれました。

イツミは着物《きもの》で装《よそお》っていました。それは袖丈《そでたけ》が床《ゆか》に着《つ》くほど長《なが》い「振袖《ふりそで》」というもので、未婚女性《みこんじょせい》の礼装《れいそう》なのだそうです。やわらかなピンク色《いろ》の生地《きじ》に桜《さくら》や瑞鳥《ずいちょう》の模様《もよう》が華《はな》やぎ、帯《おび》が大輪《たいりん》の薔薇《ばら》のように背《せ》で咲《さ》いています。

イツミは、まるで一枚《いちまい》の美《うつく》しい絵画《かいが》のようでした。動《うご》くたび、きらきらした光《ひかり》の粒《つぶ》がこぼれるかのように輝《かがや》きます。わたしはイツミに目《め》を奪《うば》われてしまいました。

「どうしたの、ディアナ」わたしの視線《しせん》に気《き》づいて、イツミが笑《わら》いました。「そんなに着《き》物《もの》が珍《めずら》しい？」

「ええ。初《はじ》めて見《み》た。とってもすばらしいわ」

「どうもありがとう」

「わざわざ日本《にほん》から持《も》ってきたの？」

「そうよ」

わたしはイツミの部屋《へや》に置《お》いてあるスーツケースを思《おも》い浮《う》かべました。二週間分《にしゅうかんぶん》の荷《に》物《もつ》に加《くわ》えて、こんな大《おお》きなものがあの中《なか》に入《はい》っていたとはとても思《おも》えません。そう言《い》うと、イツミは笑《わら》いました。

「じゃあパーティーが終《お》わったら部屋《へや》にいらっしゃい。どうやって入《はい》っていたか見《み》せてあげるわ」

パーティーの間中《あいだじゅう》、イツミはみんなを魅了《みりょう》しつづけました。東洋《とうよう》の宝石《ほうせき》——客人《きゃくじん》は口々《くちぐち》にイツミを賞賛《しょうさん》し、ダンスを申《もう》し込《こ》みました。着物《きもの》の裾《すそ》はきゅうくつそうで、そして草履《ぞうり》を履《は》いているにもかかわらず、イツミのステップは軽《かろ》やかで、またもや人々《ひとびと》を魔法《まほう》にかけるのです。わたしは、壁《かべ》にもたれてラキアを飲《の》んでいる北条先生《ほうじょうせんせい》に、思《おも》わず聞《き》いてしまいました。「日本《にほん》の女性《じょせい》は、みなこんなに美《うつく》しいのですか」と。北条先生《ほうじょうせんせい》は「もしそうであったら、日本《にほん》は最高《さいこう》な国《くに》になるでしょうね。白石《しらいし》さんは、特別《とくべつ》な人《ひと》なのですよ」と笑《わら》いました。

宴会《えんかい》が終《お》わってみんなが帰《かえ》ってしまうと、わたしは急《きゅう》に寂《さび》しくなりました。いよいよ、イツミの滞在《たいざい》は今夜限《こんやかぎ》りなのです。朝《あさ》になれば、イツミはソフィア空港《くうこう》から旅立《たびだ》ってしまう。台所《だいどころ》で洗《あら》い物《もの》をしながら涙《なみだ》ぐんでいると、肩《かた》を叩《たた》かれました。

「約束《やくそく》よ。お部屋《へや》にいらっしゃらない？」

エマのようすをうかがうと、父《ちち》と母《はは》と一緒《いっしょ》にリビングを片付《かたづ》けていました。わたしはタオルで手《て》を拭《ぬぐ》うと、足音《あしおと》を立《た》てないように、そうっとイツミのあとをついて部屋《へや》へ行《い》きました。

部屋《へや》へ入《はい》ると、イツミはドアに鍵《かぎ》をかけました。わたしの正面《しょうめん》に立《た》ち、背中《せなか》に咲《さ》いていた花《はな》をするすると解《ほど》いていきます。すると、あんなに大《おお》きく豪奢《ごうしゃ》だったものが、なんと細長《ほそなが》い布切《ぬのき》れ一枚《いちまい》になってしまったではありませんか！　さらに驚《おどろ》いたのは、複雑《ふくざつ》な形《かたち》で全身《ぜんしん》を覆《おお》っていた着物《きもの》も、脱《ぬ》いで畳《たた》んでしまえば、薄《うす》い長方形《ちょうほうけい》になってしまったことです。イツミは帯《おび》と着物《きもの》を黄味《きみ》がかった和紙《わし》ですっぽりとくるみました。その「たとう紙《がみ》」と呼《よ》ばれる和紙《わし》には鬱金《うこん》という植物《しょくぶつ》を漉《す》き込《こ》んであり、虫《むし》を寄《よ》せ付《つ》けない効果《こうか》があるのだそうです。イツミはたとう紙《がみ》に包《つつ》んだ着物一式《きものいっしき》を、スーツケースの一番下《いちばんした》に敷《し》き詰《つ》めました。それはほんの数《すう》センチの厚《あつ》みしかなく、草履《ぞうり》や足袋《たび》、帯紐《おびひも》などの小物《こもの》を合《あ》わせても、ほんのわずかなスペースで収《おさ》まりました。

「ね？　ちゃんと全部《ぜんぶ》しまえるでしょう？」

イツミが微笑《ほほえ》みました。

なんという日本人《にほんじん》の知恵《ちえ》でしょう。あんなに複雑《ふくざつ》な形状《けいじょう》をしたものが、まさかこんなに平《ひら》べったく、しかも正確《せいかく》な長方形《ちょうほうけい》になるなんて。ちょうど引《ひ》き出《だ》しにぴったり収《おさ》まるサイズではないでしょうか。そしてこれなら、着物《きもの》を十着《じっちゃく》くらいスーツケースに入《い》れて旅行《りょこう》に行《い》くことは余裕《よゆう》でできるでしょう。ドレスでは、こうはいきません。あちこちがふわふわと嵩張《かさば》りますし、そもそも長方形《ちょうほうけい》などに収《おさ》まりません。

日本《にほん》は小《ちい》さな国《くに》で、全《すべ》てがコンパクトだと聞《き》きました。だとすれば、着物《きもの》はそのような狭《せま》い生活《せいかつ》の中《なか》で編《あ》み出《だ》された日本人《にほんじん》の知恵《ちえ》を、もっとも如実《にょじつ》に表《あらわ》したものだとわたしには思《おも》えたのです。イツミが身《み》に着《つ》けていた時《とき》よりも、こうしてスーツケースの底《そこ》にかしこく横《よこ》たわっている着物《きもの》のほうが、さらに美《うつく》しく思《おも》えました。日本人《にほんじん》は、きっとはるか昔《むかし》から、誇《ほこ》り高《たか》く、独創的《どくそうてき》な民族《みんぞく》であったに違《ちが》いありません。

「そうだわ。あなたも着《き》てごらんなさいよ」

イツミはたとう紙《がみ》を開《あ》けて着物《きもの》を取《と》り出《だ》すと、ふたたび広《ひろ》げました。薄暗《うすぐら》い電灯《でんとう》しかない粗末《そまつ》なベッドルームが、とたんに華《はな》やかになります。

「わたしが？　着物《きもの》を？　無理《むり》よ」

わたしはイツミより十《じっ》センチも背《せ》が高《たか》く、しかも骨太《ほねぶと》で胴回《どうまわ》りもしっかりしすぎています。華奢《きゃしゃ》なイツミとはサイズが違《ちが》いすぎるのです。着《き》られるはずがありません。

「きっと似合《にあ》うわ。さあ、まずこれを着《き》るのよ」

イツミはわたしにワンピースを脱《ぬ》ぐように命《めい》じました。それから自分《じぶん》の着《き》ていた長襦袢《ながじゅばん》を脱《ぬ》いで、わたしの肩《かた》に羽織《はお》らせ、手際《てぎわ》よく袖《そで》を通《とお》して襟《えり》を合《あ》わせました。ほんのり残《のこ》ったイツミの肌《はだ》のぬくもりと、甘《あま》い香《かお》り。シンプルな白《しろ》いコットンの肌着姿《はだぎすがた》になったイツミは、わたしに着付《きつ》けていきました。またまた驚《おどろ》いたのですが、着物《きもの》は丈《たけ》も胴回《どうまわ》りも調《ちょう》節《せつ》することができ、イツミとはまったく体型《たいけい》の違《ちが》うわたしでも、少《すこ》しの問題《もんだい》もなく着《き》ることができたのです。イツミは帯《おび》を複雑《ふくざつ》に巻《ま》きつけると、今《いま》にも飛《と》び立《た》つ鳥《とり》のように形作《かたちづく》ってくれました。

「とても似合《にあ》うわ。鏡《かがみ》を見《み》て」

古《ふる》ぼけた鏡《かがみ》に、着物姿《きものすがた》のわたしが映《うつ》っています。意外《いがい》なことにさほど違和感《いわかん》もなく、なかなか似合《にあ》っているように思《おも》えました。着物《きもの》は、見《み》るのも素敵《すてき》でしたが、着《き》るのはまた違《ちが》った楽《たの》しみがありました。まるで全身《ぜんしん》に花《はな》が咲《さ》きみだれ、鳥《とり》が息《いき》づき、爽《さわ》やかな川《かわ》が流《なが》れているようです。

「イツミとわたしでは体型《たいけい》が違《ちが》うのに、こうして直《なお》さずに着《き》ることができるのね」

「ええ。これ実《じつ》は、ひいおばあさまが着《き》ていたものなのよ」

「まあ！」

「ひいおばあさまからおばあさま、おばあさまからお母《かあ》さま、そしてわたしへ受《う》け継《つ》がれてきたの。その間《あいだ》、一度《いちど》もお直《なお》ししていないのよ。着物《きもの》は、多少《たしょう》の身長差《しんちょうさ》や体型《たいけい》の違《ちが》いはカバーできるようになってるから。わたしも、いつか娘《むすめ》に譲《ゆず》るつもりよ」

なんと素晴《すば》らしいことでしょう。こんなことは、ドレスでは不可能《ふかのう》です。着物《きもの》ほど知的《ちてき》な文化《ぶんか》が、西洋《せいよう》にあるでしょうか。高層《こうそう》ビルや最新《さいしん》テクノロジーの奥深《おくふか》くに、日本《にほん》という国《くに》はこんなに崇高《すうこう》な文化《ぶんか》を隠《かく》し持《も》っているのです。これこそが、あの小《ちい》さな国《くに》の底力《そこぢから》でなくてなんなのでしょう。

日本《にほん》についての知識《ちしき》は乏《とぼ》しかったわたしですが、おそらくこれ以上《いじょう》の日本文化《にほんぶんか》はないだろうと直感《ちょっかん》しました。それくらい、着物《きもの》の知恵《ちえ》に驚《おどろ》き、感激《かんげき》してしまったのです。

その印象《いんしょう》は、実際《じっさい》に日本《にほん》に留学《りゅうがく》して数ヶ月《すうかげつ》たった今《いま》でも変《か》わっていません。日本《にほん》に来《き》てから茶道《さどう》や華道《かどう》、歌舞伎《かぶき》など、いわゆる代表的《だいひょうてき》な日本文化《にほんぶんか》を知《し》る機会《きかい》に恵《めぐ》まれました。しかしわたしの中《なか》ではやはり、最高《さいこう》のものは、あの、平《ひら》たく長方形《ちょうほうけい》に畳《たた》まれた着物《きもの》なのです。

「もう脱《ぬ》ぎます。汚《よご》したら大変《たいへん》だから」

わたしがそう言《い》うと、イツミはやわらかく頷《うなず》き、帯《おび》を解《ほど》き始《はじ》めました。

それにしても、着物《きもの》を着《き》せてもらうのも脱《ぬ》がせてもらうのも、ずいぶんと密着《みっちゃく》するものなのです。わたしとイツミは何度《なんど》、ほとんど抱《だ》きしめあうくらい互《たが》いに腕《うで》を交差《こうさ》させ、口《くち》づけするのかと思《おも》うくらい顔《かお》を近《ちか》づけたことでしょう。わたしはとても息苦《いきぐる》しくなりました。最初《さいしょ》は、きつく締《し》められた帯《おび》のせいだと思《おも》いましたが、イツミの長《なが》いまつげや、なめらかな頬《ほお》の産毛《うぶげ》、白《しろ》い喉元《のどもと》などを、間近《まぢか》で見《み》ているからだと気《き》づきました。

わたしは着物《きもの》を脱《ぬ》がせてもらうと、急《きゅう》にブラジャーとパンティー姿《すがた》でいることが恥《は》ずかしくなり、慌《あわ》ててワンピースを身《み》に着《つ》けました。イツミはふたたび長襦袢《ながじゅばん》と着物《きもの》を畳《たた》み、たとう紙《がみ》で包《つつ》むと、スーツケースに仕舞《しま》いました。

「イツミが帰《かえ》ってしまうの、さびしいわ」

わたしがため息《いき》をつくと、イツミも寂《さび》しげな視線《しせん》を向《む》けました。

「わたしだって。でもまた来《く》るから。約束《やくそく》するわ」

そう言《い》いながら、イツミはそうっとわたしを抱《だ》きしめました。頬《ほお》と頬《ほお》が吸《す》いつき、急《きゅう》にわたしの体温《たいおん》は上《あ》がりました。イツミの柔《やわ》らかな体《からだ》。密着《みっちゃく》した胸《むね》から、蝶《ちょう》が羽《は》ばたくような振動《しんどう》が伝《つた》わってきます。

ああ、わたしは何度《なんど》、あの時《とき》イツミに口《くち》づけしなかったことを悔《く》やんだでしょう。ほんの少《すこ》し首《くび》を傾《かたむ》ければ、ほんの少《すこ》し勇気《ゆうき》を出《だ》せば……あの甘《あま》いくちびるに触《ふ》れることができたのに。けれどもわたしはこの時《とき》、イツミの腕《うで》の中《なか》で息《いき》を殺《ころ》しているだけで精《せい》いっぱいでした。少《すこ》しでも動《うご》いてしまえば、感情《かんじょう》があふれ出《だ》してしまいそうだったのです。

次《つぎ》の日《ひ》の朝《あさ》、わたしとエマはソフィア空港《くうこう》まで見送《みおく》りに行《い》きました。すでにわたしの涙《なみだ》は止《と》まらなくなっていました。空港《くうこう》では北条先生《ほうじょうせんせい》が待《ま》っていて、わたしは二人《ふたり》がカウンターでチェックインするのを悲《かな》しく眺《なが》めていました。

「ドヴィジダネ」

イツミがブルガリア語《ご》で「さようなら」と言《い》い、わたしとエマを抱《だ》きしめました。わたしがあんまり泣《な》くからでしょうか、イツミはエマにするよりも長《なが》く、わたしの背中《せなか》を撫《な》でてくれました。行《い》かせたくない。この腕《うで》を離《はな》したくない。そう願《ねが》っても、時間《じかん》は無情《むじょう》に過《す》ぎてゆき、ついに別《わか》れの時間《じかん》が来《き》てしまいました。

「必《かなら》ずまた逢《あ》えるから、ね？」

イツミの瞳《ひとみ》にも、涙《なみだ》がにじんでいます。

「いつ？」すかさずわたしが聞《き》くと、イツミは少《すこ》し考《かんが》えて「来年《らいねん》」と答《こた》えました。

「本当《ほんとう》に？」

「ええ」イツミはわたしを励《はげ》ますように微笑《ほほえ》むと、北条先生《ほうじょうせんせい》に向《む》かって、「先生《せんせい》、わたし、来年《らいねん》のホームステイもブルガリアにしますから」と宣言《せんげん》するように言《い》いました。きっと寂《さび》しがるわたしに、口約束《くちやくそく》以上《いじょう》のものを見《み》せてくれようとしたのでしょう。それを察《さっ》したのか、先生《せんせい》も「わかった。帰国《きこく》したらすぐ、また来年度《らいねんど》に向《む》けて交渉《こうしょう》してあげよう」と頷《うなず》き、「そういうわけだから、ディアナ、そんなに泣《な》くんじゃないよ。また来年《らいねん》よろしく頼《たの》むね」と慰《なぐさ》めるように笑《わら》いかけてくれました。

北条先生《ほうじょうせんせい》とは、滞在中《たいざいちゅう》それほど交流《こうりゅう》できませんでしたし、たまに一緒《いっしょ》に出掛《でか》けることがあっても、時間《じかん》があれば必《かなら》ず本《ほん》を開《ひら》いていたり、まだ若《わか》いのに厭世的《えんせいてき》な、常《つね》に何《なに》かを考《かんが》え込《こ》んでいるようなシリアスな雰囲気《ふんいき》を持《も》った人《ひと》だったので、少々話《しょうしょうはな》しかけづらく、厳《きび》しい先生《せんせい》なのかと思《おも》っていました。けれどもこのやりとりで、心温《こころあたた》かい人《ひと》なのだとわかりました。

それから二人《ふたり》はゲートへと去《さ》ってゆきました。どんどん小《ちい》さくなってゆくイツミの後《うしろ》姿《すがた》。愚《おろ》かにも、イツミを愛《あい》していることに気《き》づいたのは、その姿《すがた》が完全《かんぜん》に見《み》えなくなってしまってからだったのです。

来年《らいねん》。それは気《き》の遠《とお》くなるような未来《みらい》でした。

毎日《まいにち》のようにE《イー》メールを送《おく》りました。イツミもできるかぎり返事《へんじ》をくれました。逢《あ》えない空白《くうはく》を埋《う》めるように、わたしは日本語《にほんご》を習《なら》い始《はじ》めることにしました。エマがソフィア市《し》内《ない》に行《い》くついでに、日本語《にほんご》のCD《シーディー》付《つ》きの参考書《さんこうしょ》を買《か》ってきてもらい、わたしは毎日毎日《まいにちまいにち》、CD《シーディー》を聞《き》きながら勉強《べんきょう》しました。エマが日本人旅行者《にほんじんりょこうしゃ》を観光《かんこう》に連《つ》れていく度《たび》に同行《どうこう》し、習《なら》いたての言葉《ことば》を並《なら》べて会話《かいわ》を練習《れんしゅう》しました。漢字《かんじ》はとても難《むずか》しかったですが、とにかく一年後《いちねんご》にイツミを驚《おどろ》かせたい一心《いっしん》で、一日二時間書《いちにちにじかんか》き取《と》りをし、芥川龍之介《あくたがわりゅうのすけ》や三島由紀夫《みしまゆきお》などの文学作品《ぶんがくさくひん》を書《か》き写《うつ》して、語彙《ごい》を増《ふ》やしていったのです。これくらいの努力《どりょく》は、イツミに逢《あ》えない辛《つら》さに比《くら》べれば、どうということはありません。

カレンダーにバツ印《じるし》をつけ、消化《しょうか》していく日々《ひび》。そしていよいよ、再会《さいかい》の時《とき》はやってきました。ソフィア空港《くうこう》へは、エマと一緒《いっしょ》に迎《むか》えに行《い》きました。ロビーに懐《なつ》かしいイツミの姿《すがた》が現《あらわ》れたとき、それだけで胸《むね》がいっぱいになってしまいました。

「戻《もど》ってきてくれて嬉《うれ》しいです。この一年間《いちねんかん》、あなたと逢《あ》えるのをとても楽《たの》しみにしてきました」日本語《にほんご》で出迎《でむか》えた時《とき》の、イツミの驚《おどろ》いた顔《かお》といったら！

「ディアナ、あなたまさか、日本語《にほんご》でしゃべった？」

「ええ。もっとイツミに近《ちか》づきたくて」

「まあ、なんて嬉《うれ》しい！」

イツミは前年《ぜんねん》と変《か》わらない、柔《やわ》らかな腕《うで》でわたしを包《つつ》みました。イツミの肩越《かたご》しに、北条《ほうじょう》先生《せんせい》が笑顔《えがお》で立《た》っているのが見《み》えます。

「お久《ひさ》しぶりです、北条先生《ほうじょうせんせい》」

「驚《おどろ》いたね。発音《はつおん》も見事《みごと》だ」

「先生《せんせい》は国語《こくご》を教《おし》えているんですよね？　こちらにいる間《あいだ》、敬語《けいご》を教《おし》えてもらえませんか」

「お安《やす》い御用《ごよう》だ」

「え？」

「ああ、オーケーという意味《いみ》だよ」

そんなやりとりが少《すこ》しあった後《あと》、北条先生《ほうじょうせんせい》の陰《かげ》に、もう一人少女《ひとりしょうじょ》が立《た》っていることに初《はじ》めて気《き》づいたのです。彼女《かのじょ》は自己紹介《じこしょうかい》するでもなく、会話《かいわ》に加《くわ》わるでもなく、ただつまらなそうに突《つ》っ立《た》っているだけでした。

「高岡君《たかおかくん》。去年《きょねん》から短期留学《たんきりゅうがく》の窓口《まどぐち》になってくれているエマと、その妹《いもうと》のディアナだよ」

北条先生《ほうじょうせんせい》がその少女《しょうじょ》に声《こえ》をかけました。彼女《かのじょ》はちらりとわたしとエマに目《め》をやると、わずかに顎《あご》を動《うご》かしました。どうやら挨拶《あいさつ》のつもりのようです。

「この春《はる》から高等部《こうとうぶ》二年《にねん》になる高岡志夜《たかおかしよ》くんだ」

愛想《あいそ》のない少女《しょうじょ》の代《か》わりに、北条先生《ほうじょうせんせい》が言《い》いました。

「高岡《たかおか》さんは、今話題《いまわだい》の作家《さっか》なの。文学《ぶんがく》サークルのメンバーなのよ」

彼女《かのじょ》がティーン向《む》けの小説《しょうせつ》で賞《しょう》を獲《と》ったこと、タイトルは『君影草《きみかげそう》』ということを、イツミはまるで自分《じぶん》の手柄《てがら》のように、嬉《うれ》しそうに教《おし》えてくれました。

わたしはがっかりしました。他《ほか》に生徒《せいと》がいるということは、行動《こうどう》は全《すべ》て共《とも》にすることになります。イツミだけとおしゃべりするわけにもいかないので、何《なに》かと相手《あいて》をしなくてはならないでしょう。しかも、あまり印象《いんしょう》もよくありません。

「ようこそブルガリアへ」

エマがにこやかに、右手《みぎて》を差《さ》し出《だ》しました。エマにとっては、こんなに無愛想《ぶあいそう》な生徒《せいと》でも、大切《たいせつ》なクライアントなのです。

「ハロー」

高岡《たかおか》さんはにこりともせず、エマの右手《みぎて》を握《にぎ》り返《かえ》しました。しかし彼女《かのじょ》の視線《しせん》は、わたしのこともエマのことも素通《すどお》りし、まっすぐイツミに向《む》けられていたのです。

その凍《こお》りつくような、鋭《するど》い視線《しせん》――今思《いまおも》い返《かえ》してみれば、この頃《ころ》から、高岡《たかおか》さんはイツミを殺《ころ》したいと願《ねが》っていたのかもしれません。

案《あん》の定《じょう》、高岡《たかおか》さんは、どこへ出《で》かけるのも一緒《いっしょ》でした。

高岡《たかおか》さんをなんとか北条《ほうじょう》先生《せんせい》に押《お》し付《つ》けられないかと考《かんが》えていたのですが、前年《ぜんねん》のように、先生《せんせい》は教育《きょういく》施設《しせつ》の見学《けんがく》や研修《けんしゅう》に大忙《おおいそが》しで、別行動《べつこうどう》だったのです。そういうわけで、やはりエマが全《すべ》ての観光《かんこう》を任《まか》されていました。エマは徹夜《てつや》で、効率《こうりつ》よくたくさんの名所《めいしょ》を巡《めぐ》れるよう、ルートを考《かんが》えて日程《にってい》を組《く》んでいました。

リラ修道院《しゅうどういん》。薔薇《ばら》の谷《たに》。歴史博物館《れきしはくぶつかん》――どうしても去年《きょねん》と似《に》たような見学《けんがく》コースにはなってしまいますが、今年《ことし》は新《あら》たに「アルディミールのカレート」が加《くわ》わりました。十四世紀《じゅうよんせいき》の支配者《しはいしゃ》であったアルディミールが、トルコ人《じん》の攻撃《こうげき》を防《ふせ》いでいた要塞《カレート》です。去年《きょねん》は日程《にってい》の調整《ちょうせい》がつかず、回《まわ》ることが出来《でき》なかったのです。

アルディミールのカレートには、悲《かな》しい伝説《でんせつ》が残《のこ》されています。トルコ軍《ぐん》が突入《とつにゅう》してきたとき、敵《てき》の手中《しゅちゅう》に落《お》ちるよりはと、二人《ふたり》の美《うつく》しい娘《むすめ》が川《かわ》へ身《み》を投《な》げる決意《けつい》をしました。互《たが》いに逃《に》げ出《だ》さないよう、しっかりと髪《かみ》を結《むす》び合《あ》っていたといいます。まさに砦《とりで》から飛《と》び降《お》りんとした瞬間《しゅんかん》、二人《ふたり》の姿《すがた》は岩《いわ》となりました。うら若《わか》き乙女《おとめ》であった二《ふた》つの岩《いわ》は今《いま》でも要塞《カレート》の跡《あと》に佇《たたず》み、流《なが》された血《ち》、失《うしな》われた魂《たましい》を嘆《なげ》いている――というものです。そして時折《ときおり》、娘《むすめ》たちの亡霊《ぼうれい》が出《で》るという噂《うわさ》もあるので、観光客《かんこうきゃく》には喜《よろこ》ばれるスポットとなっています。

イツミは、この伝説《でんせつ》をたいそう気《き》に入《い》りました。二《ふた》つの寄《よ》り添《そ》うような岩《いわ》を目《め》にしたときには涙《なみだ》をにじませ、エマの話《はな》すオスマン侵略《しんりゃく》の歴史《れきし》を熱心《ねっしん》に聞《き》いていました。イツミはどんな場所《ばしょ》でも興味《きょうみ》に目《め》を輝《かがや》かせ、たくさん質問《しつもん》を浴《あ》びせてきます。すっかりプロフェッショナルな観光《かんこう》ガイドとなったエマでさえ、たじろぐほどです。

いっぽう高岡《たかおか》さんときたら、どこへ行《い》っても退屈《たいくつ》そうにしているのです。観光客《かんこうきゃく》を五《ご》千人《せんにん》も収容《しゅうよう》できる大《だい》スケールと、その美《うつく》しさに必《かなら》ず圧倒《あっとう》されるアレクサンドル・ネフスキー大聖堂《だいせいどう》でさえ、ちらりと見《み》たあとは、ただ携帯電話《けいたいでんわ》やカメラをいじっているだけ。立派《りっぱ》な一眼《いちがん》レフのカメラを持《も》ち歩《ある》いているのに積極的《せっきょくてき》には使《つか》おうとせず、イツミに促《うなが》されてやっと撮《と》る、という程度《ていど》です。明《あき》らかにブルガリアという国《くに》にも、歴史《れきし》にも、文化《ぶんか》にも、言語《げんご》にも興味《きょうみ》を持《も》っていないのです。それならなぜ、高岡《たかおか》さんはこの国《くに》を短期留学先《たんきりゅうがくさき》に選《えら》んだのかと、腹立《はらだ》たしくなりました。わたしは何度《なんど》かカメラを隠《かく》して困《こま》らせてやろうかと意地悪《いじわる》な気持《きも》ちになりましたが、高岡《たかおか》さんは、たいして使《つか》おうともしないくせに、手首《てくび》にストラップを巻《ま》きつけて大切《たいせつ》そうに持《も》ち歩《ある》いているのです。この美《うつく》しい大自然《だいしぜん》でも歴史《れきし》の深《ふか》い建築物《けんちくぶつ》でもないのだとしたら、高岡《たかおか》さんが熱心《ねっしん》にレンズを向《む》けるのはいったい何《なん》だというのでしょう。

高岡《たかおか》さんはとにかく我《わ》がままでした。彼女《かのじょ》のホームステイ先《さき》を、近所《きんじょ》のヴェシーさんのおうちに決《き》めてきたのはエマですが、手料理《てりょうり》が美味《おい》しくないからと文句《もんく》を言《い》い、無理《むり》やり別《べつ》のステイ先《さき》に移《うつ》りました。しかしそこでも部屋《へや》が汚《きたな》いと怒《おこ》り、結局《けっきょく》はカザンラクにあるホテルを押《お》さえさせたのです。

エマの会社《かいしゃ》と聖母女子学院《せいぼじょしがくいん》との取《と》り決《き》めでは、短期留学《たんきりゅうがく》は必《かなら》ずどこかの家庭《かてい》にステイすることが第一《だいいち》の条件《じょうけん》でした。国際交流《こくさいこうりゅう》を目的《もくてき》としているのですから当然《とうぜん》のことです。

エマは何度《なんど》も高岡《たかおか》さんにそう説明《せつめい》しましたが、彼女《かのじょ》は聞《き》き入《い》れようとしませんでした。挙句《あげく》の果《は》てに、エマのサーヴィスは不十分《ふじゅうぶん》だと聖母女子学院《せいぼじょしがくいん》に報告《ほうこく》すると脅《おど》してくるのです。そんなことをされれば、エマは今《いま》の仕事《しごと》を失《うしな》ってしまいます。結局《けっきょく》エマは、イツミにも北条先生《ほうじょうせんせい》にも内緒《ないしょ》で、高岡《たかおか》さんにホテルを取《と》ってやる以外《いがい》ありませんでした。イツミとは離《はな》れたくない一方《いっぽう》で、高岡《たかおか》さんには早《はや》く帰国《きこく》してほしく、短期留学《たんきりゅうがく》の最終日《さいしゅうび》を指《ゆび》折《お》り数《かぞ》えて待《ま》っていました。

こんなふうに、高岡《たかおか》さんはわたしとエマには許《ゆる》しがたい態度《たいど》を取《と》り続《つづ》けましたが、イツミには常《つね》に笑顔《えがお》で接《せっ》し、愛想《あいそ》よくおしゃべりをしていました。けれどもわたしは気《き》づいていました。イツミに向《む》けられる高岡《たかおか》さんの笑顔《えがお》はいつも強張《こわば》り、目《め》はちっとも笑《わら》っていないことに。最初《さいしょ》は、イツミの方《ほう》が先輩《せんぱい》なので緊張《きんちょう》でもしているのかと思《おも》っていましたが、高岡《たかおか》さんの態度《たいど》からは常《つね》に冷《ひ》ややかなものを感《かん》じるのです。

それに高岡《たかおか》さんは、イツミに子供《こども》じみたいやがらせをします。ツアーバスの中《なか》で、イツミがピアスを落《お》としてしまったときのことです。高岡《たかおか》さんはさっと拾《ひろ》って自分《じぶん》のバッグに隠《かく》すと、白々《しらじら》しく、イツミといっしょになって捜《さが》してやるふりをしていました。

こんなこともありました。リラ修道院《しゅうどういん》に行《い》った記念《きねん》にと、イツミがわたしたちみんなに、お揃《そろ》いのミサンガを買《か》ってくれました。わたしもエマも嬉《うれ》しくて、早速手首《さっそくてくび》につけました。

けれども高岡《たかおか》さんは、「いつみ先輩《せんぱい》、ありがとう」と微笑《ほほえ》むと、そのピンク色《いろ》を基調《きちょう》とした可愛《かわい》いミサンガをそのままポケットに突《つ》っ込《こ》んでしまいました。次《つぎ》の日《ひ》、エマがいつものように高岡《たかおか》さんを部屋《へや》に迎《むか》えに行《い》った際《さい》、ゴミ箱《ばこ》に、ピンク色《いろ》の組紐《くみひも》がずたずたに裂《さ》かれ、捨《す》てられていたのを見《み》たそうです。エマもわたしも驚《おどろ》きもせず、「やっぱり」と思《おも》いました。

こんなふうに、高岡《たかおか》さんの意地悪《いじわる》は傍《はた》からでもわかるほどでしたが、イツミ本人《ほんにん》だけがそれに気《き》づいていないのか、高岡《たかおか》さんに何《なに》か買《か》ってやったり、体調《たいちょう》を気遣《きづか》うなど、姉《あね》のように彼女《かのじょ》の面倒《めんどう》を見《み》ています。なんと天真爛漫《てんしんらんまん》なのでしょうか。わたしの愛《あい》するイツミ。イツミは、どんな時《とき》でも完璧《かんぺき》な女性《じょせい》です。そんな優《すぐ》れた人《ひと》を、どうやったら高岡《たかおか》さんのように嫌《きら》いになれるのか、わたしにはとても理解《りかい》できませんでした。

しかし数日《すうじつ》みんなで一緒《いっしょ》に過《す》ごすうち、その理由《りゆう》がだんだんとわかってきました。イツミは、サークルを主宰《しゅさい》しているほどですから、文学《ぶんがく》に対《たい》する独自《どくじ》の審美眼《しんびがん》を持《も》っています。観光《かんこう》に行《い》く車中《しゃちゅう》でも、彼女《かのじょ》なりの文学論《ぶんがくろん》を語《かた》ることもしばしばで、どんなに人気《にんき》のある作品《さくひん》でも「こういうところが好《す》きではない」とハッキリ批判《ひはん》するのです。普段《ふだん》おだやかなイツミなのに、こと文学《ぶんがく》となると、熱《ねつ》っぽく早口《はやくち》で語《かた》り始《はじ》めます。その調子《ちょうし》で、高岡《たかおか》さんのデビュー作《さく》『君影草《きみかげそう》』についても、ずけずけと欠点《けってん》を挙《あ》げていくのです。

「あの場面《ばめん》で主人公《しゅじんこう》が怒《おこ》るっていうのは、不自然《ふしぜん》だと思《おも》うわ。日本人《にほんじん》なら、まず泣《な》くんじゃないかしら」

「親子《おやこ》の関係《かんけい》が、ちょっとドライに描《えが》かれすぎてる気《き》がするの。外国《がいこく》なら子供《こども》って早《はや》くから自立《じりつ》しているけれど、日本《にほん》では大人《おとな》になっても相互《そうご》に依存《いぞん》しているでしょう。そこをもっと踏《ふ》み込《こ》んで書《か》くべきだったと思《おも》う」

イツミが何《なに》か言《い》うたび、高岡《たかおか》さんは反論《はんろん》もせず、やんわりと笑顔《えがお》を作《つく》るだけです。そのうち、どんな批判《ひはん》も「高岡《たかおか》さんは帰国子女《きこくしじょ》だから、仕方《しかた》なかったのかもしれないわね」と締《し》めくくられます。高岡《たかおか》さんは、小《ちい》さい頃《ころ》フランスで暮《く》らしていたらしいのです。高岡《たかおか》さんも適当《てきとう》に頷《うなず》いておけば、勝手《かって》に批判《ひはん》が終《お》わることを知《し》っているので、黙《だま》って笑《わら》っているのでしょう。けれども、そうやって表向《おもてむ》きは何事《なにごと》もなくやり過《す》ごしながら、陰《かげ》でイツミに嫌《いや》がらせをする高岡《たかおか》さんが、とても浅《あさ》ましく陰湿《いんしつ》に思《おも》え、わたしはますます彼女《かのじょ》が苦手《にがて》になりました。

最終日《さいしゅうび》には美術館《びじゅつかん》に連《つ》れて行《い》く予定《よてい》だったのですが、わたしもエマも、どうしても自分《じぶん》の学校《がっこう》の行事《ぎょうじ》がずれ込《こ》み、都合《つごう》がつかなくなってしまいました。イツミは「気《き》にしないで。高岡《たかおか》さんと二人《ふたり》で行《い》ってみるわ」と言《い》ってくれましたが、わたしは「とんでもない！」と思《おも》いました。わたしとエマの前《まえ》でさえ意地悪《いじわる》な高岡《たかおか》さんなのですから、誰《だれ》の目《め》もなければイツミにもっとひどいことをするのに決《き》まっています。わたしは北条先生《ほうじょうせんせい》に学会《がっかい》をキャンセルして、代《か》わりに連《つ》れて行《い》ってくれるよう頼《たの》みました。

当日《とうじつ》、わたしとエマは学校《がっこう》が終《お》わると、急《いそ》いで我《わ》が家《や》に戻《もど》りました。そしてイツミが無事《ぶじ》に帰宅《きたく》していることを確認《かくにん》し、心《こころ》からほっとしました。

「美術館《びじゅつかん》はどうだった？　無事《ぶじ》に行《い》けた？　楽《たの》しかった？　高岡《たかおか》さんに何《なに》かされなかった？」

わたしが玄関《げんかん》を開《あ》けてすぐにそう聞《き》くと、イツミは笑《わら》いました。

「あなたったら、いっぺんにたくさんの質問《しつもん》をするのね。ええと、一《ひと》つずつ答《こた》えていくわね。まず、美術館《びじゅつかん》へはちゃんとたどり着《つ》けたわ。あなたがバスの乗《の》り方《かた》を、ちゃんと北《ほう》条《じょう》先生《せんせい》に教《おし》えておいてくれたお陰《かげ》よ。それから美術館《びじゅつかん》はとっても楽《たの》しかった。最後《さいご》に、高岡《たかおか》さんには何《なに》もされてないわ。というより、彼女《かのじょ》は一緒《いっしょ》に来《こ》なかったのよ」

「来《こ》なかった？」

「ええ。具合《ぐあい》が悪《わる》いって」

「そう。じゃあよかった」

「え？」

「いいえ、なにも。とにかく、イツミが嫌《いや》な思《おも》いをしなかったのなら、それでいいの」

高岡《たかおか》さんが来《こ》なかった。わたしの心《こころ》は、それだけで軽《かる》くなりました。最終日《さいしゅうび》に具合《ぐあい》が悪《わる》くなるなんて、きっとバチが当《あ》たったのです。

その晩《ばん》、去年《きょねん》と同《おな》じように、我《わ》が家《や》でささやかなホームパーティーを開《ひら》きました。イツミはまた和服《わふく》を着《き》て、わたしたちブルガリア人《じん》の目《め》を楽《たの》しませてくれました。体調《たいちょう》を崩《くず》した高岡《たかおか》さんは、もちろん来《こ》られませんでした。

パーティーの間《あいだ》、わたしは悲《かな》しくなってしまいました。来年《らいねん》、大学入学前《だいがくにゅうがくまえ》の春休《はるやす》みに来《く》ると言《い》ってくれたとはいえ、これからまた一年《いちねん》逢《あ》えないのです。イツミに心配《しんぱい》をかけないよう、できるだけ笑顔《えがお》を作《つく》っていましたが、こらえきれずにとうとう涙《なみだ》がこぼれました。

「ディアナ、泣《な》かないで。あなたにプレゼントがあるのよ」

イツミはわたしをソファに座《すわ》らせました。どんな時《とき》でもわたしの足《あし》に負担《ふたん》がかからないよう、気遣《きづか》ってくれるのです。

「これ。気《き》に入《い》ってくれると良《い》いけど」

ブルーの包装紙《ほうそうし》に包《つつ》まれた箱《はこ》。開《あ》けてみると、可愛《かわい》らしい人形《にんぎょう》が行儀《ぎょうぎ》よく収《おさ》まっています。

「まあ！」

「今日《きょう》マーケットで見《み》つけたの。わたしに似《に》ていると思《おも》わない？」

「似《に》てる。そっくりだわ」

「でしょう。わたしもびっくりしたのよ」

「本当《ほんとう》に嬉《うれ》しいわ。大切《たいせつ》にする。ありがとう」

わたしは人形《にんぎょう》を箱《はこ》から出《だ》して、抱《だ》きしめました。背丈《せたけ》はほんの三十《さんじっ》センチくらい。材質《ざいしつ》はセルロイドでしょうか。品《ひん》のある淡《あわ》いブルーのドレスをまとっています。美《うつく》しい栗色《くりいろ》の長《なが》い髪《かみ》と、黒《くろ》く輝《かがや》くガラス玉《だま》の双眼《そうがん》。くちびるはほんのりとしたピンクで、悩《なや》ましげな微笑《びしょう》をたたえています。見《み》れば見《み》るほど、イツミにそっくりです。わたしは、この人形《にんぎょう》を「イツミ」と名《な》づけることにしました。

人形《にんぎょう》のお陰《かげ》でしょうか。あくる日《ひ》の空港《くうこう》での別《わか》れは、去年《きょねん》ほど寂《さび》しくありませんでした。

「エマ、ディアナ、いろいろとありがとう」

北条先生《ほうじょうせんせい》が言《い》いました。高岡《たかおか》さんは、到着《とうちゃく》したときと同《おな》じように、つっけんどんに「サンキュー」と言《い》い残《のこ》し、さっさと一人《ひとり》でゲートへ行《い》ってしまいました。

「また来年《らいねん》、逢《あ》えるわね？」

「ええ、ディアナ」

「わたしたちもいつか日本《にほん》に行《い》ってみたいわ」エマが言《い》うと、

「ほんと、是非日本《ぜひにほん》にいらしてほしいわ」イツミは微笑《ほほえ》みました。

見送《みおく》りを済《す》ませて帰宅《きたく》すると、わたしはまっすぐ自分《じぶん》の寝室《しんしつ》に向《む》かいました。ベッドの上《うえ》には、人形《にんぎょう》のイツミが待《ま》ってくれています。

「イツミ。ただいま」

わたしは人形《にんぎょう》を顔《かお》の高《たか》さまで持《も》ち上《あ》げて、話《はな》しかけました。

――おかえりなさいディアナ。今日《きょう》からよろしくね。

人形《にんぎょう》の表情《ひょうじょう》は、そう答《こた》えてくれているように思《おも》えました。わたしは嬉《うれ》しくなって、イツミの顔《かお》をそうっと撫《な》でました。

その日《ひ》から今日《きょう》まで、この人形《にんぎょう》を肌身離《はだみはな》さず、大切《たいせつ》に持《も》ってきました。この年《とし》になってお人形《にんぎょう》なんて恥《は》ずかしいので、布《ぬの》にくるんで誰《だれ》にもわからないようにし、どこにでも連《つ》れて行《い》きました。もちろん日本《にほん》にもです。

人形《にんぎょう》は、辛《つら》いことがあると耳《みみ》を傾《かたむ》けてくれ、嬉《うれ》しいときには共《とも》に喜《よろこ》んでくれました。

この人形《にんぎょう》さえ一緒《いっしょ》なら、どんな困難《こんなん》も乗《の》り越《こ》えられそうな気《き》がしたのです。

イツミたちが帰国《きこく》してから数日《すうじつ》がたちました。

「是非日本《ぜひにほん》にいらしてほしい」と言《い》ってくれたのは、社交辞令《しゃこうじれい》ではなかったようです。聖《せい》母女子学院《ぼじょしがくいん》の経営者《けいえいしゃ》である父親《ちちおや》と校長先生《こうちょうせんせい》に交渉《こうしょう》し、留学生《りゅうがくせい》として迎《むか》え入《い》れられることになったというE《イー》メールを読《よ》んだときは、どれほど驚《おどろ》き、喜《よろこ》んだことでしょう。しかも招待留学《しょうたいりゅうがく》ということで、費用《ひよう》は全《すべ》て学院《がくいん》が持《も》ち、また併設《へいせつ》の修道院《しゅうどういん》にステイさせてくださるというのです。ただし、招待《しょうたい》できるのは一人《ひとり》ということだったので、不自由《ふじゆう》な足《あし》が心配《しんぱい》だったわたしは、イツミに逢《あ》いたかったものの、エマに留学《りゅうがく》するよう勧《すす》めました。この足《あし》で慣《な》れない外国生活《がいこくせいかつ》は無理《むり》だと思《おも》いましたし、そもそも、旅行会社《りょこうがいしゃ》でエマが働《はたら》いてくれていたからこそ、イツミとも出逢《であ》え、また今回《こんかい》のオファーが来《き》たのですから。

エマの留学準備《りゅうがくじゅんび》は、着々《ちゃくちゃく》と進《すす》みました。もともと色々《いろいろ》な国《くに》を旅行《りょこう》するという夢《ゆめ》を持《も》っていた姉《あね》です。ヴィザの申請《しんせい》など煩雑《はんざつ》な手続《てつづ》きさえも、生《い》き生《い》きと楽《たの》しんでいました。「日本《にほん》に行《い》ったら富士山《ふじさん》に行《い》くの。ヴィトシャ山《さん》と同《おな》じくらい美《うつく》しいか、この目《め》で見《み》てくるわ」「京都《きょうと》や奈良《なら》が外国人《がいこくじん》には人気《にんき》のようだけど、わたしは青森県《あおもりけん》というところに興味《きょうみ》がある。なんとなく、ブルガリアに似《に》てる気《き》がするのよ」など、毎日《まいにち》そんなことを話《はな》していました。一年間《いちねんかん》もエマと離《はな》れてしまうのはもちろん寂《さび》しかったのですが、それよりも、彼女《かのじょ》が日本《にほん》と強《つよ》いつながりを作《つく》って帰《かえ》ってきてくれることを想像《そうぞう》すると、楽《たの》しみで仕方《しかた》ありませんでした。

それなのに、神様《かみさま》は意地悪《いじわる》をするものです。エマは、ツアーの添乗員《てんじょういん》として行《い》ったアルディミールのカレートで、石《いし》の階段《かいだん》から落《お》ちて大怪我《おおけが》をしてしまいました。強《つよ》く頭《あたま》を打《う》ち、腕《うで》と脚《あし》を複雑骨折《ふくざつこっせつ》してしまったのです。幸《さいわ》い、命《いのち》に別状《べつじょう》はありませんでしたが、三《さん》ケ月《かげつ》の入院《にゅういん》、そしてリハビリに半年《はんとし》かかるということで、留学《りゅうがく》は諦《あきら》めることとなってしまいました。

　急遽《きゅうきょ》、エマの代《か》わりにわたしが日本《にほん》へ行《い》くこととなり、その手続《てつづ》きが始《はじ》まりました。足《あし》のこともありますが、もともと引《ひ》っ込《こ》み思案《じあん》のわたしです。不安《ふあん》はいっぱいでしたが、イツミに逢《あ》えるのだからと勇気《ゆうき》を奮《ふる》い起《お》こしました。時間《じかん》がかかると覚悟《かくご》していた在留《ざいりゅう》資格認定証明書《しかくにんていしょうめいしょ》やヴィザの取得《しゅとく》も驚《おどろ》くほど順調《じゅんちょう》に進《すす》み、四月《しがつ》の新学期《しんがっき》に間《ま》に合《あ》わせることができたのです。きっと、こういうのを日本語《にほんご》で「縁《えん》がある」というのだな、と本当《ほんとう》に嬉《うれ》しく実感《じっかん》しています。

　それに、この留学《りゅうがく》には大《おお》きな意義《いぎ》もあります。最初《さいしょ》の留学生《りゅうがくせい》、つまりわたしが学院《がくいん》にとって良《よ》い刺激《しげき》となるようなら、来年《らいねん》以降《いこう》も継続《けいぞく》して、レバゴラド村《むら》の高校《こうこう》から毎年一人《まいとしひとり》を招待《しょうたい》してくれることになっているのです。もしそれが実現《じつげん》したら、村《むら》にとっては大変《たいへん》な名誉《めいよ》です。しかもコーディネートにはエマの会社《かいしゃ》を使《つか》ってくれることになっていて、それによって、エマはボーナスももらえるはずです。その全《すべ》てが、わたしの留学生活《りゅうがくせいかつ》にかかっているのです。だからわたしは、この制度《せいど》を継続《けいぞく》してもらえるよう、勉強《べんきょう》だけでなく、イースターや音楽祭《おんがくさい》など、校内《こうない》イベントに積極的《せっきょくてき》に参加《さんか》し、頑張《がんば》ってきたつもりです。

留学生活最初《りゅうがくせいかつさいしょ》の頃《ころ》は、日本《にほん》という初《はじ》めての国《くに》、また女生徒《じょせいと》だけの学校《がっこう》に戸惑《とまど》うばかりでした。

どの国《くに》にも女子校《じょしこう》はあるでしょうが、日本《にほん》の女子校《じょしこう》は、それだけが独立《どくりつ》した異空間《いくうかん》のような感《かん》じがするのです。

その異空間《いくうかん》の中《なか》で、女生徒《じょせいと》たちはきりきりと主導権《しゅどうけん》という糸《いと》を引《ひ》っ張《ぱ》り合《あ》っています。その糸《いと》は痛々《いたいた》しいほどにピンと張《は》りつめ、まるで針金《はりがね》のように手《て》を縛《しば》り上《あ》げ、傷《きず》つけます。主導権《しゅどうけん》とは、奪《うば》う方《ほう》も、守《まも》る方《ほう》も、無傷《むきず》ではいられないものなのです。それなのに、表《ひょう》面《めん》では彼女《かのじょ》たちは無関心《むかんしん》を装《よそお》い、笑顔《えがお》で他愛《たあい》ない会話《かいわ》をします。

しかし、そのうちにわたしにはわかってきました。この学校《がっこう》――つまり女子高《じょしこう》という特《とく》殊《しゅ》な環境《かんきょう》では、多《おお》かれ少《すく》なかれ、みんながそういうやりとりを日々行《ひびおこな》っているということを。誰《だれ》がリーダーなのか、誰《だれ》が力《ちから》を持《も》っているのか、誰《だれ》が主導権《しゅどうけん》を握《にぎ》っているのか――女生徒《じょせいと》たちは、敏感《びんかん》に嗅《か》ぎつけ、嗅《か》ぎ分《わ》け、隙《すき》あらば手綱《たづな》を奪《うば》ってやろうと狙《ねら》っているのです。わたしが垣間見《かいまみ》た日本《にほん》の女子高《じょしこう》とは、そういう場所《ばしょ》でした。

教室《きょうしつ》には、何本《なんぼん》もの糸《いと》が張《は》り巡《めぐ》らされているようでした。そしてその中《なか》を、誰《だれ》も無関《むかん》心《しん》でくぐり抜《ぬ》けることはできず、からめとられてしまうのです。おそらく、その何本《なんぼん》もの糸《いと》──複雑《ふくざつ》なくもの巣《す》のような──が見《み》えていたのは、この学校《がっこう》で唯一《ゆいいつ》の部外者《ぶがいしゃ》である、わたしだけでした。

そしてその力関係《ちからかんけい》は、日々《ひび》、いえ、数時間《すうじかん》ごとに変化《へんか》する、めまぐるしいものなのです。ついさっきまで輪《わ》の中心《ちゅうしん》にいた人物《じんぶつ》が、なぜだかランチの時間《じかん》が終《お》わると疎外《そがい》されている。その逆《ぎゃく》だって頻繁《ひんぱん》に起《お》こりえます。

これほどまでに激《はげ》しく、残酷《ざんこく》な人間相関図《にんげんそうかんず》があるでしょうか。わたしは留学生《りゅうがくせい》でよかったと心《こころ》から思《おも》いました。わたしは傍《はた》から見《み》ているだけではありましたが、彼女《かのじょ》たちの駆《か》け引《ひ》きには──このような日本語《にほんご》の表現《ひょうげん》がふさわしいかわかりませんが──砂《すな》だらけの地面《じめん》に心臓《しんぞう》をこすりつけられているような、ひりひりした痛《いた》みを感《かん》じました。

しかし、そんななかで、イツミだけは自由自在《じゆうじざい》に動《うご》き回《まわ》れるのです。彼女《かのじょ》の存在《そんざい》は、誰《だれ》をも凌駕《りょうが》しているのですから。学院《がくいん》には、美《うつく》しい娘《むすめ》は大勢《おおぜい》いました。みんなそれぞれ賢《かしこ》く、洗練《せんれん》され、気品《きひん》ある東洋《とうよう》の宝石《ほうせき》でした。けれどもイツミの前《まえ》にあっては、彼女《かのじょ》たちでさえほんの細石《さざれいし》に過《す》ぎません。イツミの徹底的《てっていてき》に磨《みが》きぬかれたまばゆさは、何《なに》をも霞《かす》ませてしまうほどでした。

このような女子校生活《じょしこうせいかつ》に少々戸惑《しょうしょうとまど》うことはありましたが、学院《がくいん》での生活《せいかつ》は、イツミのお陰《かげ》でとても楽《たの》しいです。特《とく》に、文学《ぶんがく》サークルに入会《にゅうかい》させてもらって親《した》しい仲間《なかま》ができたことは、もっとも貴重《きちょう》な体験《たいけん》と言《い》えるでしょう。

いくら芥川《あくたがわ》や三島《みしま》などの作品《さくひん》で日本語《にほんご》を勉強《べんきょう》してきたとは言《い》っても、入会《にゅうかい》した頃《ころ》は、まだまだ長編《ちょうへん》を読《よ》みこなすほどの語学力《ごがくりょく》はありませんでした。毎日《まいにち》、学校《がっこう》の宿題《しゅくだい》を終《お》えてから、読書会用《どくしょかいよう》の課題図書《かだいとしょ》を開《ひら》くのですが、十《じっ》ページも読《よ》めれば良《よ》い方《ほう》です。それでもイツミは、わたしのために課題図書《かだいとしょ》を短編《たんぺん》にしたり、易《やさ》しいものにしたりはしませんでした。「あなたほどの日本語《にほんご》の力《ちから》があれば、きっとすぐに読《よ》めるようになるから」と言《い》い、容赦《ようしゃ》なく難《むずか》しい作品《さくひん》を選《えら》んできます。告白《こくはく》すると、最初《さいしょ》の頃《ころ》は、ずいぶんイツミを恨《うら》みました。留学生《りゅうがくせい》なのだから、手加減《てかげん》してくれるべきだと思《おも》いました。けれども、毎日少《まいにちすこ》しずつ読《よ》み解《と》いていくうちに、いつの間《ま》にか、いろいろな語彙《ごい》や比喩《ひゆ》、慣用句《かんようく》などを覚《おぼ》えてしまっていました。

ある程度読《ていどよ》むことが出来《でき》るようになったわたしに、イツミは次《つぎ》の試練《しれん》を与《あた》えました。それは、書《か》くことです。

「ブルガリアの文学《ぶんがく》は、残念《ざんねん》なことに、ほとんど日本《にほん》では知《し》られていないわ」イツミは言《い》いました。「だから翻訳《ほんやく》して、是非《ぜひ》わたしたちに紹介《しょうかい》してほしいの。これこそがあなたの使命《しめい》じゃないかしら、ディアナ」

いつみは早速《さっそく》、何冊《なんさつ》かの短編集《たんぺんしゅう》をブルガリアから取《と》り寄《よ》せました。そしてわたしは辞書《じしょ》を片手《かたて》に、つたない日本語《にほんご》で翻訳《ほんやく》を始《はじ》めることになったのです。読《よ》んで理解《りかい》できることと、正《ただ》しく書《か》けるということはまったく別《べつ》です。てにをはの使《つか》い方《かた》、時制《じせい》、言葉《ことば》のニュアンスなどに神経《しんけい》を使《つか》いながら、毎日《まいにち》コツコツと訳《やく》していきました。

週末《しゅうまつ》になると、イツミは文学《ぶんがく》サロンにやってきて、朝《あさ》から晩《ばん》まで日本語《にほんご》の添削《てんさく》をしてくれます。吐息《といき》がわたしの頬《ほお》にかかるほど近《ちか》づいて座《すわ》り、赤《あか》ペンで修正《しゅうせい》を加《くわ》えていくイツミ。丁寧《ていねい》に間違《まちが》いを説明《せつめい》してくれるのですが、艶《なまめ》かしく動《うご》くくちびると、襟元《えりもと》からのぞく繊細《せんさい》な鎖骨《さこつ》にドキドキしてしまい、ろくに頭《あたま》に入《はい》りません。それでも、十編《じっぺん》ほど訳《やく》したころ頃《ころ》からでしょうか。ぐんと日本語《にほんご》を書《か》く力《ちから》が伸《の》びました。今《いま》こうやって、完璧《かんぺき》ではないものの、原稿用紙《げんこうようし》で五十枚程度《ごじゅうまいていど》の文章《ぶんしょう》を書《か》けるようになったのは、ひとえにイツミのお陰《かげ》なのです。

ある日《ひ》、サークルの会合《かいごう》でイツミが言《い》いました。

「そうだわ。高岡《たかおか》さんの『君影草《きみかげそう》』をブルガリア語《ご》に翻訳《ほんやく》してみたらどうかしら。ううん、ブルガリア語《ご》だけじゃなくて、英語《えいご》、フランス語《ご》に翻訳《ほんやく》して、海外《かいがい》の出版社《しゅっぱんしゃ》に送《おく》ってみるの。海外進出《かいがいしんしゅつ》よ。このサークルから世界《せかい》に羽《は》ばたく女子《じょし》が出《で》るなんて、素敵《すてき》じゃやない？」

この提案《ていあん》に、メンバーは興奮《こうふん》し、賛成《さんせい》しました――一人《ひとり》を除《のぞ》いて。そしてそれは、意外《いがい》なことに、高岡志夜本人《たかおかしよほんにん》だったのです。

「あら高岡《たかおか》さん、なぜ浮《う》かない顔《かお》をしているの」

「先輩《せんぱい》。わたしの作品《さくひん》を気《き》に入《い》ってくれるのはありがたいですが、はっきりいって、それは作品《さくひん》に対《たい》する冒涜《ぼうとく》です。わたしは日本人《にほんじん》であること、そして日本語《にほんご》そのものに誇《ほこ》りを持《も》って描《えが》いてきました。翻訳《ほんやく》などされたら、その時点《じてん》でわたしの作品《さくひん》は死《し》にます」

「そんなことないと思《おも》うわ。わたしと小百合《さゆり》で英語版《えいごばん》を作《つく》ったら、ちゃんとあなたにも監《かん》修《しゅう》してもらうし、それにフランス語《ご》なら、あなたの得意分野《とくいぶんや》じゃないの。日本語原作《にほんごげんさく》のニュアンスをそのままにして、あなた自身《じしん》で訳《やく》せばいいわ」

「だから、原作《げんさく》のニュアンスを残《のこ》すなんて不可能《ふかのう》なんです！　いつみ先輩《せんぱい》にプロの気持《きも》ちなんて、わかりっこないくせに！」

叫《さけ》ぶように高岡《たかおか》さんが言《い》いました。これまでも事《こと》あるごとにイツミにつっかかっていた高岡《たかおか》さんでしたが、これほどまでに乱暴《らんぼう》に接《せっ》することは初《はじ》めてです。わたしたちメンバーがいなかったら……その場《ば》にイツミと高岡《たかおか》さんの二人《ふたり》きりだったら……イツミは引《ひ》っぱたかれていたことでしょう。それほど、緊迫《きんぱく》したやりとりだったのです。

結局《けっきょく》、このことは解決《かいけつ》せず保留《ほりゅう》となって、ミーティングは終了《しゅうりょう》しました。何事《なにごと》もなかったように、雑談《ざつだん》をしながら帰《かえ》り支度《じたく》をするメンバーたちに、わたしは驚《おどろ》いてしまいました。

彼女《かのじょ》たちは、気《き》づかないのでしょうか。高岡《たかおか》さんの、イツミに対《たい》する悪意《あくい》ある態度《たいど》に。ただの子供《こども》っぽい我《わ》がままだと思《おも》っているのでしょうか。それとも、わたしがイツミに特《とく》別《べつ》な感情《かんじょう》を持《も》っているから気《き》になるだけで、実際《じっさい》は他愛《たあい》ないことなのでしょうか。

高岡《たかおか》さんには大反対《だいはんたい》されたものの、イツミは『君影草《きみかげそう》』の翻訳《ほんやく》を諦《あきら》めませんでした。本《ほん》人《にん》には内緒《ないしょ》にして、水面下《すいめんか》で進《すす》めていたのです。

「あの作品《さくひん》は、ぜひ全世界《ぜんせかい》で読《よ》まれるべきだと思《おも》うわ」

翻訳《ほんやく》ミーティングにて、イツミは力説《りきせつ》しました。

「高岡《たかおか》さんはああ言《い》っていたけれど、本当《ほんとう》は自信《じしん》がないからだと思《おも》うの。だから先《さき》に、わたしたちで翻訳《ほんやく》したものを海外《かいがい》に送《おく》って、出版社《しゅっぱんしゃ》の反応《はんのう》をみてみましょう。良《い》いオファーがあれば、きっと彼女《かのじょ》も喜《よろこ》ぶに違《ちが》いないわ」

イツミは常《つね》に高岡《たかおか》さんの作品《さくひん》を批判《ひはん》していましたが、それは作家《さっか》としてさらに成長《せいちょう》してほしいという親心《おやごころ》からだったのでしょう。こういうイツミの、優《やさ》しいばかりでなく、ときには厳《きび》しいところも、わたしは大好《だいす》きでした。イツミがわたしに与《あた》えた日本語《にほんご》での読《どく》書《しょ》、またブルガリア語文学作品《ごぶんがくさくひん》の和訳《わやく》という試練《しれん》も親心《おやごころ》です。人《ひと》に甘《あま》い顔《かお》するばかりが愛《あい》ではありません。だから、わたしも快《こころよ》くブルガリア語訳《ごやく》を引《ひ》き受《う》けることにし、こつこつ進《すす》めていったのです。

イースター&ペンテコステ祭《さい》の季節《きせつ》がやってきました。

わたしの住《す》んでいた辺《あた》りでは、大《おお》きな卵《たまご》の形《かたち》をしたオブジェを作《つく》り、広場《ひろば》の中央《ちゅうおう》に飾《かざ》ります。村《むら》のみんなで、そのオブジェに色《いろ》や模様《もよう》を描《か》いていくのが、毎年《まいとし》の楽《たの》しみなのです。

日本《にほん》はキリスト教《きょう》の国《くに》ではないのでイースターは一般的《いっぱんてき》ではないそうですが、ミッション系《けい》の聖母女子学院《せいぼじょしがくいん》では、毎年盛大《まいとしせいだい》にイースターの祭《まつ》りが催《もよお》されるそうです。わたしはレバゴラド村《むら》での祝《いわ》い方《かた》を紹介《しょうかい》するよう頼《たの》まれていたので、祭《まつ》りの一ヶ月前《いっかげつまえ》から、美術部《びじゅつぶ》と協力《きょうりょく》して卵《たまご》のオブジェを作《つく》って準備《じゅんび》していました。

祭《まつ》り当日《とうじつ》、中庭《なかにわ》はエッグハンティングのイベントで卵《たまご》を集《あつ》める可愛《かわい》らしい子供《こども》たちであふれていました。卵《たまご》のオブジェが真《ま》ん中《なか》に据《す》えられ、その周《まわ》りを十羽《じゅうわ》のイースターバニーがダンスしています。ピンク色《いろ》のバニーのダンスは、眺《なが》めているだけで愉快《ゆかい》な気持《きも》ちに

なります。ただ、この季節《きせつ》、さぞかしうさぎの着《き》ぐるみは暑《あつ》かろうと、イースターバニーの当番《とうばん》に当《あ》たってしまった生徒《せいと》を気《き》の毒《どく》に思《おも》いました。

ありがとう　イースター　僕《ぼく》らのために
ありがとう　イースター　十字架《じゅうじか》にかかった　イエスさま
おめでとう　イースター　だけど　大丈夫《だいじょうぶ》
よみがえって　今《いま》も生《い》きているんだ

合唱部《がっしょうぶ》の生徒《せいと》たちが、歌《うた》いながら行進《こうしん》しています。校庭《こうてい》の脇《わき》には、軽食《けいしょく》や飲《の》み物《もの》などの出店《でみせ》が並《なら》んでおり、その中《なか》でも文学《ぶんがく》サークルのケーキ売《う》り場《ば》には長《なが》い行列《ぎょうれつ》が出来《でき》ていました。日本《にほん》のイースターもなかなか良《よ》いものだと思《おも》いながら、わたしは卵《たまご》のオブジェの脇《わき》に立《た》っていました。オブジェには、自由《じゆう》に色《いろ》を塗《ぬ》ったり、落書《らくが》きをしてもいいことになっています。わたしは「ハッピーイースター」と言《い》いながら、寄《よ》って来《く》る子供《こども》たちに絵《え》の具《ぐ》やクレヨンを渡《わた》してやりました。

立《た》ちっぱなしで足《あし》が痛《いた》んできたのでちょっと休《やす》もうと、校舎《こうしゃ》の方《ほう》へ向《む》かいかけた時《とき》です。ピンク色《いろ》のバニーに、イツミが体育館《たいいくかん》の裏《うら》へと連《つ》れて行《い》かれるのを見《み》かけました。ちょうど、一番多《いちばんおお》く卵《たまご》を集《あつ》められた人《ひと》をステージで発表《はっぴょう》するところだったので、誰《だれ》も二人《ふたり》がいなくなったことを気《き》にも留《と》めていません。

なぜだか胸騒《むなさわ》ぎがし、人波《ひとなみ》をかき分《わ》けて体育館《たいいくかん》へと向《む》かいました。すると近《ちか》づいていくにつれて、ヒステリックな声《こえ》が聞《き》こえてきたのです。

「わかってるんだから。本当《ほんとう》はわたしのこと、馬鹿《ばか》にしてるんでしょう。才能《さいのう》なんてないくせにって、陰《かげ》で笑《わら》ってるんでしょう!」

「そんなことないわ。ねえ、お願《ねが》いだから落《お》ち着《つ》いて」

イツミの哀願《あいがん》するような声《こえ》。

「いつもわたしのことを見下《みくだ》して。絶対《ぜったい》に許《ゆる》さないいんだから。あなたなんて殺《ころ》してやる」

急《いそ》いで裏《うら》へ回《まわ》りこむと、愛嬌《あいきょう》のある笑顔《えがお》を貼《は》り付《つ》けたバニーが、なんとイツミの首《くび》を絞《し》めていたのです。その対比《たいひ》は、とても不気味《ぶきみ》でした。イツミは目《め》を見開《みひら》き、苦《くる》しげに身《み》をよじっています。わたしは悲鳴《ひめい》をあげました。バニーは驚《おどろ》いてイツミの首《くび》を放《はな》し、慌《あわ》てて走《はし》り去《さ》りました。

わたしは地面《じめん》にくずおれたイツミにかけより、抱《だ》き起《お》こしました。イツミは激《はげ》しく咳《せ》き込《こ》んでいます。

「イツミ、大丈夫《だいじょうぶ》?」

必死《ひっし》でイツミの背《せ》をさすります。やっと呼吸《こきゅう》が整《ととの》うと、イツミはわたしの顔《かお》を見上《みあ》げ、安堵《あんど》したようにゆっくりと頷《うなず》きました。

「何《なに》があったの？　今《いま》のはいったい誰《だれ》？」

「なんでもないわ」

「でも――」

「いいの。本当《ほんとう》に何《なに》もないから。なにかの間違《まちが》いなの。お願《ねが》いだから忘《わす》れてちょうだい」

イツミはふたたび苦《くる》しげに咳《せ》き込《こ》みました。喉元《のどもと》には、くっきり赤《あか》い指《ゆび》の痕《あと》が残《のこ》っています。その時《とき》に初《はじ》めて、わたしは、さっきのバニーが、着《き》ぐるみの手袋《てぶくろ》だけを外《はず》していたことを思《おも》い出《だ》しました。そして、その爪《つめ》がパステルグリーンに塗《ぬ》られていたことも。


イツミに忘《わす》れろと言《い》われても、やはりわたしは、犯人《はんにん》を知《し》っておくべきだと考《かんが》えました。あれが間違《まちが》いであるはずがない。あのバニーはイツミを傷《きず》つけようと……あるいは殺《ころ》そうと……明確《めいかく》な意志《いし》を持《も》っていたことは、確《たし》かなのですから。

わたしは祭《まつ》りの後《あと》、オブジェを片付《かたづ》けに実行委員会室《じっこういいんかいしつ》へと行《い》きました。そして、壁《かべ》に貼《は》ってある当番表《とうばんひょう》を確認《かくにん》してみたのです。イースターバニーの係《かかり》だった生徒《せいと》の名前《なまえ》を。そしてその中《なか》に、やはり高岡志夜《たかおかしよ》の名前《なまえ》はあったのです。

わたしは文学《ぶんがく》サロンへ行《い》きました。みんなが大理石《だいりせき》のテーブルにつき、売《う》り上《あ》げを集《しゅう》計《けい》しています。小銭《こぜに》を数《かぞ》える高岡《たかおか》さんの指先《ゆびさき》は、予想通《よそうどお》りパステルグリーン。イツミを見《み》ると、喉元《のどもと》を隠《かく》すかのように、スカーフを巻《ま》いていました。

「あらイツミ。そのスカーフどうしたの」

わざと聞《き》いてやりましたが、高岡《たかおか》さんは知《し》らんぷりをして小銭《こぜに》を数《かぞ》え続《つづ》けています。なんてふてぶてしいのでしょう。よくも平気《へいき》な顔《かお》をして、イツミの前《まえ》に座《すわ》れるものです。

「ええ、ちょっと首元《くびもと》が寒《さむ》くて」

イツミはわたしに目配《めくば》せをしました。あくまでも、高岡《たかおか》さんをかばうつもりなのです。

わたしのなかに、ジェラシーがふつふつと湧《わ》き上《あ》がってきました。こんな女《おんな》など、イツミの側《そば》にいる価値《かち》なんてないのです。なのにちょっと小説《しょうせつ》が書《か》けるというだけで、イツミに大切《たいせつ》にしてもらえる。どんなに我《わ》がままを言《い》っても、反抗《はんこう》しても、許《ゆる》してもらえる。わたしはこうしてひっそり、自分《じぶん》の気持《きも》ちを抑《おさ》えこみながら、やっと側《そば》にいるというのに。

——絶対《ぜったい》に許《ゆる》さないんだから。あなたなんて殺《ころ》してやる。

さっき聞《き》いた高岡《たかおか》さんの声《こえ》がよみがえってきます。わたしの方《ほう》こそ、その台詞《せりふ》を高岡《たかおか》さんに言《い》ってやりたいと思《おも》いました。

「イツミ、わたしがあなたを護《まも》ってあげる。あなたを少《すこ》しでも傷《きず》つけるような人《ひと》がいたら、決《けっ》して許《ゆる》しはしないわ」

わたしはブルガリア語《ご》で、イツミに向《む》かって呟《つぶや》きました。感情《かんじょう》がこもり、つい語尾《ごび》が鋭《するど》くなってしまいました。イツミが顔《かお》を上《あ》げ、首《くび》を傾《かし》げます。

「なあに、ディアナ。何《なん》て言《い》ったの？」

「別《べつ》に。ただのおまじないよ。イツミがいつまでも幸《しあわ》せでいられますようにって」

「まあ、ありがとう」

イツミが嬉《うれ》しそうに微笑《ほほえ》みました。もしかしたら、そのはかなげな微笑《びしょう》は、すでにこれから起《お》こる全《すべ》てのことを悟《さと》っていたのかもしれません。イツミが亡《な》くなったのは、それからほんの数週間後《すうしゅうかんご》だったからです。


イツミを失《うしな》ってからの日々《ひび》は、わたしにとって息《いき》をするのすら辛《つら》いものです。わたしははるばる日本《にほん》まで、イツミの死《し》に立《た》ち会《あ》うためにやって来《き》たのではありません。なぜイツミがこんな目《め》に遭《あ》わなければならないのでしょう。なぜ、あの美《うつく》しい、清《きよ》らかな人《ひと》が。

わたしはイツミの死《し》の瞬間《しゅんかん》を目撃《もくげき》したわけではありません。わたしが見《み》たのは、花壇《かだん》に横《よこ》たわる変《か》わり果《は》てた姿《すがた》と、その手《て》に握《にぎ》られたすずらんの花《はな》だけでした。ですから、憶測《おくそく》でものを言《い》ってはいけないことはわかっています。けれども、イツミが殺《ころ》されたのは明《あき》らかなのです。そして殺《ころ》した人物《じんぶつ》が誰《だれ》であるかも。

——絶対《ぜったい》に許《ゆる》さないいんだから。あなたなんて殺《ころ》してやる。

イースター祭《さい》の日《ひ》に聞《き》いたあの叫《さけ》びが、耳《みみ》にこびりついています。

イツミに対《たい》する、高岡《たかおか》さんの憎悪《ぞうお》は、激《はげ》しいものでした。無《む》から一言《ひとこと》ずつ言葉《ことば》を積《つ》み上《あ》げ、世界観《せかいかん》を築《きず》き、紙《かみ》の上《うえ》の人物《じんぶつ》に息《いき》を吹《ふ》き込《こ》み、恋《こい》をさせたり絶望《ぜつぼう》させたり憎《にく》んだりさせる作家《さっか》の地道《じみち》な作業《さぎょう》。それは、わたしのような凡人《ぼんじん》には想像《そうぞう》もできないような、過酷《かこく》なものなのでしょう。そしてそれを否定《ひてい》されることは、高岡《たかおか》さんにとって、殺《ころ》さずにはおれないことだったとしても、わたしには不自然《ふしぜん》だとは思《おも》えません。

それにイツミも、犯人《はんにん》が誰《だれ》であるかを、ちゃんとわたしたちに告《つ》げているのです。「君影草《きみかげそう》」とは、すずらんの別名《べつめい》だということを、以前《いぜん》イツミが教《おし》えてくれましたから。

こんなふうにイツミを奪《うば》われてしまうくらいなら、いっそわたしがイツミを連《つ》れて、テラスから飛《と》び降《お》りればよかった。互《たが》いに髪《かみ》を結《むす》び合《あ》い、手《て》を握《にぎ》り合《あ》ってその身《み》を天《てん》に任《まか》せれば、きっと神様《かみさま》はわたしたちの姿《すがた》を岩《いわ》へと変《か》えてくださったことでしょう。そうしたらカレートの乙女《おとめ》たちのように、永遠《えいえん》に寄《よ》り添《そ》うことができたのに。ああ、愛《いと》しい愛《いと》しいイツミ……。

わたしは高岡志夜《たかおかしよ》を許《ゆる》しません。

そして自分《じぶん》をも許《ゆる》すことが出来《でき》ません。イツミを護《まも》りきれなかった、この愚《おろ》かな自分自《じぶんじ》身《しん》を。わたしは生《い》きる限《かぎ》り悔《く》やみ続《つづ》けるでしょう。生《う》まれて初《はじ》めて愛《あい》した人《ひと》を、護《まも》りきれなかったことを。側《そば》におりながら、その命《いのち》が散《ち》るのを、ただ見《み》ているしかできなかったことを。

（完《かん》）

†

ディアナさん、ありがとう。

あなたはこの文学《ぶんがく》サークルで唯一《ゆいいつ》の留学生《りゅうがくせい》。学院《がくいん》に一年間《いちねんかん》しか在籍《ざいせき》しないし、いずれは日本《にほん》を離《はな》れる方《かた》。だから、今回《こんかい》の事件《じけん》を一番《いちばん》客観的《きゃっかんてき》に見《み》てくださるのではないかと期《き》待《たい》していたの。

そしてそれは、期待通《きたいどお》りだったわ。この学院《がくいん》における、女子高《じょしこう》ならではの緊張感《きんちょうかん》……そういうものがあるなんて、わたしは感《かん》じたことがなかった。「ひりひり」する感《かん》じだとあなたは表現《ひょうげん》したけれど、そしてあなたは、その表現《ひょうげん》が相応《ふさわ》しいかわからないと言《い》ったけれど、わたしはこれ以上的《いじょうまと》を射《い》た表現《ひょうげん》はないと思《おも》う。「痛《いた》い」のではない。心《こころ》がこすられて、だんだん磨《す》り減《へ》っていくような感《かん》じ。あなたはこの数《すう》ヶ月間《かげつかん》で、たいそう日本語《にほんご》が達者《たっしゃ》におなりだわ。

そして、そのなかで起《お》こったいつみの事件《じけん》。あなたの見解《けんかい》をうかがえて、とても参考《さんこう》になったわ。けれど、また今回《こんかい》も、今《いま》までの朗読小説《ろうどくしょうせつ》とは違《ちが》う意見《いけん》だったわね。いったい、なにがどうなっているのか……。

あなたの朗読《ろうどく》、とても耳《みみ》に心地《ここち》よかったわ。アクセントのある日本語《にほんご》が、とてもセクシーに聞《き》こえる。声《こえ》も深《ふか》みがあって素敵《すてき》ね。その声《こえ》で読《よ》んでくださったあなたのふるさとの情景《じょうけい》――雄々《おお》しくそびえる山脈《さんみゃく》、歴史《れきし》が刻《きざ》まれた建築物《けんちくぶつ》や遺跡《いせき》、薔薇《ばら》の谷《たに》、豊《ゆた》かな海《うみ》――そういったものが、鮮《あざ》やかに目《め》に浮《う》かんできたわ。

とても味《あじ》わい深《ぶか》い朗読《ろうどく》でした。ディアナさん、ほんとうにどうもありがとう。盛大《せいだい》な拍手《はくしゅ》を。

みなさん、ちゃんと召《め》し上《あ》がってる？　ちょっと具材《ぐざい》を足《た》しましょうか。ドリンクのお代《か》わりも、遠慮《えんりょ》なく申《もう》し出《で》てね。

あら、なにを騒《さわ》いでらっしゃるの？

――え、時計《とけい》？　今年《ことし》も持《も》ってきた人《ひと》がいたのね。ラッキーガールは誰《だれ》……まあ小南《こみなみ》さん。羨《うらや》ましいわ。でも去年《きょねん》のように、高級時計《こうきゅうどけい》とは限《かぎ》らなくてよ。安物《やすもの》かもしれない。

この会《かい》が終了《しゅうりょう》して、シャンデリアを灯《とも》すまで、ドキドキするわね。みんなに羨《うらや》ましがられるか、それともオモチャで大笑《おおわら》いされるか……それも闇鍋《やみなべ》の楽《たの》しみの一《ひと》つ。せいぜい、それまでみんなで想像《そうぞう》して楽《たの》しみましょう。

適当《てきとう》に具材《ぐざい》とスープを足《た》すから、その間《あいだ》に、次《つぎ》の朗読者《ろうどくしゃ》の方《かた》、ご用意《ようい》してくださらない？　ええと、次《つぎ》は園子《そのこ》の番《ばん》だったかしら？　ではどうぞ朗読《ろうどく》コーナーへいらして。

5 朗《ろう》読《どく》小《しょう》説《せつ》「ラミアーの宴《うたげ》」

3年《ねん》B《ビー》組《ぐみ》 古《こ》賀《が》園《その》子《こ》

WHEN：七月《しちがつ》X日《にち》の放《ほう》課《か》後《ご》
WHERE：聖《せい》母《ぼ》女《じょ》子《し》高《こう》等《とう》学《がく》院《いん》・花《か》壇《だん》
WHO：三年《さんねん》B《ビー》組《ぐみ》 白《しら》石《いし》いつみ
WHAT：血《ち》まみれで倒《たお》れ死《し》亡《ぼう》
WHY：不《ふ》明《めい》
HOW：テラスから落《らっ》下《か》した

白《しら》石《いし》いつみの事《じ》件《けん》について、ごく基《き》本《ほん》的《てき》なエレメントを書《か》き出《だ》してみると、ざっとこんな感《かん》じだ。わたしは常《つね》に、どんなことでも５Ｗ《ダブリュー》１Ｈ《エイチ》に置《お》き換《か》えて整理《せいり》するようにしている。これは医師《いし》であった父《ちち》の教《おし》えで、状況《じょうきょう》によってはWHOMを加《くわ》えた６Ｗ《ダブリュー》１Ｈ《エイチ》だったりHOW MUCHを加《くわ》えた６Ｗ《ダブリュー》２Ｈ《エイチ》となったりする。

さて、このWHYが、今回《こんかい》の事件《じけん》では不明《ふめい》なのだ。現場《げんば》の状況《じょうきょう》から、その死《し》については、色々《いろいろ》な憶測《おくそく》が飛《と》び交《か》っている――事故《じこ》か。自殺《じさつ》か。他殺《たさつ》か。

これからこの件《けん》に関《かん》して、わたしの意見《いけん》を以下《いか》に記《しる》していく。もしかしたら貴重《きちょう》なものとなるかもしれない――実《じつ》は、わたしはいつみが死《し》に至《いた》った経緯《けいい》を知《し》っているからだ。


さて、白石《しらいし》いつみとその死《し》について記《しる》していく前《まえ》に、まずわたしと彼女《かのじょ》の関係《かんけい》から説明《せつめい》していこう。

白石《しらいし》いつみとは同級生《どうきゅうせい》で、同《おな》じ理系《りけい》コースのクラスメイトである。彼女《かのじょ》もわたしも、医師《いし》になるという共通《きょうつう》の夢《ゆめ》を持《も》っていた。一流大学《いちりゅうだいがく》の医学部《いがくぶ》に進学《しんがく》するべく、互《たが》いに励《はげ》まし合《あ》い、時《とき》には張《は》り合《あ》う――白石《しらいし》いつみは、いわば良《よ》きライバルであった。

わたしが医師《いし》を志《こころざ》すようになったキッカケ。それは二年前《にねんまえ》に亡《な》くなった父《ちち》である。

父《ちち》は、すばらしい医師《いし》だった。昔《むかし》は大学病院《だいがくびょういん》に勤務《きんむ》していたが、地域《ちいき》に密着《みっちゃく》したホームドクターでありたいと、小《ちい》さなクリニックをひっそりと開業《かいぎょう》した。医療機器《いりょうきき》は決《けっ》して最新《さいしん》のものではなかったが、父《ちち》は毎月学術雑誌《まいつきがくじゅつざっし》に目《め》を通《とお》し、学会《がっかい》や勉強会《べんきょうかい》に出《で》かけ、知《ち》識《しき》と技術《ぎじゅつ》を常《つね》に最新《さいしん》に保《たも》つべく、努力《どりょく》をし続《つづ》けた。そして、患者《かんじゃ》の話《はなし》をじっくりと聞《き》く。病気《びょうき》の症状《しょうじょう》は、患者本人《かんじゃほんにん》が一番《いちばん》良《よ》く知《し》っているはずだからだ。そしてそこから病気《びょうき》の原因《げんいん》を見抜《みぬ》き、治療法《ちりょうほう》を探《さぐ》っていく。「患者《かんじゃ》から学《まな》ぶ」という姿勢《しせい》を、決《けっ》して崩《くず》さない父《ちち》だった。

父《ちち》の葬儀《そうぎ》には、大勢《おおぜい》の人《ひと》たちがかけつけてくれた。開業当時《かいぎょうとうじ》から通院《つういん》しているおじいさん、幼稚園児《ようちえんじ》の頃《ころ》から通《かよ》い、現在《げんざい》は自身《じしん》の幼稚園児《ようちえんじ》の息子《むすこ》も通《かよ》わせているお母《かあ》さん、親《おや》子三代《こさんだい》でかかりつけにしている家族《かぞく》——わたしは遺族席《いぞくせき》で焼香《しょうこう》の長《なが》い列《れつ》を眺《なが》めながら、父《ちち》はこんなにも多《おお》くの人《ひと》に関《かか》わり、そして癒《いや》してきたのかと驚《おどろ》いた。「先生《せんせい》、ありがとう」と参列席《さんれつせき》のあちこちからすすり泣《な》きが聞《き》こえるたび、誇《ほこ》らしく思《おも》った。

——必《かなら》ず、父《ちち》のような医師《いし》になる。そして、父《ちち》の死《し》とともに閉鎖《へいさ》となったクリニックを、いつか私《わたし》の手《て》で再開《さいかい》する。

心《こころ》を新《あら》たに、そう誓《ちか》ったものだ。

父《ちち》が亡《な》くなったときわたしに遺《のこ》されたのは、書棚《しょだな》を埋《う》め尽《つ》くすエンサイクロペディアと、アメリカン・ジャーナル・オブ・メディスンのバックナンバー、そして古《ふる》ぼけた聴診器《ちょうしんき》だけだった。あまりにも父《ちち》らしくて、涙《なみだ》が出《で》てきた。

以来《いらい》、さらに勉強《べんきょう》に時間《じかん》を費《つい》やすようになった。さすがにくじけそうになることもあるが、そんな時《とき》には病院《びょういん》めぐりをすることにしている。適当《てきとう》にバスや電車《でんしゃ》を乗《の》り継《つ》ぎ、目《め》に付《つ》いた病院《びょういん》を見学《けんがく》するのだ。病《やまい》に苦《くる》しんでいる人々《ひとびと》。真摯《しんし》に対応《たいおう》する医療従事者《いりょうじゅうじしゃ》。笑顔《えがお》で退院《たいいん》していく患者《かんじゃ》。彼《かれ》らの姿《すがた》を眺《なが》め、ふたたびやる気《き》に火《ひ》をつける。リフレッシュの方法《ほうほう》が病院見学《びょういんけんがく》なんて変《か》わっているかもしれないが、もともと理系《りけい》の女《おんな》なんて変《か》わり者《もの》なのかもしれない。

その点《てん》、白石《しらいし》いつみはバランスの取《と》れた子《こ》だったと思《おも》う。文学《ぶんがく》サークルなんて主宰《しゅさい》するくらいだからてっきり文系《ぶんけい》だと思《おも》っていたのに、高校《こうこう》二年《にねん》になって理系《りけい》コースで一緒《いっしょ》になったのには驚《おどろ》いた。わたしは数学《すうがく》と化学《かがく》では誰《だれ》にも負《ま》けない自信《じしん》があるが、古文《こぶん》や漢文《かんぶん》、英語《えいご》は大《だい》の苦手《にがて》だ。それなのに、白石《しらいし》いつみはそれらの分野《ぶんや》でも無敵《むてき》なのである。まったくイヤな奴《やつ》だ。右脳《うのう》と左脳《さのう》、両方《りょうほう》とも発達《はったつ》してるんだろう。

もちろん他《ほか》にも優秀《ゆうしゅう》な生徒《せいと》はたくさんいる。しかし、わたしにとってライバルは白石《しらいし》いつみだけ。彼女《かのじょ》に負《ま》けないよう、とにかく一日《いちにち》の大半《たいはん》を勉強《べんきょう》に割《さ》いてきた。ただ、さすがに味気《あじけ》なさ過《す》ぎるとふと思《おも》い、白石《しらいし》いつみに誘《さそ》われるまま文学《ぶんがく》サークルに入会《にゅうかい》したのが二年生《にねんせい》のときだ。

サークルには同級生《どうきゅうせい》の澄川小百合《すみかわさゆり》もいて、わたしの入会《にゅうかい》を喜《よろこ》んでくれた。当時《とうじ》、その他《ほか》のメンバーは、一年生《いちねんせい》の高岡志夜《たかおかしよ》（彼女《かのじょ》は高校生小説家《こうこうせいしょうせつか》として売《う》れっ子《こ》なのだそうだが、一《いち》ページ読《よ》んだだけで頭痛《ずつう》がしたので、彼女《かのじょ》の作品《さくひん》は読《よ》んでいない。ああいう文体《ぶんたい》が現代《げんだい》では流行《りゅうこう》しているのか？　正直《しょうじき》、ちょっとついていけない。もちろん本人《ほんにん》には読了《どくりょう》したと告《つ》げてあるが）と小南《こみなみ》あかねだけだった。

最初《さいしょ》の頃《ころ》は、読書会《どくしょかい》が苦痛《くつう》で仕方《しかた》なかった。読《よ》むことはともかくとしても、「主題《しゅだい》はなにか」「どう感《かん》じたか」「現代社会《げんだいしゃかい》に何《なに》を語《かた》りかけているか」などを考《かんが》え、しかもみんなの前《まえ》で意見《いけん》を述《の》べるというのが、どうも苦手《にがて》だったのだ。

「ただ『面白《おもしろ》かった』じゃダメよ、園子《そのこ》」

よくいつみに呆《あき》れられた。

「だって、本当《ほんとう》にそれ以外《いがい》に何《なに》も感《かん》じなかったんだもん」

そう反論《はんろん》すると、

「そんなはずないわ。どんな物語《ものがたり》だって、主題《しゅだい》があり、問《と》いかけがあるのだから」

と尤《もっと》もらしいことを言《い》うのだ。なので、

「じゃあ桃太郎《ももたろう》なんかはどうなの」と冗談《じょうだん》のつもりで聞《き》いてみたら、「現代《げんだい》の高齢化社会《こうれいかしゃかい》、高齢出産《こうれいしゅっさん》および少子化《しょうしか》への暗示《あんじ》」やら「鬼退治《おにたいじ》という暴力的解決《ぼうりょくてきかいけつ》の理不尽《りふじん》さ」やらを、とうとうと論《ろん》じ始《はじ》めたので驚《おどろ》いた。

とりあえず、読書会《どくしょかい》にはわたしにも読《よ》みやすい課題図書《かだいとしょ》も選《えら》んでもらうことで、納得《なっとく》してもらった。ロビン・クックやマイクル・クライトンなどの医療系文学作品《いりょうけいぶんがくさくひん》だ。臓器移植《ぞうきいしょく》や珍《めずら》しい細菌《さいきん》の話《はなし》など、わたしにとっては朝《あさ》まで読《よ》みふけるほど面白《おもしろ》いが、高岡《たかおか》や小南《こみなみ》には大変《たいへん》に不評《ふひょう》であった（とくに「こんなのを読《よ》んだら、読書会《どくしょかい》のあとのティータイムが台無《だいな》しになります！」と小南《こみなみ》が憤慨《ふんがい》していた）。

ただ、人間《にんげん》とは学《まな》ぶ生物《せいぶつ》なのである。さほど興味《きょうみ》の湧《わ》かない課題図書《かだいとしょ》であっても、何冊《なんさつ》か読《よ》み、みんなの感想《かんそう》や分析《ぶんせき》を聞《き》いているうちに、だんだんと「なるほど、こんなふうに読《よ》めばいいのだな」とわかってきた。結局《けっきょく》は、長《なが》い長《なが》い一冊《いっさつ》の中《なか》から5W《ダブリュー》1H《エイチ》ないし6W《ダブリュー》1H《エイチ》、6W《ダブリュー》2H《エイチ》を抽出《ちゅうしゅつ》し、現代《げんだい》の情勢《じょうせい》や風潮《ふうちょう》と比較検討《ひかくけんとう》してみれば良《い》いようである。そのコツを掴《つか》んでからは、読書会《どくしょかい》が苦痛《くつう》ではなくなった。

例《たと》えばスタンダールの『赤《あか》と黒《くろ》』。

WHEN：一九世紀《じゅうきゅうせいき》　復古王政《ふっこおうせい》の時代《じだい》
WHERE：フランス
WHO：貧《まず》しい生《う》まれのジュリアン・ソレル
WHAT：二三歳《にじゅうさんさい》にして死刑《しけい》となる
WHY：昔《むかし》の不倫相手《ふりんあいて》に裏切《うらぎ》られたと思《おも》ったため、射殺《しゃさつ》しようとした

HOW：　野心《やしん》を抱《いだ》き、権力《けんりょく》と愛《あい》を手《て》に入《い》れようとしたが失敗《しっぱい》し、転落《てんらく》
○権力《けんりょく》や財力《ざいりょく》に翻弄《ほんろう》される人間《にんげん》の本質《ほんしつ》は、現代《げんだい》でも変《か》わっていない。しかし純粋《じゅんすい》な愛《あい》を求《もと》め、それゆえに死刑《しけい》さえをも受《う》け入《い》れるジュリアンのような潔《いさぎよ》さと高貴《こうき》さは、現代《げんだい》の日本人《にほんじん》からは失《うしな》われている。

他《ほか》にはフィッツジェラルドの『グレート・ギャツビー』。
WHEN：　一九二〇年代《ねんだい》　第一次世界大戦後《だいいちじせかいたいせんご》
WHERE：　ニューヨーク郊外《こうがい》　ロング・アイランド
WHO：　謎《なぞ》の大富豪《だいふごう》　ジェイ・ギャツビー
WHAT：　濡《ぬ》れ衣《ぎぬ》により、射殺《しゃさつ》される
WHY：　元恋人《もとこいびと》の愛《あい》を、現在《げんざい》の夫《おっと》から取《と》り戻《もど》そうとしたため
HOW：　戦争《せんそう》に赴《おもむ》いている間《あいだ》に、恋人《こいびと》が大富豪《だいふごう》と結婚《けっこん》。恋人《こいびと》を取《と》り戻《もど》すという執《しゅう》念《ねん》にとりつかれ、身分違《みぶんちが》いの富《とみ》と成功《せいこう》を、一途《いちず》に求《もと》めた
○人間《にんげん》とは、手《て》に入《はい》らないものを求《もと》めるもの。愛情《あいじょう》しかり、権力《けんりょく》しかり、社会的地位《しゃかいてきちい》しかり。しかし、それらを一途《いちず》に求《もと》め続《つづ》ける姿《すがた》は愚《おろ》かでもあり、いじらしくもある。そして我々《われわれ》は、ギャツビーのように純粋《じゅんすい》で華麗《かれい》な男《おとこ》を求《もと》め続《つづ》ける——彼《かれ》のような人《にん》

間《げん》が存在《そんざい》せず、まぼろしであると知《し》っているから。

わたしが積極的《せっきょくてき》に読書会《どくしょかい》で発言《はつげん》するようになったので、いつみは喜《よろこ》んでいた。そしてある日《ひ》、「あなたの着眼点《ちゃくがんてん》って面白《おもしろ》いわ。いったい、どんなふうに読《よ》み込《こ》んでいるの」と聞《き》かれたので、5W《ダブリュー》1H《エイチ》を書《か》き出《だ》した味気《あじけ》ないメモを見《み》せた。いつみは吹《ふ》き出《だ》し、

「園子《そのこ》らしいのね。あなたはきっと、感性《かんせい》で読《よ》むというより、理性《りせい》で読《よ》むんだわ」

と大笑《おおわら》いしていた。

そういうわけで、わたしは文学《ぶんがく》の正《ただ》しき理解者《りかいしゃ》というわけではないのだが、文学《ぶんがく》サークルに入会《にゅうかい》したことは正解《せいかい》だったと思《おも》っている。まず、読解力《どっかいりょく》をより深《ふか》めることに損《そん》はないこと。次《つぎ》に、小南《こみなみ》お手製《てせい》の絶品《ぜっぴん》スイーツがいつでも食《た》べられること。そして最後《さいご》に、ユニークな闇鍋朗読会《やみなべろうどくかい》があることだ。

もともと、この文学《ぶんがく》サークルは、もう何年《なんねん》も会員《かいいん》が集《あつ》まらず休部扱《きゅうぶあつか》いとなっていたものを、白石《しらいし》いつみが高等部進学《こうとうぶしんがく》をきっかけに復活《ふっかつ》させたものである。その際《さい》、顧問《こもん》の北条《ほうじょう》先生《せんせい》が、代々伝《だいだいつた》わるという「文学《ぶんがく》サークルのしおり」をいつみに渡《わた》したらしい。そのしおりに、読書会《どくしょかい》の心得《こころえ》や討論会《とうろんかい》の進《すす》め方《かた》、そして闇鍋朗読会《やみなべろうどくかい》とそのルールについて書《か》かれていたというのだ。

○一切《いっさい》の電気《でんき》を消《け》し、暗闇《くらやみ》で行《おこな》うべし
○進行役《しんこうやく》、いわゆる「鍋奉行《なべぶぎょう》」は会長《かいちょう》が担当《たんとう》するべし
○それぞれ持《も》ち寄《よ》った具材《ぐざい》の内容《ないよう》を決《けっ》して明《あ》かすべからず
○具材《ぐざい》は食《た》べ物《もの》でなくてもよし　ただし清潔《せいけつ》なものに限《かぎ》る
○デザートは会長《かいちょう》が手作《てづく》りし、口直《くちなお》しとして美味《おい》しいものを提供《ていきょう》すべし
○小説《しょうせつ》を朗読《ろうどく》する者《もの》は別《べつ》に設《もう》けられた朗読《ろうどく》コーナーで朗読《ろうどく》すべし
○暗闇《くらやみ》の中《なか》で朗読《ろうどく》を聞《き》きながら鍋《なべ》を食《しょく》するべし

いったいどんな物好《ものず》きがこんな朗読会《ろうどくかい》を考《かんが》え出《だ》したのだろうと呆《あき》れたが、じっさいに参《さん》加《か》してみると、これが非常《ひじょう》に面白《おもしろ》い。箸《はし》でつまんだものを、こわごわ口《くち》に運《はこ》ぶ。くちびるに触《ふ》れる感触《かんしょく》が、また気持《きも》ち悪《わる》い。想像《そうぞう》と違《ちが》う味《あじ》がすると、ぞわりと鳥肌《とりはだ》が立《た》つ。そんな状況《じょうきょう》で朗読小説《ろうどくしょうせつ》なんて聞《き》けるわけがないと思《おも》ったが、意外《いがい》なことに、明《あか》るい部屋《へや》の中《なか》、自分《じぶん》の目《め》で読《よ》むよりも頭《あたま》に入《はい》ってくる。想像力《そうぞうりょく》がかき立《た》てられ、まるで目《め》の前《まえ》に巻《まき》物《もの》が広《ひろ》げられるかのように情景《じょうけい》が浮《う》かんでくるのだ。暗闇《くらやみ》において脳《のう》が活性化《かっせいか》し、より鮮《あざ》やかに視覚化《しかくか》してくれるのだろう。

それに、悪戯心《いたずらごころ》もくすぐられる。明《あ》かすことは禁《きん》じられているけど、実《じつ》は去年《きょねん》、わたしはいちご大福《だいふく》とマカダミア・ナッツと、シャネルの時計《とけい》を持《も》って行《い》った。いちご大福《だいふく》は

出汁《だし》に溶《と》け込《こ》み、肉《にく》も魚《さかな》も野菜《やさい》も、すべて甘《あま》く煮込《にこ》まれてしまい、とても不味《まず》い鍋《なべ》となってしまった。メンバーが悲鳴《ひめい》に近《ちか》い声《こえ》をあげながら食《た》べ進《すす》めていく中《なか》、わたしは一人《ひとり》にやにやしていた。ガリガリとしたナッツの食感《しょっかん》には、誰《だれ》かが「石《いし》が入《はい》ってる！」と大騒《おおさわ》ぎして、これまたしてやったり。シャネルの時計《とけい》を選《えら》んだのは、とにかく誰《だれ》も思《おも》いつかないようなものを鍋《なべ》に入《い》れて、みんなを驚《おどろ》かせてやりたかったからだ。いつみがその時計《とけい》を取《と》ったときとても喜《よろこ》んでいたし、みんなが羨《うらや》ましがっていたので、よっぽど「わたしが持《も》ってきたんだよ！」と自慢《じまん》したかったが、内緒《ないしょ》にしなければならないルールなのでやめた。やっぱり惜《お》しかったかなと、実《じつ》は今《いま》では後悔《こうかい》している。

文学《ぶんがく》サークルの活動《かつどう》は、読書会《どくしょかい》や闇鍋朗読会《やみなべろうどくかい》だけではない。イースター&ペンテコステ祭《さい》でのバザーも、大《おお》きな仕事《しごと》だ。ただ、今年《ことし》のイースター祭《さい》でわたしは実行委員長《じっこういいんちょう》となったので、サークルのバザーにはあまり参加《さんか》できなかったのだが。

去年《きょねん》は実行委員《じっこういいん》をしていたのだが、目《め》まぐるしく働《はたら》く委員長《いいんちょう》を「大変《たいへん》だなあ」と気《き》の毒《どく》に思《おも》いながら手伝《てつだ》っていた。今年《ことし》は、その委員長《いいんちょう》に自分《じぶん》がなってしまったのである。

実行委員長《じっこういいんちょう》の仕事《しごと》はポスターのデザインを美術部《びじゅつぶ》と詰《つ》めたり、近隣《きんりん》に配布《はいふ》するチラシを作成《さくせい》したり、合唱部《がっしょうぶ》と音楽《おんがく》の打《う》ち合《あ》わせをしたり、エッグハンティング用《よう》の卵《たまご》を注文《ちゅうもん》したりと、大忙《おおいそが》しだ。チラシには、イースターの由来《ゆらい》や意味《いみ》を、キリスト教《きょう》にあまり馴染《なじ》みのない人《ひと》や子供《こども》たちにもわかりやすく書《か》かなければならない。あれこれ文面《ぶんめん》を考《かんが》え、最終的《さいしゅうてき》に出来上《できあ》がったのがこれだ。

「イースター（復活祭《ふっかつさい》）は、イエス・キリストが死《し》から復活《ふっかつ》されたことを祝《いわ》うお祭《まつ》りです。イースターから50日間《にちかん》を復活節《ふっかつせつ》、50日後《にちご》をペンテコステ（聖霊降臨日《せいれいこうりんび》）といい、聖霊《せいれい》が降《お》りてきた日《ひ》とされています。本校《ほんこう》では、これらの大切《たいせつ》な出来事《できごと》を祝《いわ》い、毎年《まいとし》6月《がつ》にチャリティーイベントを開催《かいさい》しています。

生命《せいめい》の象徴《しょうちょう》である卵《たまご》に色《いろ》を塗《ぬ》って、校庭《こうてい》に隠《かく》し、それを探《さが》し出《だ》すエッグハンティングも行《おこな》われます。

バザーや喫茶《きっさ》コーナーもあります。みなさま是非《ぜひ》おこしください。

また献金箱《けんきんばこ》ももうけてあります。集《あつ》められた献金《けんきん》は赤十字《せきじゅうじ》や老人《ろうじん》ホームなど、必要《ひつよう》とされるところに寄付《きふ》されます。

イエス・キリストは、今《いま》も生《い》きておられます。

キリストの命《いのち》は永遠《えいえん》なのです。」

他《ほか》にも保護者《ほごしゃ》に寄付《きふ》や手伝《てつだ》いを募《つの》るメールを流《なが》したり、校庭《こうてい》に組《く》むステージのレンタルを手配《てはい》したり、骨《ほね》の折《お》れる仕事《しごと》ばかりだが、わたしが引《ひ》き受《う》けたのには理由《りゆう》がある。それは、学院経営者《がくいんけいえいしゃ》である白石氏《しらいしし》への恩返《おんがえ》しをしたかったからだ。

白石氏《しらいしし》はいつみの父親《ちちおや》だ。本学院《ほんがくいん》のみならず、総合病院《そうごうびょういん》や商業施設《しょうぎょうしせつ》など、多角的《たかくてき》に事業《じぎょう》を展開《てんかい》している。一般的《いっぱんてき》に、生徒にとって学校経営者《がっこうけいえいしゃ》は顔《かお》の見《み》えない存在《そんざい》だと思《おも》うが、白石氏《しらいしし》は違《ちが》う。ひんぱんに学校《がっこう》にやってきて生徒《せいと》たちとコミュニケーションを取《と》るし、生《せい》徒全員《とぜんいん》の成績表《せいせきひょう》を毎学期確認《まいがっきかくにん》もしているそうだ。そして成績《せいせき》の芳《かんば》しくない者《もの》には特別講《とくべつこう》習《しゅう》を受《う》けさせ、教師《きょうし》の教《おし》え方《かた》にも問題《もんだい》がないか授業《じゅぎょう》を見学《けんがく》する。

「学校経営《がっこうけいえい》は究極《きゅうきょく》のサービス業《ぎょう》だ」というモットーを持《も》つ白石氏《しらいしし》は、生徒《せいと》の学力《がくりょく》とモラル意識《いしき》を高《たか》めることを絶対義務《ぜったいぎむ》だと信《しん》じているのだ。

そして、積極的《せっきょくてき》に学校行事《がっこうぎょうじ》にも参加《さんか》する。なかでもイースター祭《さい》は白石氏《しらいしし》がもっとも力《ちから》を入《い》れているイベントで、「キリストの愛《あい》と精神《せいしん》を近隣《きんりん》の人々《ひとびと》にも知《し》ってもらい、また普段《ふだん》の恩返《おんがえ》しをする最良《さいりょう》のチャンス」ということで、自身《じしん》で細部《さいぶ》まで企画《きかく》するのだ。

実《じつ》はわたしは、白石氏《しらいしし》に個人的《こじんてき》に世話《せわ》になったことがある。わたしはかねてから、人体《じんたい》解剖《かいぼう》を見学《けんがく》してみたいと思《おも》っていた。父《ちち》の小《ちい》さなクリニックでは手術《しゅじゅつ》や解剖《かいぼう》などとは無《む》縁《えん》だった。しかし医師《いし》を志《こころざ》す以上《いじょう》、一度《いちど》は見《み》ておきたいとずっと思《おも》っていたのだ。だから去年《きょねん》、実行委員《じっこういいん》になった時《とき》には白石氏《しらいしし》と接触《せっしょく》する機会《きかい》の多《おお》い報告係《ほうこくがかり》を買《か》って出《で》て、最《さい》初《しょ》の顔合《かおあ》わせの時《とき》に、なんとか見学《けんがく》させてもらえないかお願《ねが》いしたのだ。子《こ》どもの遊《あそ》びじ

やない、と一蹴《いっしゅう》されることを覚悟《かくご》していたが、

「わかった。外科部長《げかぶちょう》に伝《つた》えておくよ。いつでもうちの病院《びょういん》に電話《でんわ》しなさい」

と白石氏《しらいしし》は快諾《かいだく》してくれた。その次《つぎ》の週《しゅう》にわたしは、解剖学《かいぼうがく》の教授《きょうじゅ》や実習生《じっしゅうせい》と共《とも》に、手術台《しゅじゅつだい》の前《まえ》に立《た》たせてもらっていた。もちろんわたしはメスなど持《も》たず、ただ傍《かたわ》らで眺《なが》めているだけであったが、人間《にんげん》の器官《きかん》を、図《ず》や写真《しゃしん》ではなく、自分《じぶん》の目《め》で確《たし》かめることは大《おお》いに勉強《べんきょう》になった。脳《のう》、心臓《しんぞう》、肺臓《はいぞう》、肝臓《かんぞう》、腎臓《じんぞう》、血管《けっかん》などが、粛々《しゅくしゅく》と取《と》り出《だ》され、薄《うす》く切《き》られていく。気分《きぶん》が悪《わる》くなるのではないか、ショックを受《う》けるのではないかと心配《しんぱい》していたが、意外《いがい》なことに心《こころ》は落《お》ち着《つ》いていた。死《し》と、目《め》の前《まえ》の体《からだ》がうまく結《むす》びつかなかったからかもしれない。目《め》の前《まえ》で輪切《わぎ》りになっていく組織《そしき》は、グロテスクなものではなく、医学発展《いがくはってん》のために与《あた》えられた尊《とうと》い資料《しりょう》でしかなかった。

解剖《かいぼう》が終了《しゅうりょう》したとき、ひとつだけ確信《かくしん》したことがある。

魂《たましい》など、体《からだ》には宿《やど》っていない。

脳細胞《のうさいぼう》の隅々《すみずみ》、心臓《しんぞう》の端々《はしばし》、頭《あたま》のてっぺんからつま先《さき》まで、わたしは目《め》にした。そこには魂《たましい》の宿《やど》る隙間《すきま》などないのだ。喜《よろこ》びも悲《かな》しみも怒《いか》りも嫉妬《しっと》も、脳味噌《のうみそ》というごく小《ちい》さな臓器《ぞうき》のなかで湧《わ》き起《お》こり、主《おも》に扁桃核《へんとうかく》、大脳辺縁系《だいのうへんえんけい》、大脳新皮質《だいのうしんひしつ》が感情《かんじょう》を司《つかさど》っている。魂《たましい》があるから人間《にんげん》が生《い》きているのではない。呼吸《こきゅう》によって酸素《さんそ》が体《からだ》に行《い》き渡《わた》り、生理活《せいりかつ》

性物質《せいぶっしつ》が分泌《ぶんぴつ》され、血液《けつえき》が巡《めぐ》り、代謝《たいしゃ》が行《おこな》われるから生《い》きているのだ。生《い》きるということは、ただただ生理的《せいりてき》なことなのだということを、わたしは解剖《かいぼう》によって思《おも》い知《し》ったのである。

ミッション・スクールに通《かよ》ってはいるが、もともとわたしはクリスチャンではない。神《かみ》という非科学的《ひかがくてき》な存在《そんざい》は信《しん》じていないし、聖霊《せいれい》や永遠《えいえん》の命《いのち》に意義《いぎ》も見出《みいだ》さない。わたしは自分《じぶん》の目《め》で見《み》たものしか信《しん》じないからだ。しかし、それでも、人《ひと》が神《かみ》や魂《たましい》の存在《そんざい》をよりどころとするならば——特《とく》に病《やまい》に冒《おか》された人間《にんげん》の希望《きぼう》となるならば——医師《いし》になった暁《あかつき》に患者《かんじゃ》の心《こころ》を平安《へいあん》に保《たも》てるよう、きちんと理解《りかい》を深《ふか》め、向《む》かい合《あ》っておくべきだと思《おも》うようになった。

解剖《かいぼう》の経験《けいけん》を経《へ》て、わたしは大《おお》きく変《か》わった。生《せい》とは何《なに》か、死《し》はどうあるべきか、神《かみ》とは何《なに》か、そして医師《いし》は何《なに》をすべきか——それらのことを深《ふか》く考《かんが》え、そして決意《けつい》も新《あら》たに、真摯《しんし》な気持《きも》ちで医師《いし》を目指《めざ》すようになったからだ。

だから今年《ことし》のイースター祭《さい》には実行委員長《じっこういいんちょう》に立候補《りっこうほ》し、前《まえ》の年《とし》に貴重《きちょう》な機会《きかい》を与《あた》えてくれた白石氏《しらいしし》の恩《おん》に、少《すこ》しでも報《むく》いようと思《おも》ったのである。

イースター祭《さい》の準備《じゅんび》は、新年度《しんねんど》とともに始《はじ》められる。

一般的《いっぱんてき》にはイースター主日《しゅじつ》は四月《しがつ》なので、その時《とき》にイベントを行《おこな》う教会《きょうかい》やミッション・スクールは多《おお》い。しかし我《わ》が学院《がくいん》では新年度《しんねんど》の慌《あわただ》しさを避《さ》けるためと、聖霊降臨日《ペンテコステ》を一緒《いっしょ》に祝《いわ》うために、六月中旬《ろくがつちゅうじゅん》に行《おこな》うことにしている。

去年報告係《きょねんほうこくがかり》として白石家《しらいしけ》に行《い》ったのはせいぜい数回《すうかい》だったが、実行委員長《じっこういいんちょう》になってからというもの、しょっちゅう打《う》ち合《あ》わせに訪《おとず》れることになった。ポスター下描《したが》きの意見《いけん》を聞《き》いたり、模擬店《もぎてん》の最終《さいしゅう》リストや予算報告書《よさんほうこくしょ》を提出《ていしゅつ》したり、週《しゅう》に数回《すうかい》は白石氏《しらいしし》と顔《かお》を合《あ》わせる。

事業《じぎょう》が多忙《たぼう》であればあるほど時間《じかん》は貴重《きちょう》だと思《おも》うのだが、それを休息《きゅうそく》や趣味《しゅみ》ではなく、こうして生徒《せいと》たちのために使《つか》ってくれるのはありがたい。こうなったらわたしも勉強《べんきょう》の隙間時間《すきまじかん》を全《すべ》て費《つい》やして、なんとしてもイースター祭《さい》を盛《も》り上《あ》げようという気《き》にもなる。なので、ついつい意見交換《いけんこうかん》に熱《ねつ》が入《はい》り、気《き》がつけば白石氏《しらいしし》の書斎《しょさい》で三時間《さんじかん》も議論《ぎろん》していることも少《すく》なくないのだ。

準備《じゅんび》や打《う》ち合《あ》わせは主《おも》に放課後《ほうかご》なので、文学《ぶんがく》サークルの会合《かいごう》にはほとんど出席《しゅっせき》できない。サークルの方《ほう》も、イースター祭《さい》の準備《じゅんび》でほぼ毎日《まいにち》ミーティングが行《おこな》われているはずだ。昨年《さくねん》はケーキを二百個《にひゃっこ》焼《や》いて売《う》ったのだが、今年《ことし》はわたしが手伝《てつだ》えないので、材料《ざいりょう》や器具《きぐ》の調達《ちょうたつ》から予算管理《よさんかんり》など、去年《きょねん》よりてんてこまいだろう。だからだろうか、白石家《しらいしけ》に訪問《ほうもん》している時《とき》、いつみに出《で》くわしたことがない。いつみも忙《いそが》しく駆《か》けずり回《まわ》っていることだろう。なにぶん、いつみも白石氏《しらいしし》に似《に》て、熱血漢《ねっけつかん》で徹底主義《てっていしゅぎ》なのだ。

あるとき、白石氏《しらいしし》が目《め》を輝《かがや》かせて提案《ていあん》した。

「うさぎのダンスはどうかな、うさぎ」

「うさぎ……ですか？」

「イースターバニーだよ。着《き》ぐるみを生徒《せいと》に着《き》てもらって、ダンスしながら歩《ある》いてもらうんだ。まるでおとぎの国《くに》みたいで、想像《そうぞう》しただけで楽《たの》しいと思《おも》わないかい？」

確《たし》かに、まるでここが日本《にほん》だとは思《おも》えないようなヨーロッパ中世風《ちゅうせいふう》の校舎《こうしゃ》を背景《はいけい》に、イースターバニーが踊《おど》っていれば、そのままおとぎ話《ばなし》になりそうだ。それにしてもこの無《む》邪気《じゃき》なアイディアときたら、アグレッシブな吸収合併《きゅうしゅうがっぺい》で事業《じぎょう》を広《ひろ》げ、冷徹《れいてつ》な合理主義者《ごうりしゅぎしゃ》と恐《おそ》れられている人物《じんぶつ》のものとは思《おも》えない。わたしは吹《ふ》き出《だ》しそうになるのをこらえながら、「とても良《い》いと思《おも》います」と同意《どうい》するのが精《せい》いっぱいだった。それにしても、白石氏《しらいしし》はいろいろな案《あん》を出《だ》してくれるので、話《はな》していて楽《たの》しくなる。

さっそくわたしは書斎《しょさい》のパソコンを借《か》りて、着《き》ぐるみのレンタル会社《がいしゃ》を探《さが》した。

わたしが白石氏《しらいしし》のパソコンを触《さわ》らせてもらえるのには理由《りゆう》がある。去年《きょねん》のことだが、進《しん》捗報告《ちょくほうこく》のために訪《おとず》れてみると、氏《し》が秘書《ひしょ》の方《かた》と電話《でんわ》をしている最中《さいちゅう》だった。どうやら支《し》社《しゃ》へ送《おく》る急《いそ》ぎの指示書《しじしょ》を仕上《しあ》げた途端《とたん》、パソコンがシャットダウンし、起動《きどう》しなくなったらしい。わたしは小学生《しょうがくせい》の頃《ころ》から自分《じぶん》でパソコンを組《く》み立《た》てて遊《あそ》んでいたので、多少《たしょう》は詳《くわ》しい。修理《しゅうり》の手配《てはい》を急《いそ》がせ、イライラと電話《でんわ》を切《き》った白石氏《しらいしし》に、手伝《てつだ》いを申《もう》し出《で》てみた。修《しゅう》理《り》はできなくとも、データを取《と》り出《だ》すくらいならできるだろうと思《おも》ったのだ。

わたしの読《よ》みは正《ただ》しかった。修理担当者《しゅうりたんとうしゃ》が代替《だいたい》のパソコンを持《も》って駆《か》けつけるまでに、セーフモードで起動《きどう》して必要《ひつよう》なデータをフラッシュメモリに救出《きゅうしゅつ》することができた。代《だい》替品《たいひん》の到着《とうちゃく》とともにメモリを接続《せつぞく》し、少《すこ》しの時間《じかん》も無駄《むだ》にすることなく書類《しょるい》を送付《そうふ》することができたのはわたしのお陰《かげ》だと、こちらが恐縮《きょうしゅく》するくらい感謝《かんしゃ》された。そしてこの一件以来《いっけんいらい》、わたしは白石氏《しらいしし》の信頼《しんらい》を得《え》たのである。

パソコンに関《かん》してだけでなく、わたしは物事《ものごと》を手際《てぎわ》よく進《すす》める自信《じしん》がある。忙《いそが》しい白石氏《しらいしし》には、打《う》ち合《あ》わせの間《あいだ》もひっきりなしに仕事《しごと》の電話《でんわ》が入《はい》るが、わたしはできるだけ、その間《あいだ》にさまざまな手配《てはい》を終《お》えるようにしている。この日《ひ》も、氏《し》が電話《でんわ》を切《き》り上《あ》げる頃《ころ》にはレンタル会社《がいしゃ》と値段交渉《ねだんこうしょう》を済《す》ませ、ピンク色《いろ》のうさぎの着《き》ぐるみを十着手《じっちゃくて》配《はい》していた。

「古賀君《こがくん》はすごいな。卒業《そつぎょう》したら、僕《ぼく》の会社《かいしゃ》に就職《しゅうしょく》して、右腕《みぎうで》になってくれるかい」

白石氏《しらいしし》に褒《ほ》められると嬉《うれ》しくなる。父《ちち》が生《い》きていてくれたらな。こんなお父《とう》さんがいてくれたらな――いつみを羨《うらや》ましく思《おも》うのは、こんな時《とき》だ。

「光栄《こうえい》です」

「真剣《しんけん》に言《い》ってるんだよ。君《きみ》は僕《ぼく》の秘書《ひしょ》より優秀《ゆうしゅう》だ。僕《ぼく》は人《ひと》に自分《じぶん》の物《もの》をいじられるのが嫌《きら》いでね。秘書《ひしょ》でさえ書斎《しょさい》に入《い》れたことがない。書斎《しょさい》に入《い》れたのもパソコンを触《さわ》らせたのも、君《きみ》が初《はじ》めてだよ」

「はい、喜《よろこ》んで」

白石氏《しらいしし》は目《め》を細《ほそ》めた。

「でも君《きみ》は医師《いし》志望《しぼう》だものな。医師《いし》になったら、是非《ぜひ》うちの病院《びょういん》に来《き》てほしい」

「じゃあこれ。ささやかな手付《てつ》けだ……というのは冗談《じょうだん》だが」

白石氏《しらいしし》が、デスクの引《ひ》き出《だ》しから包装紙《ほうそうし》に包《つつ》まれた箱《はこ》を出《だ》してきた。

「先週《せんしゅう》パリに出張《しゅっちょう》があってね。そのお土産《みやげ》だ」

「そんな……」

「遠慮《えんりょ》することはない。実行委員長《じっこういいんちょう》を引《ひ》き受《う》けてくれたお礼《れい》だよ」

「本当《ほんとう》にいいんですか？」

「もちろん。開《あ》けてごらん」

シックなラッピングを解《と》くと、香水《こうすい》の箱《はこ》が出《で》てきた。大好《だいす》きなゲラン。しかも毎年春《まいとしはる》に限定発売《げんていはつばい》されるものだ。

「嬉《うれ》しい！　これ毎年《まいとし》買《か》ってるんです」

「それはよかった。でもいつみには内緒《ないしょ》にしてくれ。実《じつ》は一本《いっぽん》しか手《て》に入《はい》らなくてね」

白石氏《しらいしし》は頭《あたま》を掻《か》いた。

「ありがとうございます」

わたしはもう二度《にど》と、亡《な》き父《ちち》から土産《みやげ》をもらうことは出来《でき》ない。きっと白石氏《しらいしし》はそれをわかっているから、こうしてさりげなく父親役《ちちおややく》を引《ひ》き受《う》けてくれるのだ。

「大切《たいせつ》に使《つか》わせてもらいますね、」

――お父《とう》さん、と続《つづ》けそうになって、慌《あわ》てて言葉《ことば》を呑《の》み込《こ》んだ。


学校《がっこう》の授業《じゅぎょう》、テスト、イースター祭《さい》の準備《じゅんび》、文学《ぶんがく》サークル、自主勉強《じしゅべんきょう》。さすがにパンクしそうになり、モチベーションが下《さ》がってきた。自宅《じたく》で参考書《さんこうしょ》を読《よ》んでいても、頭《あたま》に入《はい》ってこない。

「あー、ダメだダメだ」

わたしは勉強道具《べんきょうどうぐ》を放《ほう》り出《だ》し、病院《びょういん》めぐりをすることにした。土曜日《どようび》の午前中《ごぜんちゅう》。混雑《こんざつ》しているだろうが、仕方《しかた》がない。さっそく電車《でんしゃ》を乗《の》り継《つ》いで、郊外《こうがい》の総合病院《そうごうびょういん》を訪《たず》ねてみることにした。

案《あん》の定《じょう》、どこもかしこも、人《ひと》でいっぱいだ。ロビー、総合案内所《そうごうあんないじょ》、救急出入口《きゅうきゅうでいりぐち》、食堂《しょくどう》、喫茶室《きっさしつ》、売店《ばいてん》、内科《ないか》、放射線科《ほうしゃせんか》……と、わたしはゆっくり見《み》て回《まわ》った。病《やまい》の苦《くる》しみ、痛《いた》み、恐怖《きょうふ》を持《も》つ患者《かんじゃ》たちのために、懸命《けんめい》に尽《つ》くす医師《いし》や看護師《かんごし》。そうだ、この人《ひと》たちのために、わたしも、もっともっと頑張《がんば》らなければ。いつか、救《すく》えるようにならなければ。

気持《きも》ちの入《い》れ替《か》え、完了《かんりょう》。リチャージの済《す》んだわたしは、ふたたびロビーへと降《お》りていった。そしてそこで、珍《めずら》しい人物《じんぶつ》を見《み》かけた。

白石《しらいし》いつみ。

彼女《かのじょ》の美《うつく》しさは、混雑《こんざつ》する院内《いんない》でも際立《きわだ》っていた。彼女《かのじょ》も気分転換《きぶんてんかん》に来《き》たのだろうか。父親《ちちおや》の経営《けいえい》する立派《りっぱ》な病院《びょういん》があるというのに、わざわざこんな郊外《こうがい》まで。もしかすると彼女《かのじょ》も勉強《べんきょう》に行《い》き詰《づ》まっているのかもしれない。

「いつみ――」

声《こえ》をかけようとして、思《おも》いとどまる。彼女《かのじょ》の表情《ひょうじょう》があまりにも虚《うつ》ろで、生気《せいき》というものが感《かん》じられなかったからだ。皮膚《ひふ》は病的《びょうてき》なまでに白《しろ》く、瞳《ひとみ》の輝《かがや》きは失《う》せている。いつみはまるで夢遊病者《むゆうびょうしゃ》のように、ふらふらとロビーを歩《ある》いていた。

週《しゅう》が明《あ》けて学校《がっこう》へ行《い》っても、いつみの様子《ようす》はいつもと違《ちが》っていた。あんなに快活《かいかつ》で積極的《せっきょくてき》で朗《ほが》らかな彼女《かのじょ》が、ほとんど笑顔《えがお》を見《み》せず、ふさぎ込《こ》んでいるのだ。

「ねえ、いつみ？」授業《じゅぎょう》の合間《あいま》に声《こえ》をかけてみた。

「なあに」

気《け》だるそうな、いつみの視線《しせん》。

「……なんでもない」

「園子《そのこ》ったら、変《へん》なの」

うっすらと微笑《ほほえ》むが、力《ちから》がない。これでは医師《いし》を目指《めざ》すいつみの方《ほう》が病人《びょうにん》のようではないか。土曜日《どようび》に見《み》かけたことを話《はな》そうと思《おも》ったが、やめた。

文学《ぶんがく》サロンでも、いつみはだらりとソファに横《よこ》たわっている。いつもなら本《ほん》を離《はな》さないのに、目《め》を閉《と》じて、ただショパンのピアノ曲《きょく》に耳《みみ》を傾《かたむ》けるだけだ。

「イツミ、気分《きぶん》が悪《わる》いの？」

留学生《りゅうがくせい》のディアナが心配《しんぱい》そうに声《こえ》をかける。

「ええ、少《すこ》し。なんだか体《からだ》が重《おも》くて」

「疲《つか》れてるのよ。ローズオイルでマッサージしてあげる。ガウンに着替《きが》えてきて」

ディアナは、シルクのガウンに着替《きが》えたいつみをうつ伏《ぶ》せで寝《ね》かせると、深《ふか》くて甘《あま》い香《かお》りのブルガリアン・ローズの香油《こうゆ》を腕《うで》や背中《せなか》に滑《すべ》らせて、揉《も》みほぐし始《はじ》めた。

「どう?」

「とっても良《い》い気持《きも》ち」

それからいつみはうとうとし始《はじ》めた。ただの寝不足《ねぶそく》だったのかもしれない。それでなくても、理系《りけい》コースは毎日《まいにち》の課題《かだい》が厳《きび》しい。いつみの場合《ばあい》、学院経営者《がくいんけいえいしゃ》の娘《むすめ》というプレッシャーも重《おも》いのではないか。

けれども——。

なんだか、それだけではない予感《よかん》がする。

労《いたわ》るように優《やさ》しくマッサージを続《つづ》けるディアナを眺《なが》めながら、わたしは考《かんが》える。思《おも》い返《かえ》してみれば、いつみは今年《ことし》の春頃《はるごろ》から徐々《じょじょ》に変《か》わっていった気《き》がするのだ。

春《はる》——そう、留学生《りゅうがくせい》のディアナ・デチェヴァがブルガリアからやって来《き》た頃《ころ》から。

今学期最初《こんがっきさいしょ》の全校朝礼《ぜんこうちょうれい》で、ディアナが校長先生《こうちょうせんせい》に壇上《だんじょう》で紹介《しょうかい》されたとき、講堂《こうどう》は妙《みょう》なざわめきに包《つつ》まれた。透明感《とうめいかん》のある白《しろ》い肌《はだ》。漆黒《しっこく》の長《なが》い髪《かみ》。大《おお》きな黒《くろ》い瞳《ひとみ》は、彼女《かのじょ》の母《ぼ》国《こく》に波《なみ》うつ黒海《こっかい》のように深く潤《うる》んでいる。意志《いし》の強《つよ》そうな鼻梁《びりょう》と、整《ととの》った唇《くちびる》。

ディアナは美《うつく》しかった。金髪碧眼《きんぱつへきがん》の西洋人《せいようじん》とも黒髪黒目《くろかみくろめ》の東洋人《とうようじん》とも違《ちが》う、神秘的《しんぴてき》な南《みなみ》スラヴ系《けい》の美《び》が、その全身《ぜんしん》に満《み》ちあふれていた。制服《せいふく》も、意外《いがい》なほど良《よ》く似合《にあ》っていた。これまで、白石《しらいし》いつみほど美《うつく》しい人間《にんげん》はいないと思《おも》っていたが、ディアナなら、その独特《どくとく》な美《うつく》しさでもって、同《おな》じレベルになりえる。

しかし、生徒《せいと》の間《あいだ》で沸《わ》き起《お》こったざわめきは、ディアナの美《うつく》しさに感嘆《かんたん》したものだけではなかった。彼女《かのじょ》は、新聖堂《しんせいどう》に飾《かざ》られている絵画《かいが》のなかの、ある女性《じょせい》にそっくりだったのだ。その絵画《かいが》のタイトルは「イエス・キリストと、キリストを畏《おそ》れる悪魔《あくま》、そしてその僕《しもべ》」。悪魔《あくま》の僕《しもべ》は女性《じょせい》の姿《すがた》をしており、そしてそれがディアナに驚《おどろ》くほど似《に》ていた。

「わたしの名前《なまえ》はディアナ・デチェヴァです。ブルガリアのレバゴラド村《むら》から来《き》ました。宜《よろ》しくお願《ねが》いします」

留学生《りゅうがくせい》は、驚《おどろ》くほど流暢《りゅうちょう》な日本語《にほんご》で挨拶《あいさつ》すると、スカートの裾《すそ》をちょこんとつまんで片足《かたあし》を後《うし》ろへ引《ひ》き、腰《こし》を曲《ま》げ頭《あたま》を下《さ》げた。その仕草《しぐさ》は決《けっ》して優雅《ゆうが》ではなく、どちらかというと村娘《むらむすめ》のフォークダンスのようで、愛嬌《あいきょう》があった。そのせいか、生徒《せいと》たちを覆《おお》っていたディアナの暗《くら》い印象《いんしょう》はすぐに消《き》え去《さ》り、あたたかな歓迎《かんげい》の拍手《はくしゅ》が湧《わ》いた。しかしわたしは、その拍手《はくしゅ》の中《なか》でもなお、拭《ぬぐ》いきれない暗《くら》いものを彼女《かのじょ》に感《かん》じていた。

わたしらしくない。わかっている。それなのに、どうしてもディアナと絵画《かいが》の女性《じょせい》の姿《すがた》がオーバーラップしてしまい、胸《むね》が騒《さわ》ぐのだ。それは彼女《かのじょ》が壇上《だんじょう》から降《お》りる時《とき》、片足《かたあし》を引《ひ》きずっているのを見《み》て、ますます強《つよ》くなった。女性《じょせい》の姿《すがた》をした悪魔《あくま》の僕《しもべ》は、以前絵画《いぜんかいが》が飾《かざ》られていた別《べつ》の修道院《しゅうどういん》の火災《かさい》が原因《げんいん》で、片足《かたあし》の部分《ぶぶん》が焼《や》け落《お》ちていたからだ。

初日《しょにち》から、ディアナはいつみと打《う》ち解《と》けていた。聞《き》けば短期留学《たんきりゅうがく》のときに、ディアナの自宅《じたく》でホームステイしていたのだという。いつみが気《き》に入《い》っているのなら、良《い》い子《こ》に違《ちが》いない。わたしはホッとしたような気《き》持《も》ちになった。

実際《じっさい》に話《はな》してみると好感《こうかん》が持《も》てたし、勝手《かって》に禍々《まがまが》しい印象《いんしょう》を持《も》ったことが恥《は》ずかしくなった。それに、彼女《かのじょ》の日本語力《にほんごりょく》は相当《そうとう》なものだった。日本文化《にほんぶんか》に関《かん》してもかなりの知《ち》識《しき》を持《も》っている。本当《ほんとう》は彼女《かのじょ》の双子《ふたご》の姉《あね》が留学《りゅうがく》する予定《よてい》だったそうだが、なんとなくディアナのほうが充実《じゅうじつ》した留学生活《りゅうがくせいかつ》を送《おく》ってくれるような気《き》がした。

彼女《かのじょ》のふるさとは、「花《はな》の村《むら》」と呼《よ》ばれるくらい、村中《むらじゅう》に花《はな》が咲《さ》き乱《みだ》れているのだそうだ。

「だからわたしも、お花《はな》が大好《だいす》きなんです」

そう言《い》ってディアナは、校内《こうない》のあちこちに花《はな》を飾《かざ》って回《まわ》った。教室《きょうしつ》はもちろん、廊下《ろうか》の出窓《でまど》、職員室《しょくいんしつ》、サンルーム、更衣室《こういしつ》、玄関《げんかん》——どこを歩《ある》いても、花《はな》の可憐《かれん》な姿《すがた》があり、芳《かんば》しい香《かお》りに包《つつ》まれる。その光景《こうけい》に慣《な》れてしまうと、これまでなんて殺伐《さつばつ》とした環境《かんきょう》の中《なか》で学校生活《がっこうせいかつ》を送《おく》っていたことかと、損《そん》をした気分《きぶん》になってしまう。

そして「この学院《がくいん》に招待《しょうたい》していただいたお礼《れい》と記念《きねん》に、ふるさとの花《はな》を贈《おく》ります」と、新館校舎脇《しんかんこうしゃわき》の花壇《かだん》に苗《なえ》を植《う》えた。ふるさとの花《はな》というと、当然薔薇《とうぜんばら》だと思《おも》っていたが、違《ちが》った。

「そうですね、ブルガリアというと確《たし》かにみなさん薔薇《ばら》を思《おも》い浮《う》かべるようですが、わたしの村《むら》ではすずらんが有名《ゆうめい》なんです。初夏《しょか》には村中《むらじゅう》が真《ま》っ白《しろ》に埋《う》め尽《つ》くされて、とってもきれいですよ」

「その苗《なえ》は、わざわざあなたの村《むら》から？」いつみが尋《たず》ねた。

「はい。家族《かぞく》に送《おく》ってもらうのに時間《じかん》がかかってしまいましたが、植《う》え付《つ》けの時期《じき》に間《ま》に合《あ》ってよかった」

ディアナはたくさんの苗《なえ》を植《う》え、せっせと土《つち》を盛《も》った。

「いつ咲《さ》くの？」

「五月《ごがつ》ごろでしょうか。これは暑《あつ》さに強《つよ》い品種《ひんしゅ》なんです。ちょうど花壇《かだん》が校舎《こうしゃ》の日陰《ひかげ》になって涼《すず》しいので、夏《なつ》も越《こ》せるかもしれません」

「そう。楽《たの》しみね」うっとりとした表情《ひょうじょう》で小百合《さゆり》が言《い》った。


いつみの誘《さそ》いによって、当然《とうぜん》、ディアナは文学《ぶんがく》サークルに参加《さんか》することになる。

さすがに日本語《にほんご》で小説《しょうせつ》など読《よ》めないと思《おも》い込《こ》んでいたので、最初《さいしょ》の読書会《どくしょかい》から彼女《かのじょ》が『仮面《かめん》の告白《こくはく》』を読了《どくりょう》し、しかも淀《よど》みなく感想《かんそう》を述《の》べたのには驚《おどろ》いた。本人《ほんにん》はしきりに「つたない日本語《にほんご》」だと謙遜《けんそん》するが、ほんの一年《いちねん》や二年《にねん》勉強《べんきょう》しただけで、こんなに上達《じょうたつ》するものだろうか。

ディアナは高岡《たかおか》とも面識《めんしき》があり、しょっちゅうサロンでブルガリアの思《おも》い出話《でばなし》をしていた。高岡《たかおか》もホームステイがよほど楽《たの》しかったのだろう。自慢《じまん》の一眼《いちがん》レフで撮《と》った写真《しゃしん》を見《み》せびらかしながら、その観光地《かんこうち》にまつわる歴史《れきし》や伝説《でんせつ》を語《かた》ってくれた。

素朴《そぼく》で愛《あい》らしい表情《ひょうじょう》をみせる野生《やせい》のキツネやウサギたち、頂上《ちょうじょう》を白《しろ》い雪《ゆき》に包《つつ》まれた山《さん》脈《みゃく》、緑豊《みどりゆた》かな湖畔《こはん》――高岡《たかおか》の写真《しゃしん》は、どれも生命力《せいめいりょく》にあふれていた。眺《なが》めているだけで心《こころ》が豊《ゆた》かになる、そんな写真《しゃしん》ばかりだ。そのうち、色鮮《いろあざ》やかな写真《しゃしん》に交《ま》じって、一枚《いちまい》、真《ま》っ黒《くろ》に塗《ぬ》りつぶされた写真《しゃしん》が出《で》てきた。

ぎくりとした。

まるで訃報《ふほう》を知《し》らせる葉書《はがき》のように不吉《ふきつ》だった。

「まあ、この写真《しゃしん》はなあに？」

小百合《さゆり》が無邪気《むじゃき》に拾《ひろ》い上《あ》げる。

「ああ、それは」高岡《たかおか》が口《くち》を開《ひら》き、「『ラミアーの宴《うたげ》』で撮《と》ったものです」ディアナが続《つづ》けた。

よく見《み》ると、それは塗《ぬ》りつぶされていたのではなかった。あまりにも暗《くら》い場所《ばしょ》で撮《と》られていたので、そう錯覚《さっかく》したのだった。

「見《み》せて」

小南《こみなみ》が小百合《さゆり》から受《う》け取《と》り、眺《なが》める。

「ふうん、みんな黒《くろ》い衣装《いしょう》を着《き》てるのね」

わたしにも写真《しゃしん》が回《まわ》ってきた。それはいつみを挟《はさ》んで、片側《かたがわ》にディアナ、もう片側《かたがわ》にディアナと似《に》た女性《じょせい》――おそらく双子《ふたご》の姉《あね》だろう――が写《うつ》っていた。三人《さんにん》とも、黒《くろ》い羽《はね》の衣《い》装《しょう》をまとい、髪《かみ》をたらし、唇《くちびる》を真《ま》っ赤《か》に塗《ぬ》っている。

「ラミアーってなにかしら」

小百合《さゆり》が尋《たず》ねる。

「魔女《まじょ》のことよ。吸血魔女《きゅうけつまじょ》。ブルガリアには吸血鬼《きゅうけつき》の伝説《でんせつ》がたくさんあるんですって」

いつみが答《こた》える。

「『ラミアーの宴《うたげ》』はそのお祭《まつ》り。アメリカで言《い》えばハロウィーンみたいなものかしらね」

写真《しゃしん》を見《み》た瞬間《しゅんかん》、全身《ぜんしん》が粟立《あわだ》った。カメラに向《む》かって微笑《ほほえ》んでいるディアナ。その瞳《ひとみ》には燃《も》えさかる炎《ほのお》が映《うつ》りこみ、恐《おそ》ろしげな気迫《きはく》をたたえている。双子《ふたご》の姉《あね》と似《に》ているのに、その温和《おんわ》な雰囲気《ふんいき》とまったく違《ちが》う。この感《かん》じは、なんだろう。この妖《あや》しい、不気味《ぶきみ》な感《かん》じは。そう、まるで——人間離《にんげんばな》れしているような。

ふと顔《かお》を上《あ》げると、ディアナと目《め》が合《あ》った。ディアナは、普段《ふだん》とは違《ちが》う鋭《するど》い視線《しせん》でわたしを見《み》ていた。まるで正体《しょうたい》を見抜《みぬ》かれた者《もの》が、見抜《みぬ》いた者《もの》を威嚇《いかく》するように。牽制《けんせい》するように。捕食《ほしょく》するように。

わたしたちは互《たが》いに目《め》を逸《そ》らせず、しばらくの間《あいだ》、睨《にら》み合《あ》った。


言《い》っておくが、わたしは非科学的《ひかがくてき》なものを一切信《いっさいしん》じない。だからこれから書《か》くあることを、本当《ほんとう》に書《か》き進《すす》めていいものかどうか躊躇《ちゅうちょ》している。わたしは未《いま》だに、この目《め》で目撃《もくげき》していながら、信《しん》じられないでいるからだ。あれは果《は》たして現実《げんじつ》だったのだろうか？　わたしはあのとき夢《ゆめ》うつつだったのではないのだろうか？　——いや……本当《ほんとう》はわたし自身《じしん》が一番良《いちばんよ》く知《し》っている。まぼろしなんかではなく、現実《げんじつ》そのものであったことを。

だから、やはり書《か》かずにはいられないのだ。わたしの経験《けいけん》した、あの不可思議《ふかしぎ》な出来事《できごと》を。

ディアナは、いつも何《なに》かを布《ぬの》にくるんで、大事《だいじ》そうに持《も》っていた。それが何《なん》であるか、決《けっ》して誰《だれ》にも明《あ》かさず、ただ常《つね》に胸《むね》に抱《だ》き、授業中《じゅぎょうちゅう》も離《はな》さないほどだった。当然《とうぜん》ながら、それは好奇心旺盛《こうきしんおうせい》な女生徒《じょせいと》たちの興味《きょうみ》を引《ひ》く。誰《だれ》もが中身《なかみ》が何《なん》であるかを尋《たず》ねたが、ディアナはただ微笑《ほほえ》んでかわすばかり。そのうち、「故郷《こきょう》のお守《まも》りなのではないか」と一人《ひとり》が言《い》い出《だ》すとみんなそれに納得《なっとく》し、しばらくすると、もう誰《だれ》も関心《かんしん》を寄《よ》せなくなっていた。

わたしがその中身《なかみ》を知《し》ってしまったのは、ほんの偶然《ぐうぜん》だ。

勉強《べんきょう》に集中《しゅうちゅう》していて、気《き》づいたら朝《あさ》になっていた。このまま寝《ね》てしまったら絶対《ぜったい》に遅刻《ちこく》してしまう。それなら始発電車《しはつでんしゃ》で学校《がっこう》に行《い》って、朝礼《ちょうれい》まで保健室《ほけんしつ》で休《やす》ませてもらおうと考《かんが》えた。用務員《ようむいん》さんに校門《こうもん》を開《あ》けてもらい中《なか》に入《はい》ると、中庭《なかにわ》の木陰《こかげ》に黒《くろ》い人影《ひとかげ》が見《み》えた。

こんな時間《じかん》に、他《ほか》に誰《だれ》が？

朝《あさ》もやのなか、わたしはそうっと影《かげ》に近《ちか》づいた。影《かげ》はゆっくり、そしてぎこちなく——そう、足《あし》を引《ひ》きずるように動《うご》いていた。そうか、併設《へいせつ》されている修道院《しゅうどういん》にステイしているディアナなら、この時間《じかん》にいてもおかしくない。わたしは引《ひ》き返《かえ》して、保健室《ほけんしつ》へ行《い》こうと思《おも》った。

その時《とき》だった。ディアナが布《ぬの》をほどいて、中《なか》から何《なに》かを取《と》り出《だ》した。人形《にんぎょう》だった。肌身離《はだみはな》さず持《も》ち歩《ある》いていたものが人形《にんぎょう》だったことに興味《きょうみ》をおぼえ、そうっと足音《あしおと》を立《た》てないように、よく見《み》える場所《ばしょ》へ移動《いどう》した。

ディアナはその人形《にんぎょう》を木《き》の幹《みき》に押《お》し当《あ》てるとナイフを取《と》り出《だ》し、勢《いきお》いよくその胸《むね》に突《つ》き立《た》てた。

驚《おどろ》いたわたしは、もっとよく覗《のぞ》き込《こ》もうと伸《の》び上《あ》がり――ハッと息《いき》を呑《の》んだ。

その人形《にんぎょう》は、白石《しらいし》いつみにそっくりだったのだ。

ディアナは木《き》に磔《はりつけ》にした人形《にんぎょう》に向《む》かって、ぶつぶつと呟《つぶや》きはじめた。母国語《ぼこくご》のようだ。暗《くら》い、陰気《いんき》なイントネーションが、不気味《ぶきみ》に空気《くうき》を震《ふる》わせる。同《おな》じ言葉《ことば》の繰《く》り返《かえ》し。その語尾《ごび》が鋭《するど》く切《き》れあがるフレーズは、意味《いみ》がわからなくても、心《こころ》が切《き》り刻《きざ》まれていくような不快感《ふかいかん》をもたらす。ディアナが呪文《じゅもん》めいたものを唱《とな》えている間《あいだ》、わたしは息《いき》をひそめ、じっとしていた。どれくらいの時間《じかん》が経《た》っただろう。ディアナは満足《まんぞく》げに微笑《ほほえ》み、人形《にんぎょう》の胸《むね》からゆっくりナイフを引《ひ》き抜《ぬ》いた。そしてふたたび人形《にんぎょう》を布《ぬの》でくるんで胸《むね》に抱《だ》くと、足《あし》を引《ひ》きずりながら、じりじりと修道院《しゅうどういん》へ戻《もど》っていった。

ディアナが去《さ》ったあとでも、わたしはしばらく動《うご》けないでいた。今目撃《いまもくげき》したものがいったい何《なん》だったのか、理解《りかい》できなかった。

それから数時間後《すうじかんご》。朝礼《ちょうれい》に遅《おく》れて現《あらわ》れた白石《しらいし》いつみは、青白《あおじろ》い顔《かお》をしていた。

「遅刻《ちこく》なんて珍《めずら》しいね。どうしたの」わたしが聞《き》くと、

「なんだか苦《くる》しくなったの」いつみは答《こた》えた。「今朝《けさ》から、急《きゅう》に胸《むね》が」

「——え？」一瞬《いっしゅん》、耳《みみ》を疑《うたが》った。

「慌《あわ》てて父《ちち》の病院《びょういん》で診《み》てもらって来《き》たの。異状《いじょう》はなかったけど」

人形《にんぎょう》の胸《むね》に突《つ》き刺《さ》さるナイフの切《き》っ先《さき》が、脳裏《のうり》に思《おも》い浮《う》かぶ。わたしはディアナの席《せき》を振《ふ》り返《かえ》った。彼女《かのじょ》は布《ぬの》の上《うえ》から人形《にんぎょう》を撫《な》でながら、謎《なぞ》めいた微笑《びしょう》を浮《う》かべている。

ディアナが何《なに》かを呟《つぶや》いた。語尾《ごび》の鋭《するど》く切《き》れ上《あ》がった、あのフレーズだ。

ディアナと目《め》が合《あ》った。いつみと対照的《たいしょうてき》に彼女《かのじょ》は生《い》き生《い》きとし、ぞっとするほど美《うつく》しかった。


それからではないだろうか。いつみが少《すこ》しずつ体調《たいちょう》を崩《くず》していったのは。

占《うらな》いやまじないなど鼻《はな》で笑《わら》ってきたわたしだが、ディアナの人形《にんぎょう》のことは気《き》にかかっていた。調《しら》べてみると、黒魔術《くろまじゅつ》で使用《しよう》されるブードゥー人形《にんぎょう》と呼《よ》ばれるものがあるらしい。憎《にく》い人物《じんぶつ》にみたてて傷《きず》つけると、同《おな》じことがその人物《じんぶつ》に起《お》こるのだという。そして人《にん》

形《ぎょう》は、その人物《じんぶつ》に似《に》ていれば似《に》ているほど良《よ》いとされるそうだ。

いつみとは仲《なか》が良《よ》いはずなのに、なぜディアナはこんなことをするのか。わたしは色々《いろいろ》と考《かんが》えをめぐらせ、そしてひとつの理由《りゆう》にたどり着《つ》いた。

それはいつみが、レバゴラド村《むら》からの招待留学《しょうたいりゅうがく》を今回《こんかい》をもって最後《さいご》にするよう、校《こう》長《ちょう》と経営者《けいえいしゃ》である父親《ちちおや》に進言《しんげん》したことだ。

今回《こんかい》ディアナを引《ひ》き受《う》けたことは、本学院《ほんがくいん》にとって大《おお》きなメリットだった。生徒《せいと》たちは直《じか》に国際交流《こくさいこうりゅう》ができるし、メディアでも取《と》り上《あ》げられることの少《すく》ないブルガリアという国《くに》の生活《せいかつ》や文化《ぶんか》を学《まな》べたことは、有意義《ゆういぎ》だった。だからこそ逆《ぎゃく》にいつみは、ブルガリアにこだわらず、他《ほか》の小《ちい》さな国々《くにぐに》から留学生《りゅうがくせい》を毎年《まいとし》順番《じゅんばん》に受《う》け入《い》れていくべきだというのだ。

校長《こうちょう》と白石氏《しらいしし》は、この件《けん》に関《かん》してはほぼ全面的《ぜんめんてき》にいつみに任《まか》せるということで、いつみはアジアや中東《ちゅうとう》、アフリカなどの国《くに》のリサーチを始《はじ》め、そしてそれぞれの国《くに》の大使館《たいしかん》と、どのようにすれば実現《じつげん》にこぎつけることができるか話《はな》し合《あ》いを進《すす》めている。もしもこの件《けん》がスムーズに運《はこ》べば、ディアナはブルガリアからの、最初《さいしょ》で最後《さいご》の留学生《りゅうがくせい》となってしまうだろう。

こんなことくらいで――と思《おも》うのは、豊《ゆた》かな日本人《にほんじん》の発想《はっそう》だ。東欧《とうおう》の小《ちい》さな国《くに》。そのなかの、ほんの小《ちい》さな貧《まず》しい村《むら》。観光《かんこう》からも取《と》り残《のこ》され、大《おお》きな産業《さんぎょう》もなく生活水準《せいかつすいじゅん》も低《ひく》い。そんな場所《ばしょ》では、日本《にほん》へ招待留学《しょうたいりゅうがく》されることは大《おお》きな意味《い》を持《も》つ。また、ディアナには旅行会社《りょこうがいしゃ》のアルバイトで家計《かけい》を助《たす》ける姉《あね》がおり、これまで彼女《かのじょ》が本学院《ほんがくいん》の短期留学《たんきりゅうがく》をコーディネートしてきた。現在《げんざい》は怪我《けが》で療養中《りょうようちゅう》とのことだが、それにもかかわらず、今後《こんご》の招待留学《しょうたいりゅうがく》の継続《けいぞく》を見込《みこ》んで旅行会社《りょこうがいしゃ》から長期雇用《ちょうきこよう》されることが決《き》まり、多額《たがく》のボーナスも支払《しはら》われることになった、とディアナが嬉《うれ》しそうに話《はな》していた。つまりディアナの家族《かぞく》にとっての生命線《せいめいせん》であり、それが断《た》ち切《き》られることは死《し》を意味《い》するも同然《どうぜん》なのだ。

ディアナは真面目《まじめ》な少女《しょうじょ》だから、自分《じぶん》がこの学院《がくいん》で成果《せいか》を上《あ》げれば、留学制度《りゅうがくせいど》が継続《けいぞく》できるものと頑張《がんば》ってきた。だからこそ彼女《かのじょ》にとって、いつみのアイディアは許《ゆる》せない裏切《うらぎ》りと映《うつ》ったに違《ちが》いない。いつみが弱《よわ》れば、他《ほか》の国々《くにぐに》との交渉《こうしょう》は頓挫《とんざ》する。そうすればこのまま、学院《がくいん》とレバゴラド村《むら》との関係《かんけい》を継続《けいぞく》させることが出来《でき》る――そう思《おも》いついたのではないだろうか。

新緑《しんりょく》がますます生命力《せいめいりょく》を帯《お》びていくのとうらはらに、ますますいつみは萎《しぼ》んでいった。薔薇色《ばらいろ》だった頬《ほお》はやつれ、常《つね》に呼吸《こきゅう》も苦《くる》しげになり、サロンではソファで横《よこ》になることが多《おお》くなった。生気《せいき》を失《うしな》っていく――そんな表現《ひょうげん》が、まさにぴったりだった。わたしは心配《しんぱい》で、毎日《まいにち》いつみの脈《みゃく》と熱《ねつ》、そして血圧《けつあつ》を測《はか》っていた。

ある日《ひ》、いつものように脈《みゃく》を測《はか》ろうと、いつみの手首《てくび》を取《と》った時《とき》だ。いつみの指先《ゆびさき》が、偶然《ぐうぜん》わたしの腕《うで》を引《ひ》っかいた。

「痛《いた》っ！」

いつみの手首《てくび》を離《はな》して腕《うで》を見《み》てみると、血《ち》が一筋《ひとすじ》にじんでいる。

「まあ！　園子《そのこ》、ごめんね」

いつみは申《もう》し訳《わけ》なさそうに、わたしの腕《うで》をさすった。

「いつの間《ま》にか爪《つめ》が伸《の》びてたんだわ。おかしいわね、つい数日前《すうじつまえ》に切《き》ったばかりなのに」

確《たし》かにいつみの爪《つめ》は伸《の》び、尖《とが》っていた。常《つね》に手入《てい》れしているいつみにしては珍《めずら》しい。

「今日《きょう》またネイルサロンに行《い》かなくてはね。本当《ほんとう》にごめんなさい」

しかしその数日後《すうじつご》、同《おな》じやり取《と》りをすることになった。

「いやだわ。サロンに行《い》ったばかりなのに」

いつみは不思議《ふしぎ》そうに、自分《じぶん》の指先《ゆびさき》を眺《なが》めながら溜息《ためいき》をついた。

「変《へん》ね。どうしてかしら。ごめんなさいね、園子《そのこ》」

「気《き》にしないでいいよ」

わたしはただ単《たん》に、いつみがネイルサロンへ行《い》くのを忘《わす》れていたのだろうと思《おも》っていた。

けれどもなぜだか気《き》にかかり、注意《ちゅうい》して観察《かんさつ》していると、いつみの爪《つめ》が伸《の》びるスピードが妙《みょう》に速《はや》いことに気《き》づいた。

――まさか。勘違《かんちが》いに決《き》まってる。

しかし、整《ととの》えられたばかりのいつみの爪《つめ》は、数日後《すうじつご》には引《ひ》っかかれると痛《いた》いくらいに伸《の》びている。さらに注意《ちゅうい》して見《み》ていると、髪《かみ》の毛《け》が伸《の》びるのも早《はや》い。この間《あいだ》まで肩甲骨《けんこうこつ》辺《あた》りまでだったのが、もう腰《こし》まで届《とど》きそうだ。

何《なに》かがおかしい。尋常《じんじょう》でないことが、いつみの身《み》に起《お》きているのでは……。

そう疑《うたが》いを持《も》ちかけた矢先《やさき》、わたしは決定的《けっていてき》な場面《ばめん》を目撃《もくげき》することとなる。

ある放課後《ほうかご》。珍《めずら》しくイースター祭《さい》の雑用《ざつよう》も早《はや》めに終《お》わり、サークルのミーティングもない日《ひ》だった。のんびり帰《かえ》り支度《じたく》をして玄関《げんかん》から出《で》ると、文学《ぶんがく》サロンから出《で》てくるいつみの姿《すがた》が見《み》えた。

「いつみ。一緒《いっしょ》に帰《かえ》ろう」

大声《おおごえ》で呼《よ》びかけたが、反応《はんのう》がない。校庭《こうてい》から聞《き》こえる部活《ぶかつ》の喧騒《けんそう》で、わたしの声《こえ》はかき消《け》されたのだろうか。いつみはそのまま、第二校舎《だいにこうしゃ》へと入《はい》っていった。

「いつみ？」

いつみは振《ふ》り向《む》きもしない。まっすぐ進《すす》んでいく彼女《かのじょ》の後《あと》を追《お》いかけ、わたしも第二校《だいにこう》舎《しゃ》へと入《はい》っていった。

第二校舎《だいにこうしゃ》はもともと日当《ひあ》たりが悪《わる》く、夕方《ゆうがた》でも廊下《ろうか》はほの暗《ぐら》い。照明《しょうめい》はぼんやりと光《ひか》る非常口《ひじょうぐち》の緑色《みどりいろ》の灯《あか》りだけ。ここには理科実験室《りかじっけんしつ》や家庭科室《かていかしつ》など、使用頻度《しようひんど》の低《ひく》い教室《きょうしつ》しかないので、もともと普段《ふだん》から人気《ひとけ》がなくひっそりとしている。しかし、第二校舎《だいにこうしゃ》にあまり生徒《せいと》が近《ちか》づかないのは、鏡《かがみ》にまつわる噂《うわさ》のせいだ。

鏡《かがみ》――それは廊下突《ろうかつ》きあたりにある、大鏡《おおかがみ》のことだ。ただの鏡《かがみ》ではない。戦後《せんご》すぐの我《わ》が学院創立《がくいんそうりつ》にあたり、イギリスの姉妹修道院《しまいしゅうどういん》から贈《おく》られた。高《たか》さ二《に》・五《ご》メートル、幅《はば》一《いち》・五《ご》メートルのこの巨大《きょだい》な鏡《かがみ》には、新約聖書《しんやくせいしょ》の第一《だいいち》コリント書《しょ》十三章《じゅうさんしょう》十二《じゅうに》節《せつ》がエッチングされている。

「わたしたちは、今《いま》は、鏡《かがみ》に映《うつ》して見《み》るようにおぼろげに見《み》ている。しかしその時《とき》には、顔《かお》と顔《かお》とを合《あ》わせて、見《み》るであろう。わたしの知《し》るところは、今《いま》は一部分《いちぶぶん》にすぎない。しかしその時《とき》には、わたしが完全《かんぜん》に知《し》られているように、完全《かんぜん》に知《し》るであろう」

どの学校《がっこう》にも七不思議《ななふしぎ》というのはあると思《おも》うが、この学院《がくいん》では、やはりこのミステリアスな巨大鏡《きょだいかがみ》にまつわるものが多《おお》い。この聖句《せいく》のせいで、「夜《よる》、鏡《かがみ》の前《まえ》に立《た》つと前世《ぜんせ》が見《み》える」とか「本当の自分の姿が映る」とか「臨終の間際が見える」といった噂が流れているのだ。

ただ、怖《こわ》がる生徒《せいと》がいる一方《いっぽう》、コックリさんのような感覚《かんかく》で、あえて鏡《かがみ》の前《まえ》に立《た》ちたがる生徒《せいと》も少《すく》なくない。「自分《じぶん》の前世《ぜんせ》は戦国時代《せんごくじだい》の尼僧《にそう》だった」などと自慢《じまん》げに吹聴《ふいちょう》する子《こ》もいるほどだ。もしかして、いつみも興味《きょうみ》があって、鏡《かがみ》を見《み》にいくのだろうか。

いつみが廊下《ろうか》を曲《ま》がった。リノリウムの床《ゆか》をこする上履《うわば》きの、キュッキュッという音《おと》が遠《とお》のいていく。わたしも続《つづ》いて、廊下《ろうか》を曲《ま》がる。

それなのに。

いつみの姿《すがた》は消《き》えていた。

目《め》の前《まえ》の大鏡《おおかがみ》には、ひとり茫然《ぼうぜん》とたたずむわたしが映《うつ》っているだけだった。完全《かんぜん》な行《い》き止《ど》まり。わたしが来《き》た方向《ほうこう》に戻《もど》る以外《いがい》、どこにも抜《ぬ》けられない。それなのに、いつみはいなかった。まるで、鏡《かがみ》に吸《す》い込《こ》まれてしまったかのように。

見間違《みまちが》いなんかではない。夢《ゆめ》でもない。わたしは、いつみの姿《すがた》をこの両目《りょうめ》で見《み》て、足音《あしおと》もこの耳《みみ》で聞《き》き、そしてここまで追《お》いかけてきた。

わたしは非科学《ひかがく》も、超自然《ちょうしぜん》も信《しん》じない。しかし、いつみは消《き》えた。これは紛《まぎ》れもない事実《じじつ》なのだ。

もう認《みと》めるしかない。確実《かくじつ》に、いつみに何《なに》かが起《お》こっている。そしてそれにはきっと、ディアナが関係《かんけい》しているのだ。彼女《かのじょ》の持《も》つ、妖《あや》しい闇《やみ》の力《ちから》が……。

それからしばらくして、いつみは入院《にゅういん》した。肺炎《はいえん》――胸《むね》の病気《びょうき》だった。

退院《たいいん》してからのいつみは、元気《げんき》を取《と》り戻《もど》したように思《おも》えた。しかし、ふとした表情《ひょうじょう》が暗《くら》く、なんだかとげとげしい。

やはり、以前《いぜん》のいつみではない――。

そんな違和感《いわかん》をぬぐいきれないまま、イースター祭当日《さいとうじつ》を迎《むか》えた。わたしは朝《あさ》から校内《こうない》を駆《か》けずり回《まわ》り、最終準備《さいしゅうじゅんび》に忙《いそが》しかった。なんとかイースターエッグを全部隠《ぜんぶかく》し終《お》わり、子供《こども》たちにバスケットを持《も》たせてエッグハンティングを開始《かいし》する。校門《こうもん》に次《つぎ》から次《つぎ》へと客《きゃく》が入《はい》ってくるのを見《み》て、やっと一息《ひといき》ついた。

とりあえずは成功《せいこう》と言《い》っていいだろう。わたしはホッとして、いつみの姿《すがた》を捜《さが》し始《はじ》めた。いつみには、後《のち》ほど行《おこな》われるミサのときに、聖堂《せいどう》で聖書《せいしょ》の朗読《ろうどく》をしてもらうことになっているのだ。

「いつみ、マイクテストに来《き》てもらっていいかな」

花壇《かだん》の脇《わき》に座《すわ》ってぼんやりとしていたいつみを見《み》つけ、声《こえ》をかけた。花壇《かだん》には、さまざまな草花《くさばな》に交《ま》じって、白《しろ》いすずらんが揺《ゆ》れている。

「マイクテスト？　なんだったかしら」

「聖書《せいしょ》の朗読《ろうどく》。毎年《まいとし》いつみの係《かかり》じゃない」

「ああ……そうだったわね」

いつみはふらふらと立《た》ち上《あ》がった。しかし、聖堂《せいどう》に近《ちか》づくにつれ、だんだん表情《ひょうじょう》は強《こわ》張《ば》り、足取《あしど》りは重《おも》くなっていった。

「……やっぱりできないわ」いつみの声《こえ》は震《ふる》えていた。

「え？」

「聖堂《せいどう》には行《い》かない。恐《おそ》ろしいの」

「いつみ、何《なに》言《い》ってんの」

ふざけていると思《おも》ったので、いつみの手《て》を引《ひ》いた。

「いや！」

ものすごい力《ちから》で身《み》をよじり、わたしの手《て》を振《ふ》り切《き》る。いつみは頭《あたま》を抱《かか》えて、身《み》を震《ふる》わせた。

「やっぱり行《い》けない。わたし、聖書《せいしょ》なんて読《よ》みたくない」

「どうして？　いつも、十字架《じゅうじか》の前《まえ》で朗読《ろうどく》してくれるじゃない」

「十字架《じゅうじか》ですって！」

いつみの頬《ほお》からみるみる血《ち》の気《け》が引《ひ》いていく。

「十字架《じゅうじか》なんて見《み》たくもないわ。悪《わる》いけど、代《か》わりの人《ひと》を探《さが》してちょうだい」

わたしに止《と》める暇《ひま》も与《あた》えないまま、いつみは走《はし》り去《さ》ってしまった。

なぜ聖堂《せいどう》を、聖書《せいしょ》を、十字架《じゅうじか》を畏《おそ》れる？　わたしは釈然《しゃくぜん》としないまま、一人《ひとり》で聖堂《せいどう》へと入《はい》っていった。目《め》の前《まえ》に掲《かか》げられている絵画《かいが》。神《かみ》を畏《おそ》れる悪魔《あくま》と、その僕《しもべ》たち。悪魔《あくま》の僕《しもべ》……ディアナにそっくりの、美《うつく》しい娘《むすめ》。

なんとなくいやな予感《よかん》がして、聖堂《せいどう》を飛《と》び出《だ》した。いつみの姿《すがた》はない。わたしは構内《こうない》を走《はし》り、いつみを捜《さが》した。ちょうどエッグハンティングの優勝者《ゆうしょうしゃ》が中庭《なかにわ》ステージでアナウンスされるところだったので、たくさんの人《ひと》でごったがえしている。わたしは人波《ひとなみ》をかき分《わ》け、教室《きょうしつ》、文学《ぶんがく》サロン、校庭《こうてい》を捜《さが》した。どこにもいない。残《のこ》る場所《ばしょ》は——体育館《たいいくかん》だ。体育館《たいいくかん》に向《む》かって走《はし》りかけたとき、ちょうどその裏《うら》から、ディアナがいつみを抱《かか》えるようにして現《あらわ》れた。

「いつみ！」

慌《あわ》てて駆《か》け寄《よ》った。いつみはぐったりとしている。

「いつみに何《なに》をしたの！」

「わたし？　わたしは何《なに》も」ディアナが冷静《れいせい》に答《こた》える。

「じゃあどうして――」

言《い》いかけて、いつみの首筋《くびすじ》にうっすら赤《あか》いものが浮《う》きあがっていることに気《き》がついた。

――血《ち》？　ラミアー。魔女《まじょ》。吸血鬼《きゅうけつき》。悪魔《あくま》の僕《しもべ》……頭《あたま》の中《なか》に、ぐるぐると忌《い》まわしい単語《たんご》が渦巻《うずま》く。わたしの視線《しせん》から隠《かく》すように、ディアナは自分《じぶん》のカーディガンをさっといつみにかぶせた。

「気分《きぶん》が悪《わる》いみたい。サロンに連《つ》れて行《い》って休《やす》ませます。さあイツミ、もう大丈夫《だいじょうぶ》よ」

ディアナは猫撫《ねこな》で声《ごえ》を出《だ》すと、そのままいつみを支《ささ》えながら、サロンへと歩《ある》いていった。その姿《すがた》はまるで、悪魔《あくま》の僕《しもべ》が陰府《よみ》へと死体《したい》を運《はこ》んでいるようであった。

いつみの死《し》という事件《じけん》が起《お》こったのは、それから数週間後《すうしゅうかんご》だ。悲鳴《ひめい》が飛《と》び交《か》う中《なか》、いつみの死体《したい》をみたとき、激《はげ》しいショックを受《う》けながらも、やっと全《すべ》て納得《なっとく》がいった。なるほど、こういうことだったのかと。ディアナはいつみを自分《じぶん》の魔力《まりょく》でもって捉《とら》え、意《い》のままに操《あやつ》り、そして最終的《さいしゅうてき》に自死《じし》するよう仕向《しむ》けたかったのだと。

わたしは、いつみの手《て》に握《にぎ》られたすずらんの花《はな》を、そしてすずらんが咲《さ》き乱《みだ》れる村《むら》からやってきた、東欧《とうおう》の美少女《びしょうじょ》を眺《なが》めた。泣《な》き崩《くず》れる女生徒《じょせいと》たちの中《なか》、ただひとり、充足感《じゅうそくかん》に満《み》ちた微笑《びしょう》を浮《う》かべた彼女《かのじょ》を。

以上《いじょう》が、わたしの目撃《もくげき》してきた一連《いちれん》の出来事《できごと》だ。非現実的《ひげんじつてき》なことは、重々承知《じゅうじゅうしょうち》している。しかし、これらは誓《ちか》って、わたしが自身《じしん》で見届《みとど》けた事実《じじつ》なのである。

したがって、まとめるとこういうことになる。

WHEN：七月《しちがつ》X日《にち》の放課後《ほうかご》
WHO：留学生《りゅうがくせい》　ディアナ・デチェヴァが
WHOM：白石《しらいし》いつみを
WHERE：聖母女子高等学院《せいぼじょしこうとうがくいん》　新館校舎《しんかんこうしゃ》テラスから
HOW：魔力《まりょく》を使《つか》って
WHAT：自《みずか》ら飛《と》び降《お》りるようしむける
WHY：故郷《こきょう》と家族《かぞく》を守《まも》るため

信《しん》じがたいかもしれない。しかし、まぎれもなく、これが今回《こんかい》の事件《じけん》の真相《しんそう》なのだ。

以上《いじょう》

†

園子《そのこ》、朗読《ろうどく》をどうもありがとう。

これまでサークルでは、あなたはもっぱら読書《どくしょ》と批評専門《ひひょうせんもん》で、ご自分《じぶん》では詩《し》も小説《しょうせつ》もお書《か》きにならなかったわよね。これが記念《きねん》すべき、古賀園子《こがそのこ》の処女作《しょじょさく》ってところかしら。理系《りけい》のあなたらしく、理路整然《りろせいぜん》としていたわ。ええ、もちろん褒《ほ》め言葉《ことば》よ。

けれど――驚《おどろ》いたわ。

本当《ほんとう》に、いつみの髪《かみ》や爪《つめ》が伸《の》びるのが早《はや》かったと、そうおっしゃるのね？　廊下《ろうか》から姿《すがた》が消《き》えただなんて、それは本当《ほんとう》のこと？　見間違《みまちが》いではないの？

ええ、わたしも、いつみがあの鏡《かがみ》の前《まえ》によく立《た》っていたのは気《き》づいていたわ。大《おお》きな鏡《かがみ》だし、半世紀以上《はんせいきいじょう》も前《まえ》にイギリスの修道院《しゅうどういん》から譲《ゆず》られたものだと聞《き》いていたし、当然《とうぜん》そうなると、学校《がっこう》の七不思議《ななふしぎ》みたいに、いろんな噂《うわさ》があったけれど――吸《す》い込《こ》まれるように姿《すがた》が消《き》えるだなんて。そんなことが、現実《げんじつ》にありえるのかしら。

理系《りけい》のあなたが、そんな非科学的《ひかがくてき》なことをおっしゃるなんて、本当《ほんとう》にわたし、びっくりしてるのよ。

ねえ園子《そのこ》。確認《かくにん》しておきたいのだけど、今回《こんかい》わたしがみなさんに求《もと》めているものは、小説《しょうせつ》ではあるけれど、幻想的《げんそうてき》なものではないの。それを理解《りかい》して書《か》いてきてくださったかしら。

——まあ、そうなの。それでは、髪《かみ》や爪《つめ》が伸《の》びるのが早《はや》かったのも、十字架《じゅうじか》や聖書《せいしょ》を怖《こわ》がったことも、姿《すがた》が消《き》えたことも、あなたは本当《ほんとう》に目撃《もくげき》したと……そうご主張《しゅちょう》なさるのね？　星占《ほしうらな》いさえも鼻《はな》で笑《わら》っていたあなたが。

とても興味深《きょうみぶか》いわ。

いいえ、疑《うたが》ってなんていないわ。ただ混乱《こんらん》しているだけ。だけどあなたが見《み》たとおっしゃるのだもの……きっと真実《しんじつ》なんでしょうね。

まあ、だんだん雷《かみなり》が近《ちか》づいてきてるみたい。気味《きみ》が悪《わる》いわ。このまま豪雨《ごうう》に閉《と》じ込《こ》められなければいいけれど……。

それでは、次《つぎ》でいよいよあなたたちの中《なか》では最後《さいご》の朗読《ろうどく》になります。高岡志夜《たかおかしよ》さん。さあ、どうぞ前《まえ》にいらして。

6

朗読小説《ろうどくしょうせつ》「天空神《てんくうしん》の去勢《きょせい》」

2年《ねん》C組《シーぐみ》　高岡志夜《たかおかしよ》

　いつも軽《かる》めの文体《ぶんたい》で小説《しょうせつ》を書《か》いてるから、今日《きょう》ばかりは、しんみりと振《ふ》り返《かえ》るものにしたかった。けれど何度《なんど》書《か》き直《なお》しても、結局《けっきょく》オリジナルな作風《さくふう》って消《け》すことができない。だからやっぱり、今回《こんかい》も女子高生《じょしこうせい》ライトノベル作家《さっか》・高岡志夜《たかおかしよ》として書《か》いていこうって決《き》めたんだ。

　あたしがデビューしたのは中等部《ちゅうとうぶ》の三年生《さんねんせい》だったから、もう丸二年《まるにねん》になる。十五歳《じゅうごさい》でのデビューというと早《はや》いほうなのかな。ただただ、自分《じぶん》が読《よ》んでみたいなと思《おも》うものを、自分《じぶん》の目線《めせん》で、楽《たの》しみながら書《か》いて投稿《とうこう》してみただけ。そしたらその作品《さくひん》が思《おも》いがけず賞《しょう》を獲《と》っちゃって、人生《じんせい》ががらりと変《か》わったの。

自慢《じまん》するわけじゃないけど、映画化《えいがか》のオファーや外国《がいこく》への翻訳出版《ほんやくしゅっぱん》のお話《はなし》も、けっこうもらってる。でも、すべて断《ことわ》ってきた。だって、あたしの書《か》く物語《ものがたり》は、日本人《にほんじん》が読《よ》んでこそ、楽《たの》しんでもらえるものだという確信《かくしん》があるから。こういう文体《ぶんたい》だって、ちゃらちゃら書《か》いてるわけじゃなくて、イマドキの女子中高生《じょしちゅうこうせい》の流行《りゅうこう》や風俗《ふうぞく》、口調《くちょう》を反映《はんえい》してるつもりだし。だから現役女子高生《げんえきじょしこうせい》としては、日本国内《にほんこくない》だけで、そして日本語《にほんご》だけで、同年代《どうねんだい》の子《こ》たちに、あたしの作品《さくひん》を読《よ》んでほしい、理解《りかい》してほしいって思《おも》ってるんだ。だから映像化《えいぞうか》や、外国語《がいこくご》に翻訳《ほんやく》したり出版《しゅっぱん》したりするのって、なんか邪道《じゃどう》！　これからも許諾《きょだく》するつもりは一切《いっさい》ないし、それはあたしの作品《さくひん》への冒涜《ぼうとく》だと思《おも》ってる。これ、一応《いちおう》プロ作《さっ》家《か》としての、大《おお》きなこだわりね。

文学賞《ぶんがくしょう》を獲《と》るまで、あたしって学院《がくいん》でも、そんなに目立《めだ》たない存在《そんざい》だったたんじゃないかな。特別秀《とくべつひい》でたものがあるわけでも、勉強《べんきょう》ができるわけでもなかったからね。それが『君影草《きみかげそう》』という作品《さくひん》でデビューしたとたん、すっごい騒《さわ》がれて、注目浴《ちゅうもくあ》びちゃってさ。『君影草《きみかげそう》』っていうタイトルについてよく言《い》われるのは、パッと聞《き》いた感《かん》じ、とても渋《しぶ》い文学作品《ぶんがくさくひん》みたいだってこと。でもじっさいは堅苦《かたくる》しくなくて、読《よ》みやすい。そもそも、あたしみたいなティーンがすんなり読《よ》めることを念頭《ねんとう》において書《か》いたから。

十五歳《じゅうごさい》の女《おんな》の子《こ》が、実《じつ》は養女《ようじょ》であることを偶然《ぐうぜん》知《し》ってしまって、本当《ほんとう》のお父《とう》さんを捜《さが》し出《だ》して、こっそり文通《ぶんつう》するっていうのがこの作品《さくひん》のストーリー。往復書簡《おうふくしょかん》の形式《けいしき》で物語《ものがたり》が進《すす》んでいくんだけど、お父《とう》さんからの最後《さいご》の手紙《てがみ》には、何《なん》の文字《もじ》もなくて、ただ押《お》し花《ばな》だけが入《はい》っている。実《じつ》はお父《とう》さんは大《おお》きな病《やまい》に倒《たお》れて、もう話《はな》すことも書《か》くこともできなくなっていて、それが精《せい》いっぱいの、心《こころ》を込《こ》めた最後《さいご》のメッセージだった……という結末《けつまつ》なの。

この物語《ものがたり》を思《おも》いついたのは、もしもあたしが養女《ようじょ》だったら……という妄想《もうそう》がキッカケ。誰《だれ》でも、一度《いちど》は考《かんが》えるでしょ？　主人公《しゅじんこう》は等身大《とうしんだい》の、イマドキの女《おんな》の子《こ》にすることに決《き》めた。そしたら自然《しぜん》にどんどんストーリーが膨《ふく》らんでいって、一気《いっき》に最後《さいご》まで書《か》き上《あ》げることができたんだ。

この作品《さくひん》を通《とお》してあたしが伝《つた》えたかったことは、家族《かぞく》の絆《きずな》と大切《たいせつ》さ。人間関係《にんげんかんけい》が希薄《きはく》になりがちな世《よ》の中《なか》において、どれだけ人《ひと》と繋《つな》がることが尊《とうと》いか、あらためて気《き》づいてほしかったの……な〜んて、ちょっと大《おお》げさかな。

ラノベ業界最大手《ぎょうかいさいおおて》のレーベルが主催《しゅさい》する文学賞《ぶんがくしょう》の候補《こうほ》になったときは驚《おどろ》いたし、まして受賞《じゅしょう》したときも実感《じっかん》なんてなくて、くすぐったいだけだった。だけど、あたしのメッセージが誰《だれ》かに伝《つた》わったんだって、誇《ほこ》りに思《おも》えたよ。もともと読書《どくしょ》は好《す》きだったけど、まさか自分《じぶん》が書《か》き手《て》としてデビューするなんてね。

あたしが賞《しょう》をもらったら、学院《がくいん》でも大《おお》さわぎ。校長先生《こうちょうせんせい》からも表彰《ひょうしょう》されたし、テレビや雑誌《ざっし》にも取《と》り上《あ》げられて。あっという間《ま》に、顔《かお》が売《う》れちゃってさ。このことがあったから、高等部《こうとうぶ》にあがった時《とき》、白石《しらいし》いつみ先輩《せんぱい》に、声《こえ》をかけてもらえたんだ。

いつみ先輩《せんぱい》が復活《ふっかつ》させた、高等部《こうとうぶ》の文学《ぶんがく》サークル。いつみ先輩《せんぱい》に認《みと》められないと入会《にゅうかい》できない完全《かんぜん》エクスクルーシブなクラブで、まだお眼鏡《めがね》にかなう生徒《せいと》がいないから、当時《とうじ》、復活《ふっかつ》して一年《いちねん》たっていたのに、メンバーはいつみ先輩《せんぱい》と小百合先輩《さゆりせんぱい》の二人《ふたり》だけだった。

別館校舎《べっかんこうしゃ》の一角《いっかく》に造《つく》られた特別《とくべつ》サロンのゴージャスさといったら！　中等部《ちゅうとうぶ》にいた頃《ころ》から噂《うわさ》になってて、みんなの憧《あこが》れの的《まと》だった。入会《にゅうかい》できなくてもいいから、せめてお茶《ちゃ》会《かい》に招《まね》かれてみたいって、こっそり窓《まど》から覗《のぞ》いたりして。だけどしょせん、一般生徒《いっぱんせいと》には手《て》が届《とど》かない、優雅《ゆうが》な別世界《べっせかい》だったよね。

文学賞《ぶんがくしょう》を獲《と》ったとき、もしかしたら、これで文学《ぶんがく》サークルに入《い》れてもらえるかもって期待《きたい》した。そしたら本当《ほんとう》に、高等部《こうとうぶ》に進級《しんきゅう》してから数週間《すうしゅうかん》ほどして、あたしの教室《きょうしつ》にいつみ先輩《せんぱい》と小百合先輩《さゆりせんぱい》が現《あらわ》れたんだ。あれはホント、夢《ゆめ》みたいだったなぁ。

「あなたの小説《しょうせつ》読《よ》んだわ。素晴《すば》らしかった。是非《ぜひ》、わたしの文学《ぶんがく》サークルに入《はい》っていただけない？」

いつみ先輩《せんぱい》がそう言《い》ったとき、周《まわ》りにいたクラスメイトの方《ほう》が興奮《こうふん》しちゃってさ。まず、この白石《しらいし》いつみと澄川小百合《すみかわさゆり》ペア。常《つね》に近寄《ちかよ》りがたい雰囲気《ふんいき》で、いつも下級生《かきゅうせい》は遠巻《とおま》きに見《み》てるだけ。近《ちか》づいたら目《め》が灼《や》けちゃうんじゃないかっていうくらい、眩《まぶ》しくて。その二人《ふたり》が今目《いまめ》の前《まえ》にいて、しかも彼女《かのじょ》たちの方《ほう》から近《ちか》づいてきてくれて、サークルに誘《さそ》ってくれるなんて！　なんかもうそれだけで舞《ま》い上《あ》がっちゃって、クラスメイトにきゃあきゃあ騒《さわ》がれているなか、「よろしくお願《ねが》いします」なんて言《い》いながらいつみ先輩《せんぱい》と握手《あくしゅ》したときは、毅然《きぜん》としてカッコつけてたつもりだけど、本当《ほんとう》は、足《あし》、震《ふる》えてたんだから。しかも、最初《さいしょ》に声《こえ》をかけられるなんて、光栄《こうえい》でさ。このあたしが、だよ。

あのときのいつみ先輩《せんぱい》の手《て》、温《あたた》かかった。その日《ひ》は夜中《よなか》まで、ずうっとドキドキしてたよ。

『君影草《きみかげそう》』を、いつみ先輩《せんぱい》はとても気《き》に入《い》ってくれた。というより、自分《じぶん》で言《い》うのも照《て》れるけど、大絶賛《だいぜっさん》してくれた。サロンでの読書会《どくしょかい》でも取《と》り上《あ》げてくれたし、単行本《たんこうぼん》を蔵書《ぞうしょ》にも加《くわ》えてくれてね。コレクション棚《だな》に収《おさ》める前《まえ》に、先輩《せんぱい》ったら「サインして」なんて言《い》うから、調子《ちょうし》に乗《の》って、中《なか》のページじゃなくて表紙《ひょうし》にでっかく書《か》いちゃったよ。気取《きど》って「我《わ》が愛《あい》する文学《ぶんがく》サークルと、華麗《かれい》なる白石《しらいし》いつみ様《さま》へ」な～んて付《つ》けてさ。

それに、いつでもサロンを執筆活動《しっぴつかつどう》に利用《りよう》していいって、ありがたーいオファーもいただいちゃった。必要《ひつよう》な書籍《しょせき》は、国内《こくない》からでも海外《かいがい》からでもすぐに取《と》り寄《よ》せてくれるし、取材《しゅざい》が必要《ひつよう》だと言《い》えば、費用《ひよう》をサークル運営費《うんえいひ》から全額《ぜんがく》出《だ》してくれたりね。昔《むかし》のヨーロッパだったら芸術《げいじゅつ》パトロンって感《かん》じかもね。そんなの大《おお》げさ！って思《おも》うかもしれないけれど、クラシックの流《なが》れるゴシック調《ちょう》の文学《ぶんがく》サロンでノートパソコンのキーを叩《たた》いて、ふと顔《かお》を上《あ》げたら右《みぎ》には温《あたた》かい紅茶《こうちゃ》と焼《や》きたてのケーキ、左《ひだり》には頼《たの》んでいた資料《しりょう》がいつの間《ま》にか積《つ》んである……そんな恵《めぐ》まれた環境《かんきょう》を想像《そうぞう》してみてよ。思《おも》わず「パトロン」っていう単《たん》語《ご》が口《くち》をついて出《で》てくるから。

サークルでは、いろんな仲間《なかま》ができたし、ずっと憧《あこが》れてたいつみ先輩《せんぱい》とも親《した》しくなれた。でもやっぱり、さらに仲良《なかよ》くなれたのは、今年《ことし》の春《はる》に一緒《いっしょ》にブルガリアでホームステイできたおかげかな。ほんの二週間《にしゅうかん》だったけど、とても楽《たの》しくて。引率《いんそつ》の北条先生《ほうじょうせんせい》に呆《あき》れられるくらい、あたしたち、大《おお》はしゃぎしちゃって。

ブルガリアなんて未知《みち》の国《くに》だったし、学院《がくいん》でもこれまで希望者《きぼうしゃ》がいなかったらしいんだけど、その前《まえ》の年《とし》にいつみ先輩《せんぱい》がリクエストを出《だ》して、最初《さいしょ》の生徒《せいと》として行《い》ったらしい。短期留学《たんきりゅうがく》って、アメリカやイギリスに希望《きぼう》を出《だ》す子《こ》が多《おお》いから、最初《さいしょ》いつみ先輩《せんぱい》がブルガリアに行《い》くって聞《き》いたときは、なんでそんな（言《い》っちゃ悪《わる》いけど）マイナーな国《くに》へ？って思《おも》ったよ。それにその時《とき》の参加者《さんかしゃ》はひとりだったっていうから、いつみ先輩《せんぱい》って勇気《ゆうき》あるなあって。だから次《つぎ》の年《とし》、あたしもブルガリアを希望《きぼう》したんだ。運《うん》がよければ、いつみ先輩《せんぱい》と二人《ふたり》きりで参加《さんか》できるかもしれないって下心《したごころ》あってさ。そしたら、マジで願《ねが》いがかなっちゃって！　先輩《せんぱい》も、「嬉《うれ》しいわ。去年《きょねん》はひとりで退屈《たいくつ》だったのよ」って喜《よろこ》んでくれた。二人《ふたり》であちこち観光《かんこう》もできたし、ほんと楽《たの》しかったなあ。

いつみ先輩《せんぱい》に関《かん》する新発見《しんはっけん》も、たくさんあったしね。

都会《とかい》じゃなくて小《ちい》さな村《むら》にステイできたことは、とっても良《い》い経験《けいけん》になった。ディアナちゃんとエマちゃんとは親友《しんゆう》になれたし、つくづく貴重《きちょう》な体験《たいけん》をしたよ。

あたしのステイ先《さき》はヴェシーさんっていう人《ひと》のおうちだったんだけど、ちゃんと一部屋《ひとへや》もらえるはずが、リビングで寝《ね》ろって言《い》われて。まあぶっちゃけエマちゃんの手配《てはい》ミスだったんだけど、急《きゅう》に他《ほか》のステイ先用意《さきようい》できないって真《ま》っ青《さお》になってるから、もうホテルでいいよって言《い》ってあげたんだ。ホームステイさせてもらうことが学院《がくいん》の条件《じょうけん》だし、それこそが短期留学《たんきりゅうがく》の醍醐味《だいごみ》なのに、結局《けっきょく》ホテル暮《ぐ》らしになっちゃったんだよね。本当《ほんとう》は学《がっ》校《こう》に報告《ほうこく》すればなんとかなったのかもしれないけど、でもエマちゃん一生懸命《いっしょうけんめい》がんばって仕事《しごと》してるんだしナイショにしてあげた。「ショって良《い》い子《こ》ね。エマがこの仕事《しごと》を失《うしな》ったら、わたしたち生活《せいかつ》できないの」って、やたらとディアナちゃんに感謝《かんしゃ》されちゃったけど、友達《ともだち》だもん、当《あ》たり前《まえ》だよね。

友達《ともだち》っていえばさ、リラの修道院《しゅうどういん》に行《い》った時《とき》、いつみ先輩《せんぱい》がお揃《そろ》いのミサンガを買《か》ってくれたの。ミサンガって願《ねが》い事《ごと》しながらつけるんだよね。右手《みぎて》が恋愛《れんあい》、左手《ひだりて》が勉強《べんきょう》、右足《みぎあし》が友情《ゆうじょう》、左足《ひだりあし》が金運《きんうん》でしょ？　いつみ先輩《せんぱい》ともっともっと仲良《なかよ》くなりたいって願《ねが》ってたあたしは、すぐ右足《みぎあし》につけた。本人《ほんにん》を目《め》の前《まえ》にして照《て》れくさいから、こっそり素早《すばや》くね。エマちゃんとディアナちゃんは右手《みぎて》に結《むす》んでたね。エマちゃんは彼氏《かれし》がいるから、結《けっ》婚《こん》できますようにって。ディアナちゃんは何《なに》も言《い》わなかったけど、好《す》きな人《ひと》でもいたのかな。

早《はや》く切《き》れますように、願《ねが》いが叶《かな》いますようにって念《ねん》じてたら、なんと、次《つぎ》の日《ひ》にプツンって。ミサンガってなかなか切《き》れないはずだからビックリしたよ。でも、確《たし》かにご利益《りやく》はあったかもね。この留学中《りゅうがくちゅう》、いつみ先輩《せんぱい》に急接近《きゅうせっきん》できて、本物《ほんもの》の姉妹《しまい》みたいに仲良《なかよ》くなれた気《き》がするから。

ブルガリアっていえば、日本《にほん》ではヨーグルトが有名《ゆうめい》だけど、マジで何《なん》にでもヨーグルトかけて食《た》べるんだね。日本《にほん》ではデザートっていうイメージが強《つよ》いけど、あっちでは野菜《やさい》にも肉《にく》にも魚《さかな》にもかける。あとは、やっぱバラ！　ローズオイル、ローズウォーター、ローズジャム……お土産《みやげ》にたくさん買《か》っちゃった。女子《じょし》は断然《だんぜん》、バラが好《す》きだよね。どこへ行《い》っても楽《たの》しかったけれど、ダントツで忘《わす》れられないのは、村近《むらちか》くにある湖畔《こはん》でのピクニックかな。

早春《そうしゅん》に咲《さ》くミモザやマグノリアが花盛《はなざか》りの森《もり》。静《しず》かに横《よこ》たわる澄《す》んだ湖《みずうみ》。小鳥《ことり》のさえずり……まるで童話《どうわ》の世界《せかい》に迷《まよ》い込《こ》んだみたい。芝生《しばふ》の上《うえ》で、すもものジュースで乾杯《かんぱい》して、サンドイッチを食《た》べて。ブルガリアには世界遺産《せかいいさん》や遺跡《いせき》がたくさんあるし、そういう観光地《かんこうち》にエマちゃんがたくさん連《つ》れて行《い》ってくれたけど、あたし的《てき》にはこの素朴《そぼく》なピクニックが一番楽《いちばんたの》しかった。いつみ先輩《せんぱい》と二人《ふたり》きりだったっていうのもあるしね。エマちゃんたちに用事《ようじ》が入《はい》っちゃったらしくて、じゃあのんびりどっか行《い》こうよってなって。

あんまり湖《みずうみ》がきれいなんだもん、水着《みずぎ》なんて持《も》って来《き》てなかったけど、裸《はだか》になって水浴《みずあ》びしちゃった。ちょっと水《みず》が冷《つめ》たかったけど、たまたまその日《ひ》は五月《ごがつ》並《な》みの陽気《ようき》とかで、とっても爽快《そうかい》だったよ。それにしてもいつみ先輩《せんぱい》の体《からだ》、きれいだったなぁ。水《みず》から上《あ》がった時《とき》、長《なが》い髪《かみ》がグラマラスな体《からだ》にしっとり張《は》りついて、木漏《こも》れ日《び》が水滴《すいてき》に反射《はんしゃ》して……まるでウィリアム・ブーグローの「ヴィーナスの誕生《たんじょう》」。言《い》っとくけど、あたし、実物見《じつぶつみ》たことあるからね。昔《むかし》フランスに住《す》んでたとき、オルセー美術館《びじゅつかん》が近所《きんじょ》にあったから。でもブーグローの絵《え》より、先輩《せんぱい》のヌードの方《ほう》がずっとずっと官能的《かんのうてき》だった。

ところでヴィーナスって、切《き》り落《お》とされた男性《だんせい》の性器《せいき》から生《う》まれたってこと、知《し》ってる？　天空神《てんくうしん》ウラノスが、醜《みにく》い自分《じぶん》の子供《こども》を嫌《きら》って、妻《つま》ガイヤの胎内《たいない》に戻《もど》してしまうのね。怒《おこ》ったガイヤはその罰《ばつ》として、息子《むすこ》の一人《ひとり》に命《めい》じて、ウラノスの性器《せいき》を鎌《かま》で切《き》り落《お》とさせた。海《うみ》に投《な》げ込《こ》まれた性器《せいき》から精液《せいえき》が出《で》て泡《あわ》となり、そこからヴィーナスが誕生《たんじょう》したんだって。

この神話《しんわ》を元《もと》にしたアンジェロ・ポリツィアーノの詩《し》が、これ。

テテュスに抱《いだ》かれしアイゲウスの嵐《あらし》の海《うみ》に、
切《き》り落《お》とされた生命《いのち》の器《うつわ》が迎《むか》えられ、
何度《なんど》か天《てん》がめぐる間《あいだ》、
白《しろ》い泡《あわ》に包《つつ》まれ、波間《なみま》をさまよう様《さま》が描《えが》かれている。
その中《なか》から、優美《ゆうび》で晴《は》れやかな物腰《ものごし》と
神々《こうごう》しい顔《かんばせ》の、一人《ひとり》の乙女《おとめ》が誕生《たんじょう》する。
放縦《ほうじゅう》な西風《ゼピュロス》に煽《あお》られ、
貝殻《かいがら》に乗《の》って岸《きし》に流《なが》れつき、天《てん》もそれを喜《よろこ》ぶようだ。

ヴィーナスの誕生《たんじょう》を題材《だいざい》にした絵画《かいが》っていうと、サンドロ・ボッティチェリも有名《ゆうめい》だけど、彼《かれ》はこの詩《し》にインスパイアされてヴィーナスを描《えが》いたっていわれてるんだよ。

それにしても性器《せいき》を切《き》り取《と》られて、海《うみ》に投《な》げ捨《す》てられるって……すさまじいよね。だけどヴィーナスの美《うつく》しさの源《みなもと》が、天《てん》の神《かみ》の去勢《きょせい》によって生《う》まれたっていうのは、なんだかすごく納得《なっとく》がいく。考《かんが》えてみれば、「男性《だんせい》の去勢《きょせい》から生《う》まれた美《び》」なんて、なんだかいつみ先輩《せんぱい》にぴったり。男性《だんせい》を排除《はいじょ》しきった世界《せかい》……女子校《じょしこう》ならではの、神々《こうごう》しいまでの美《うつく》しさっていうか。究極《きゅうきょく》の美《び》っていうのは、やっぱり特殊《とくしゅ》な環境《かんきょう》から生《う》まれいずるものなんじゃないかな。

だけど先輩《せんぱい》のヌードは卑猥《ひわい》じゃなくて、むしろ清々《すがすが》しく、神秘的《しんぴてき》で、生命《せいめい》の輝《かがや》きに満《み》ちあふれてた。背景《はいけい》にある空《そら》は風《かぜ》をなびかせ、緑《みどり》の大地《だいち》は草《くさ》を萌《も》やし、湖《みずうみ》は水面《すいめん》にさざ波《なみ》を立《た》てて、いつみ先輩《せんぱい》を女神《めがみ》として讃《たた》えるかのようだった。そんな肢体《したい》に、聖母《せいぼ》のような柔《やわ》らかな眼差《まなざ》しだもん、反則《はんそく》だってば！　あたしが男《おとこ》だったら、あまりの美《うつく》しさにおかしくなって、そのまま湖《みずうみ》に身《み》を投《な》げるね。あ、このアイディア、なんか次《つぎ》の作品《さくひん》に使《つか》えるかも、うん。

ピクニックの後《あと》、ホントは北条先生《ほうじょうせんせい》に美術館《びじゅつかん》に連《つ》れて行《い》ってもらう予定《よてい》だったんだけど、泳《およ》いだからメンドくなっちゃって。具合《ぐあい》が悪《わる》くなったって嘘《うそ》ついて、別行動《べっこうどう》することにした。ひとりでのんびり、写真《しゃしん》を撮《と》りにあちこち出《で》かけたよ。ほんと、写真《しゃしん》けっこう撮《と》ったなあ。

初《はじ》めて行《い》った国《くに》でも平気《へいき》でひとりで歩《ある》けるのは、外国暮《がいこくぐ》らしが長《なが》かったからだと思《おも》う。慣《な》れてるんだろうね。パパの駐在《ちゅうざい》で小学校《しょうがっこう》一年生《いちねんせい》から六年生《ろくねんせい》までフランスに住《す》んでたから、EU圏内《イーユーけんない》はいろんな国《くに》へ家族《かぞく》で遊《あそ》びに行《い》った。イタリアやスペイン、ドイツ、スイス、ベルギー、イギリス……当時《とうじ》は当《あ》たり前《まえ》だと思《おも》っていたけれど、今思《いまおも》えば恵《めぐ》まれてたんだなあって思《おも》う。

フランスは、あたしの第二《だいに》の故郷《こきょう》。いつかもう一度《いちど》暮《く》らしたいって願《ねが》ってるよ。きゅうくつな日本《にほん》より、なんとなくあたしには外国《がいこく》が向《む》いてる気《き》もするんだよね。落《お》ち着《つ》くっていうか。やっぱ、キコクシジョだからかな。

子供《こども》の頃《ころ》に外国《がいこく》で暮《く》らした経験《けいけん》があるからこそ、日本語《にほんご》に人一倍《ひといちばい》こだわりながら小説《しょうせつ》を書《か》いていきたいっていう思《おも》いが強《つよ》くなったのかもしれないな。うんうん、きっとそうだ。間違《まちが》いなく、フランスで生活《せいかつ》した六年間《ろくねんかん》は血《ち》となり肉《にく》となり、あたしの創作《そうさく》にもプラスになってるね。

短期留学《たんきりゅうがく》が終《お》わって日本《にほん》に帰《かえ》ってからも、なんかあたし、姉妹《しまい》モード抜《ぬ》けなくて。ついつい、サロンでもじゃれちゃうっていうか、いつみ先輩《せんぱい》の気《き》を引《ひ》きたくて、わざとつっかかってみたりしてね。でも、いつみ先輩《せんぱい》もなんかそれを楽《たの》しんでる感《かん》じで、甘《あま》えさせてくれるの。

ディアナちゃんが日本《にほん》に来《き》てからは、何《なに》かあると三人《さんにん》でブルガリア・トークしちゃってる。他《ほか》のメンバーにはわからない話《はなし》だから、ちょっと悪《わる》いかなと思《おも》ったりはするんだけど、ついついね。園子先輩《そのこせんぱい》なんて、あからさまにウザそうにするしさ。でも仕方《しかた》ないよ。あれは特別《とくべつ》な思《おも》い出《で》なんだもん。

イースター祭《さい》のときも、姉妹《しまい》ノリ全開《ぜんかい》だったなぁ。

あたし、イースターバニーの係《かかり》に当《あ》たっちゃったんだよね（学院経営者《がくいんけいえいしゃ》である、いつみパパのアイディアらしい）。着《き》ぐるみを取《と》りに実行委員会室《じっこういいんかいしつ》へ行《い》ったら、頭部《とうぶ》と胴体《どうたい》をバラバラにされたうさぎが、床《ゆか》にずらりと並《なら》べられてた。生命《せいめい》の繁栄《はんえい》、復活《ふっかつ》の象徴《しょうちょう》とされてるイースターバニーだけど、切《き》り離《はな》された頭部《とうぶ》と、プラスチックの大《おお》きな白《しろ》い円《えん》に青《あお》い塗料《とりょう》が塗《ぬ》られた不気味《ぶきみ》な両目《りょうめ》は、残酷《ざんこく》な死《し》をイメージさせて、めちゃくちゃ怖《こわ》かったよ。

着替《きが》えてみたら、意外《いがい》に重《おも》くて暑苦《あつくる》しいの。これで数時間過《すうじかんす》ごすんだと思《おも》うと、超《ちょう》ブルーになった。自分《じぶん》のくじ運《うん》のなさを呪《のろ》ったね。胴体《どうたい》を着《き》て、後《うし》ろのチャック上《あ》げてもらって、頭部《とうぶ》をかぶって、最後《さいご》にもこもこした手袋《てぶくろ》をはめた。あーあ、せっかく爪塗《つめぬ》ったのにな。普段《ふだん》マニキュア禁止《きんし》だけど、イースターエッグを塗《ぬ》った余《あま》りのペイントで塗《ぬ》るのはお咎《とが》めナシだから、みんなやってる。あたしはパステルグリーンに可愛《かわい》く塗《ぬ》ったのに、着《き》ぐるみじゃ意味《いみ》ないじゃんね。ツケマもバッチリだったのにさ。

イースターバニーになったあたしは、楽《たの》しげに踊《おど》りながら歩《ある》いた。ときどき子供《こども》たちに声《こえ》をかけて、一緒《いっしょ》にイースターエッグを探《さが》してあげたりもした。着《き》ぐるみマジ重《おも》い。肩《かた》も凝《こ》る。でもできるだけ大《おお》きく手《て》を振《ふ》って、足《あし》を高《たか》く上《あ》げて、腰《こし》を振《ふ》った。

「やだ、もしかして志夜《しよ》なの？」

どこかから声《こえ》が聞《き》こえてきた。耳《みみ》の辺《あた》りはメッシュ状《じょう》になってて音《おと》は聞《き》こえるけど不明《ふめい》瞭《りょう》だし、どこから飛《と》んできてるのかわからない。あたしはくるくる回《まわ》って、声《こえ》の主《ぬし》を探《さが》した。

「ここよ」

誰《だれ》かの両手《りょうて》が、あたしのふかふかの腕《うで》を触《さわ》る。かぶりものの小《ちい》さな穴《あな》からは、制服《せいふく》のスカートしか見《み》えない。

「だあれ？」

「いつみよ」

「ああ、いつみ先輩《せんぱい》。よくあたしだってわかりましたね。みんな同《おな》じ着《き》ぐるみなのに」

「すぐわかったわよ」

「どうして？」

「だって、あなた一番《いちばん》ダンスが下手《へた》なんだもの」くすくす笑《わら》い声《ごえ》が聞《き》こえる。

「あー、先輩《せんぱい》、ひっどーい。いっしょうけんめい、汗《あせ》だくで頑張《がんば》ってるのに」

「暑《あつ》いの？」

「もう大変《たいへん》ですよ」

「あらまあ、それは可哀想《かわいそう》ね。こっちへいらっしゃい」

先輩《せんぱい》は、あたしの腕《うで》に自分《じぶん》のをからませて、誘導《ゆうどう》してくれた。イースターバニーと仲良《なかよ》く腕組《うでぐ》みして踊《おど》ってるように見《み》せかけながら、あたしを体育館裏《たいいくかんうら》に連《つ》れてった。

「ここなら誰《だれ》も来《こ》ないわ。さあ、脱《ぬ》いで一休《ひとやす》みしなさい」

ありがたや。汗《あせ》でびっしょりの手袋《てぶくろ》を外《はず》すと、頭部《とうぶ》を上《うえ》に引《ひ》っぱった。なのに、きつくて取《と》れない。

「せんぱーい。脱《ぬ》げない」

「え！」

いつみ先輩《せんぱい》も引《ひ》っぱってくれたけど、やっぱり顎《あご》が引《ひ》っかかって抜《ぬ》けない。

「イタタタタ。痛《いた》いよ先輩《せんぱい》」

「これくらい我慢《がまん》しなさい。はいもう一度《いちど》」

ぐいっと首《くび》が引《ひ》き抜《ぬ》かれそうになる。

「イタタ、マジで痛《いた》いですってば。ひどい、いつみ先輩《せんぱい》。もう、絶対許《ぜったいゆる》さないんだから！」

キャーキャー騒《さわ》いでたら、誰《だれ》かの足音《あしおと》が聞《き》こえた。ヤバ！　イースターバニーがサボってるのバレたら、いつみパパに怒《おこ》られちゃうよ。

「先輩《せんぱい》、どうしよう」

「反対側《はんたいがわ》から逃《に》げて。大丈夫《だいじょうぶ》、ごまかしとくから」

「え、でも……」

「いいから早《はや》く！」

いつみ先輩《せんぱい》にお尻叩《しりたた》かれて、あたし慌《あわ》てて駆《か》け出《だ》した。あーもー、なんでいつみパパ、うさぎダンスなんて変《へん》なアイディア思《おも》いついたんだよバカバカ、なんて毒《どく》づきながら。そのあとは中庭《なかにわ》でさりげなく踊《おど》りの輪《わ》に加《くわ》わって、ちびっこの相手《あいて》をしておいた。

けっきょく、あの足音《あしおと》は誰《だれ》だったんだろ。

それにしてもあれは焦《あせ》ったね。でも、先輩《せんぱい》がいなくなっちゃった今《いま》となっては、良《い》い思《おも》い出《で》。あの時《とき》はまさか、それから数週間後《すうしゅうかんご》に死《し》んじゃうなんて夢《ゆめ》にも思《おも》ってなかったもん。

イースター祭《さい》の締《し》めくくりは聖体拝領《せいたいはいりょう》。

校外《こうがい》からのお客様《きゃくさま》や保護者《ほごしゃ》を送《おく》り出《だ》して清掃《せいそう》したあと、新聖堂《しんせいどう》で行《おこな》われるの。全校生徒《ぜんこうせいと》が集《あつ》まるけれど、実際《じっさい》に参加《さんか》できるのは洗礼《せんれい》を受《う》けた生徒《せいと》だけ。イエス様《さま》の磔刑像《たっけいぞう》の下《した》で待《ま》っている司祭様《しさいさま》のところに集《あつ》まって、差《さ》し出《だ》されるパンとぶどう酒《しゅ》を受《う》け取《と》るんだ。

「これはあなたに与《あた》えられた、キリストの体《からだ》です」

「アーメン」

「これはあなたのために流《なが》された、キリストの血《ち》です」

「アーメン」

パンを舌《した》の上《うえ》に載《の》せて、小《ちい》さな杯《さかずき》で口《くち》を湿《しめ》らせるたびに、あたしはいつも厳粛《げんしゅく》な気持《きも》ちになる。この儀式《ぎしき》が最後《さいご》の晩餐《ばんさん》に由来《ゆらい》するということは、もう二千年《にせんねん》も行《おこな》われ続《つづ》けてるってことだ。こんなあたしでも、その重《おも》みは充分理解《じゅうぶんりかい》できるし、身《み》が引《ひ》き締《し》まる。二千年《にせんねん》って、ほとんど永遠《えいえん》みたいなものだし。

いつもなら、このときに聖書朗読《せいしょろうどく》をするのはいつみ先輩《せんぱい》。それなのに、代理《だいり》で小百合先輩《さゆりせんぱい》が壇上《だんじょう》に上《あ》がってる。聖堂《せいどう》を見回《みまわ》してみたけれど、いつみ先輩《せんぱい》の姿《すがた》はどこにも見当《みあ》たらなかった。もしかして、あたしがサボってたことがばれて、トラブってるのかな。

あたしは心配《しんぱい》になって、解散《かいさん》になってからすぐ捜《さが》しに出《で》た。そしたら何《なん》のことはない、いつみ先輩《せんぱい》はサロンにいて、ぼんやり窓辺《まどべ》に立《た》ってたの。

「よかったあ。先輩《せんぱい》、ここにいたんだ」

声《こえ》をかけると、いつみ先輩《せんぱい》は振《ふ》り向《む》いた。

「あら、もうミサは終《お》わったの？」

「終《お》わったよ。先輩《せんぱい》がいなかったから心配《しんぱい》してたの」

「ちょっと疲《つか》れただけよ。心配《しんぱい》かけてごめんなさいね」

「あのう、あれから……大丈夫《だいじょうぶ》でした？」

「問題《もんだい》ないわ。うまくいった」

先輩《せんぱい》は微笑《ほほえ》むと、襟元《えりもと》を少《すこ》し開《ひら》いて見《み》せた。赤《あか》いスカーフが覗《のぞ》く。

「それ、どうしたんですか」

「エッグハンティングの上位五組《じょういごくみ》がもらえるスカーフなの。これをとっさに着《つ》けて、もう表彰《ひょうしょう》が終《お》わったから、体育館裏《たいいくかんうら》で一休《ひとやす》みしてたってごまかしちゃった。実《じつ》は去年《きょねん》のなんだけどね。毎年《まいとし》、入賞《にゅうしょう》できなくて泣《な》き出《だ》す子供《こども》がいるから、あげられるように持《も》ってきてたのよ」

先輩《せんぱい》はいたずらっ子《こ》のように舌《した》を出《だ》した。

「よかったぁ」

あたしがホッと肩《かた》の力《ちから》を抜《ぬ》いたとたん、サロンのドアが開《あ》いてメンバーたちが入《はい》ってきた。いつみ先輩《せんぱい》はあたしに目配《めくば》せをして、「このことは、ふたりだけのヒミツね」と口元《くちもと》に人差《ひとさ》し指《ゆび》をあてた。なんだかそれが嬉《うれ》しくて、「うん！　秘密《ひみつ》だね！」って大声《おおごえ》出《だ》したら、いつみ先輩《せんぱい》に軽《かる》く睨《にら》まれちゃったよ。

イースター祭《さい》での文学《ぶんがく》サークルの売《う》り上《あ》げは、パウンドケーキとクッキー合《あ》わせて（もちろん完売《かんばい》）、なんと四十二万円《よんじゅうにまんえん》！　そこから材料費《ざいりょうひ》十八万《じゅうはちまん》を引《ひ》いて二十四万《にじゅうよんまん》、さらに運営費《うんえいひ》としてのサークルの取《と》り分《ぶん》十万《じゅうまん》（こういうとこ、先輩《せんぱい》はお嬢《じょう》なのにしっかりしてる！）を差《さ》し引《ひ》いても、十四万円《じゅうよんまんえん》を寄付《きふ》できることになった。

寄付先《きふさき》は、それぞれサークルで自由《じゆう》に決《き》めていいことになってるんだ。学校《がっこう》が指定《してい》するんじゃなくて、自分《じぶん》たちなりの信念《しんねん》に基《もと》づいて決定《けってい》することも勉強《べんきょう》だからって。文学《ぶんがく》サークルの場合《ばあい》は、毎回《まいかい》みんなで意見《いけん》を出《だ》し合《あ》って、多数決《たすうけつ》で決《き》める。今回《こんかい》のイースター祭《さい》の分《ぶん》は、園子先輩《そのこせんぱい》が過疎地《かそち》の病院《びょういん》に、二谷《にたに》さんが老人《ろうじん》ホームに、いつみ先輩《せんぱい》が孤児院《こじいん》に寄付《きふ》をしたい、とそれぞれ言《い》い出《だ》した。

「恵《めぐ》まれない子供《こども》たちに、少《すこ》しでも何《なに》かをしてあげたいのよ」

いつみ先輩《せんぱい》は言《い》った。

「いろんな事情《じじょう》で親《おや》を持《も》たない、持《も》てない子供《こども》がたくさんいるわ。そんな子《こ》たちが少《すこ》しでも楽《たの》しく暮《く》らせるように役立《やくだ》ててもらいたい。ほら見《み》て、生後間《せいごま》もない赤《あか》ちゃんもいるの」

いつみ先輩《せんぱい》が可愛《かわい》らしい赤《あか》ん坊《ぼう》の写真《しゃしん》を見《み》ながら、はらはら涙《なみだ》を流《なが》した。メンバーみんなも、それにホロッときちゃって、「そうだそうだ、今回《こんかい》は孤児院《こじいん》にしよう」って全員一《ぜんいんいっ》致《ち》で決《き》まったの。なんだかますますいつみ先輩《せんぱい》のこと、見直《みなお》しちゃった。本当《ほんとう》に愛《あい》に満《み》ちた人《ひと》なんだなって。


でもやっぱ、ケーキやクッキーの売《う》れ行《ゆ》きがこんなに良《い》いのは、小南《こみなみ》あかねチャンのおかげ。

同《おな》じ器具《きぐ》、同《おな》じ材料《ざいりょう》、同《おな》じ分量《ぶんりょう》でも、あたしたちで焼《や》いたのと、あかねチャンのと比《くら》べると、ダンゼン美味《おい》しいんだよね。きっと、ちょっとしたタイミングとか、見極《みきわ》めのセンスが違《ちが》うんだろうな。

あかねチャンのこと、あたしは時々《ときどき》、こっそりありすチャンって呼《よ》んでる。だってフリフリのエプロンの似合《にあ》うメルヘン少女《しょうじょ》――まるで不思議《ふしぎ》の国《くに》のアリスそのものなんだもん。

そうそう、読書会《どくしょかい》の課題図書《かだいとしょ》が『不思議《ふしぎ》の国《くに》のアリス』だったとき、あかねチャンのティータイムの演出《えんしゅつ》、しゃれててさ。バターパンと糖蜜《とうみつ》のタルトを焼《や》いて、マッドハッターのお茶会《ちゃかい》を再現《さいげん》してくれたの。しかも、「はい、これかぶってください」って、どこで見《み》つけてきたんだか、かぶりものも抜《ぬ》かりなく用意《ようい》してね。二谷《にたに》さんがトランプ柄《がら》のついた兵隊帽《へいたいぼう》、ディアナちゃんが猫耳《ねこみみ》のカチューシャ、あたしにはねずみのお面《めん》、園子先輩《そのこせんぱい》にはヘンテコな帽子《ぼうし》、小百合先輩《さゆりせんぱい》にはうさぎの耳《みみ》、そしていつみ先輩《せんぱい》にはハートのついた冠《かんむり》。そうなの、それぞれトランプ兵《へい》、チェシャ猫《ねこ》、ヤマネ、いかれた帽子屋《ぼうしや》、白《しろ》うさぎ、そしてハートの女王《クイーン》ってことなの。そしてもちろん、あかねチャン本人《ほんにん》がアリスね。

いつみ先輩《せんぱい》ったら悪《わる》ノリして、何《なに》かあると「首《くび》をちょん切《ぎ》れ！」って叫《さけ》ぶもんだから、みんなで大笑《おおわら》いしてた。あのお茶会《ちゃかい》は盛《も》りあがったなぁ。

そういえばその時《とき》のお茶会《ちゃかい》で、あかねチャンの左腕《ひだりうで》に、手《て》のひらくらいの大《おお》きさの赤《あか》いアザがあるの、初《はじ》めて見《み》ちゃったんだよね。冬服《ふゆふく》のときは気《き》づかなかったし、夏服《なつふく》でもあかねチャンは寒《さむ》がりでカーディガン羽織《はお》ってるんだけど、このお茶会《ちゃかい》のときはアリス風《ふう》の半袖《はんそで》ワンピでコスプレしてたから。そんなにジロジロ見《み》てたつもりなかったんだけど、あかねチャン、ハッとしたように慌《あわ》てて腕《うで》を隠《かく》してね。わ、なんかあたしって失礼《しつれい》、どうしよ、とか内心慌《ないしんあわ》てててたら、いつみ先輩《せんぱい》があかねチャンの腕《うで》を優《やさ》しくさすって、「恥《は》ずかしがることとなんてないわ。とっても可愛《かわい》い。まるですずらんの花《はな》みたいな形《かたち》じゃないの。チャームポイントよ」って労《いたわ》るようにフォローしたんだ。

これって、あかねチャンも嬉《うれ》しかったと思《おも》うけど、あたしへのフォローでもあったよね。だってこの発言《はつげん》のおかげで、あたしは失礼《しつれい》な子《こ》にならなくて済《す》んだんだもん。とっさの一瞬《いっしゅん》で、いつみ先輩《せんぱい》ってその場《ば》の空気《くうき》を読《よ》んで、誰《だれ》にも気《き》まずい思《おも》いをさせないようにできる。なんて繊細《せんさい》な感性《かんせい》を持《も》った女性《じょせい》なんだろう。あたし、改《あらた》めて感動《かんどう》しちゃったよ。やっぱり素敵女子《すてきじょし》なんだよね。

あたし、あかねチャン大好《だいす》きなんだけどさ——でもちょっと、気《き》にかかること、あるんだよね。

いつだったかな……いつみ先輩《せんぱい》が「わたしが卒業《そつぎょう》したら、文学《ぶんがく》サロンは閉鎖《へいさ》しようと思《おも》うの」って言《い》い出《だ》したことがあったの。きっとあれが発端《ほったん》だったんじゃないかと、あたしは踏《ふ》んでる。いつみ先輩《せんぱい》の卒業《そつぎょう》までっていうと、あと二学期《にがっき》で閉鎖《へいさ》になってしまうってことになるんだ。

もともといつみ先輩《せんぱい》のために作《つく》られたようなものだし、彼女《かのじょ》あってのサロンだから、メンバーみんなは漠然《ばくぜん》と、いつみ先輩《せんぱい》が卒業《そつぎょう》したら閉鎖《へいさ》になるんだろうとは想像《そうぞう》してたものの、やっぱり寂《さび》しいよね。サロンは孤児院《こじいん》に寄付《きふ》して、移築《いちく》することになるらしい。

そしたら、普段《ふだん》はあんなに大人《おとな》しいあかねチャンが、いきなり立《た》ち上《あ》がって、サロン閉《へい》鎖《さ》について猛反発《もうはんぱつ》しはじめたの。ものすごい剣幕《けんまく》で、みんながポカンとするくらい。

「わたしたちから、このサロンを取《と》り上《あ》げるんですか！」

「孤児院《こじいん》には、他《ほか》のものを寄付《きふ》すればいいじゃないですか！」

「そんな横暴《おうぼう》は通《とお》りません！」

どうやら彼女《かのじょ》にとっては、このキッチンが心《こころ》のよりどころだったみたいなんだよね。火《か》事《じ》で実家《じっか》の料亭《りょうてい》を失《うしな》って、順調《じゅんちょう》に進《すす》んでいた洋食屋《ようしょくや》の計画《けいかく》も立《た》ち消《ぎ》えになってしまった彼女《かのじょ》にとって、自由《じゆう》にお菓子《かし》や料理《りょうり》を作《つく》れるこのキッチンが、大《おお》げさじゃなくて、生《い》きがいだったみたい。

でも、いつみ先輩《せんぱい》の意志《いし》も固《かた》くてね。

「隣人《りんじん》を愛《あい》せよ、とイエス様《さま》がおっしゃっているじゃないの」

ってたしなめられて、結局《けっきょく》あかねチャンの意見《いけん》は聞《き》き入《い》れられることなく、サロンの閉鎖《へいさ》と移築《いちく》は決定《けってい》しちゃったんだ。

で、ちょうどその頃《ころ》なんだ。お茶会《ちゃかい》の後《あと》、いつみ先輩《せんぱい》が「気分《きぶん》が悪《わる》い」って言《い》い出《だ》すようになったのは。

いつみ先輩《せんぱい》って、普段《ふだん》サロンでは快活《かいかつ》で、音楽《おんがく》にあわせて歌《うた》ったり、ステップを踏《ふ》んだりすることもあるんだけど、だるそうにサロンのソファで寝《ね》そべるようになっちゃった。文字《もじ》を読《よ》むと頭《あたま》が痛《いた》くなるって言《い》って本《ほん》も読《よ》まないし、読書会《どくしょかい》でも発言《はつげん》しないし。あかねチャンがかいがいしく、食欲《しょくよく》の湧《わ》きそうなリゾットやサンドイッチを作《つく》っては食《た》べさせるんだけど——でも、いつみ先輩《せんぱい》は元気《げんき》になるどころか、どんどんやつれていく一方《いっぽう》だった。

なんかあたし、たまらなくなってね。大好《だいす》きないつみ先輩《せんぱい》が元気《げんき》ないってだけで、キャンパスも薄暗《うすぐら》く感《かん》じるし、楽《たの》しくないし、どうにかして復活《ふっかつ》させてあげたいって思《おも》って。あたし、書《か》くこと以外《いがい》なにもできないから、とにかくいつみ先輩《せんぱい》を明《あか》るい気分《きぶん》にしたくて、励《はげ》ましの詩《し》を書《か》いて読《よ》んであげたりした。でも、そんなことしたって役《やく》に立《た》つはずないよね。歯《は》がゆい思《おも》いをしながら、日《ひ》に日《ひ》に蒼《あお》ざめていくいつみ先輩《せんぱい》を見《み》てるしかなかったんだ。

それであたし、いろいろ考《かんが》えて、いつみ先輩《せんぱい》がモーツァルトを好《す》きだってことを思《おも》い出《だ》した。ピーター・シェファーの戯曲《ぎきょく》『アマデウス』も読書会《どくしょかい》で取《と》り上《あ》げてたし、映画化《えいがか》されたものも「特別鑑賞会《とくべつかんしょうかい》」と称《しょう》してサロンで観《み》た。モーツァルト関連《かんれん》なら喜《よろこ》んでくれるかもと考《かんが》えて、家《いえ》からカラヤンのＣＤ《シーディー》持《も》ってきたんだけど「悪《わる》いけど、聴《き》くのも疲《つか》れるの」って却下《きゃっか》されちゃった。

それで、またよーく考《かんが》えて、『アマデウス』ゆかりのお菓子《かし》を作《つく》ったらどうだろうって閃《ひらめ》いたの。「ヴィーナスの乳首《ちくび》」っていうんだけど、モーツァルトの奥《おく》さん、コンスタンツェが食《た》べる場面《ばめん》があるんだよね。乳房《ちぶさ》に見立《みた》てたブランデー漬《づ》けの栗《くり》をホワイトチョコでコーティングしたもののてっぺんに、チョコチップをちょこんとのせてあるだけなんだけど、とても可愛《かわい》いから、一時《いっとき》フランスでも流行《はや》ってたんだ。

いつみ先輩《せんぱい》、しんどそうだけど食欲《しょくよく》はあるみたいだし、きっとお菓子《かし》なら食《た》べてくれる。我《われ》ながら良《い》いアイディアだってウキウキした。とは言《い》っても、あたしはそんなにお菓子作《かしづく》りが得意《とくい》じゃないから当然《とうぜん》、あかねチャンにお願《ねが》いしたんだけど。

サロンのキッチンに栗《くり》のストックはなかったんだけど、あかねチャンは「トリュフチョコで作《つく》る方法《ほうほう》もあったはず。そっちで試《ため》してみるわ。任《まか》せて！」と頼《たの》もしくて、レシピも開《ひら》かずに手際《てぎわ》よく作《つく》り始《はじ》めた。感心《かんしん》しながら側《そば》で見《み》てたんだけど、あたしってぶきっちょで何《なに》も手伝《てつだ》えないし、もうパティシエに全《すべ》てを託《たく》して、リビングで待《ま》ってることにした。

リビングでは、いつみ先輩《せんぱい》が園子先輩《そのこせんぱい》に血圧《けつあつ》を測《はか》られてるところだった。いつみ先輩《せんぱい》の白《しろ》い腕《うで》をぼんやり眺《なが》めてたら、あたし、またすごいアイディアを思《おも》いついちゃったんだ。フランスの古典的《こてんてき》なお菓子《かし》で、「ヴィーナスの腕《うで》」っていうドライフルーツを使《つか》ったロールケーキがあるの。「ヴィーナスの乳首《ちくび》」チョコと一緒《いっしょ》に「ヴィーナスの腕《うで》」ケーキを出《だ》したら、とってもお洒落《しゃれ》だし、きっともっと喜《よろこ》んでもらえる。それに、まさしく我《われ》らが女神《めがみ》、いつみ先輩《せんぱい》に相応《ふさわ》しいもんね。

あたしって天才《てんさい》かも、と自画自賛《じがじさん》しつつ、急《いそ》いでネットでレシピを探《さが》してプリントアウトして、キッチンに飛《と》び込《こ》んだ。

「あかねチャン、ドライフルーツのストックあったっけ」

突然《とつぜん》キッチンの扉《とびら》を開《あ》けたからかな、あかねチャン、びくっと体《からだ》を震《ふる》わせた。で……サッと後《うし》ろに何《なに》かを隠《かく》したんだよね。

「驚《おどろ》かせないでよ、志夜《しよ》ちゃん」

振《ふ》り向《む》いたあかねチャンは、笑顔《えがお》だったけど、ほっぺが引《ひ》きつってた。

「今《いま》の、なに？」

「え？」

「何《なに》か隠《かく》さなかった？」

「やだ、何《なん》のこと？」

「別《べつ》に……あたしの勘違《かんちが》いならいいんだけど」

「そうよ、勘違《かんちが》い。もう少《すこ》しで完成《かんせい》するから、邪魔《じゃま》しないでくれる？」

カウンターには、すでにガナッシュチョコレートが丸《まる》く成型《せいけい》されて、並《なら》べられていた。

「わかった、じゃあ待《ま》ってる」

あたしが出《で》て行《い》くまで、あかねチャンは決《けっ》して両手《りょうて》を背後《はいご》から出《だ》さなかった。なんか変《へん》なの。あかねチャンらしくない。結局《けっきょく》、「ヴィーナスの腕《うで》」のレシピは渡《わた》しそびれて、この日《ひ》は「ヴィーナスの乳首《ちくび》」だけ食《た》べることになった。まあるいホワイトチョコの上《うえ》に、つんと絞《しぼ》られたピンクのチョコは、本当《ほんとう》に可愛《かわい》らしい乳房《ちぶさ》のようで、みんなに大好評《だいこうひょう》だった。もちろん期待通《きたいどお》り、いつみ先輩《せんぱい》も喜《よろこ》んで食《た》べてくれた。

「なんか、いつみの乳首《ちくび》だけ大《おお》きいね」

園子先輩《そのこせんぱい》がニヤニヤしている。言《い》われてみるまで気《き》づかなかったけれど、確《たし》かにいつみ先輩《せんぱい》のお皿《さら》に盛《も》られたチョコレートだけ、若干《じゃっかん》ピンク色《いろ》の部分《ぶぶん》が大《おお》きい。なんだか、まるで、目印《めじるし》のような……。

このときあたし、初《はじ》めて気《き》づいた。これまではケーキとかタルトとか、みんなで一《ひと》つのものを取《と》り分《わ》けるデザートが多《おお》かったのに、最近《さいきん》はマカロンとかプリンとか、個別《こべつ》で食《た》べるものばっかり。つまり——いつみ先輩《せんぱい》だけを狙《ねら》って、何《なに》かを仕込《しこ》むことは難《むずか》しくないいんじゃないかなって。

そういえば、いつみ先輩《せんぱい》は、いつもサロンでデザートや軽食《けいしょく》を食《た》べた後《あと》に、気分《きぶん》が悪《わる》いって言《い》ってる。それに……今年《ことし》の新入生《しんにゅうせい》、二谷《にたに》さんが初《はじ》めてこのサロンに来《き》た日《ひ》、あかねチャンが焼《や》いたのはマドレーヌだった。そしたら次《つぎ》の日《ひ》、二谷《にたに》さんが「慣《な》れないものを食《た》べたからか、気分《きぶん》が悪《わる》くなって、昨日《きのう》吐《は》いてしまったんです」って恥《は》ずかしそうに教《おし》えてくれたの。確《たし》かあの日《ひ》、いつみ先輩《せんぱい》は、「もうお腹《なか》がいっぱい。召《め》し上《あ》がらない？」って、自分《じぶん》のマドレーヌを二谷《にたに》さんにあげたんじゃなかったっけ。あたし、ちょっとヤキモチ妬《や》いちゃったから、よく覚《おぼ》えてるんだ。

ということは、いったいどういうこと？　――ひょっとして、あかねチャンが、いつみ先輩《せんぱい》が口《くち》にするものに、何《なに》かを入《い》れてるっていうこと？


あたしはそれから、よく観察《かんさつ》することにした。そうしたら、やっぱりいつみ先輩《せんぱい》に出《だ》されるお菓子《かし》には、ちょっとした目印《めじるし》がついてて、あかねチャンが直々《じきじき》にお皿《さら》に盛《も》って手渡《てわた》してるんだよね。そしていつみ先輩《せんぱい》は、それを数口《すうくち》食《た》べてから、「気分《きぶん》が悪《わる》い」って言《い》い出《だ》すの。

いつみ先輩《せんぱい》は、暑《あつ》い暑《あつ》いと汗《あせ》を浮《う》かべていると思《おも》えば、寒《さむ》いと震《ふる》えだし、サロンのソフアに横《よこ》になる。紅茶《こうちゃ》を運《はこ》んであげるとがぶ飲《の》みし、ふらりとキッチンに現《あらわ》れては、まだデコレーションの終《お》わっていないケーキをどんどん平《たい》らげてしまう。

あたし、こういう行動《こうどう》をする人、心当《こころあ》たりがある。そう——薬物中毒《やくぶつちゅうどく》の人《ひと》って、こうなっちゃうんだよね。「ダメ！　ぜったい！　STOP《ストップ》・ザ・薬物《やくぶつ》」のキャンペーンの一環《いっかん》で、女子高生《じょしこうせい》であるあたしの視点《してん》から、エッセイを書《か》いてほしいって依頼《いらい》もらったとき、いろいろ調《しら》べたし、薬物更生《やくぶつこうせい》施設《しせつ》にも取材《しゅざい》に行《い》ったから、知《し》ってるんだ。

瞳孔《どうこう》パーンってひらいて、体温調節《たいおんちょうせつ》できなくなって、やたらと喉《のど》が渇《かわ》いて、ドカ食《ぐ》いする——って、いつみ先輩《せんぱい》の様子《ようす》、そのまんまじゃん！

まずいなあって焦《あせ》った。これが続《つづ》いたら、いつみ先輩《せんぱい》は体《からだ》を壊《こわ》すどころか、死《し》んじゃうよ。かといって、正面《しょうめん》から止《や》めさせたら、あかねチャンの立場《たちば》がないしね。でも見過《みす》ごせないからさ。だから『Y《ワイ》の悲劇《ひげき》』が課題図書《かだいとしょ》だった読書会《どくしょかい》で、こう言《い》ってみたんだ。

「毒物《どくぶつ》とか薬物《やくぶつ》って、人《ひと》に盛《も》るのは時代遅《じだいおく》れだよね。昔《むかし》ならいざ知《し》らず、現代《げんだい》なら遺体《いたい》を解剖《かいぼう》したらわかっちゃうもんね」って。

その時《とき》のあかねチャンの表情《ひょうじょう》——今《いま》でも覚《おぼ》えてる。いつものほんわりとした瞳《ひとみ》が、一瞬《いっしゅん》にして石《いし》のように色《いろ》を失《うしな》ってさ。あたし、見《み》ない振《ふ》りしたよ。それが友達《ともだち》としての情《なさ》けだからね。

これで思《おも》いとどまってくれるって信《しん》じてた。あたしにしてみたら、助《たす》け船《ぶね》のつもりだったんだけど……逆《ぎゃく》に追《お》い詰《つ》めちゃったのかもしれないね。だから、薬物《やくぶつ》はやめて、もうテラスから突《つ》き落《お》として殺《ころ》すしかないって決心《けっしん》してしまったのかな。そうだとしたら、心《こころ》苦《ぐる》しいっていうか、胸《むね》が痛《いた》む。いつみ先輩《せんぱい》にも、あかねチャンにも、申《もう》し訳《わけ》なくてさ。なんだか、あたしが決定的《けっていてき》な一押《ひとお》しをしてしまった気《き》がして。

いつみ先輩《せんぱい》が死《し》んだら、当《あ》たり前《まえ》だけど、サロンの寄付《きふ》や移築計画《いちくけいかく》どころなんかじゃなくなるよね。先輩《せんぱい》が亡《な》くなってからの一週間《いっしゅうかん》、あかねチャン、毎日《まいにち》キッチンに立《た》ってる。「白石先輩《しらいしせんぱい》が好《す》きだったから」って言《い》いながら、キャラメル・シフォンケーキ焼《や》いたり葡萄《ぶどう》のムース作《つく》ったりしてるけど……なんとなく、肩《かた》が弾《はず》んでる気《き》がするんだよね。

それに……サロンとキッチンは、「こみなみ」が買《か》い取《と》りたいって申《もう》し出《で》たんだって。実現《じつげん》すれば、そのまま移築《いちく》して、洋食《ようしょく》レストランにするらしいよ。もちろん、あかねチャンもオーナーの一人《ひとり》で、そこで料理《りょうり》をしてお菓子《かし》を焼《や》くんだって。一流《いちりゅう》レストラン顔《かお》負《ま》けの、最新設備《さいしんせつび》のキッチン。あかねチャンが入会《にゅうかい》してから、いつみ先輩《せんぱい》はおねだりされるまま厨房機器《ちゅうぼうきき》や道具《どうぐ》を買《か》い足《た》して、あかねチャンが理想《りそう》とする完璧《かんぺき》なキッチンを作《つく》り上《あ》げてきた。あかねチャンのためだけに存在《そんざい》するキッチン——あかねチャンの、ワンダーランド。

なんかあたし、フクザツな気分《きぶん》になっちゃって。いつみ先輩《せんぱい》のことは、もちろん今《いま》でも大好《だいす》き。本当《ほんとう》のお姉《ねえ》さんみたいで、いなくなってしまったことは――しかもこんなに若《わか》く――喪失感《そうしつかん》が大《おお》きい。犯人《はんにん》があかねチャンじゃなかったら、憎《にく》んで恨《うら》んで呪《のろ》ってるだろうけど……だけどやっぱ、あかねチャンのことも好《す》きだもん。あかねチャンって良《い》い子《こ》だし、頑張《がんば》り屋《や》だし。洋食屋《ようしょくや》さんの夢《ゆめ》だって、成功《せいこう》してほしいって、願《ねが》ってしまうよ。

だから、もっと他《ほか》に、何《なに》かあたしにできたこと、なかったのかなって後悔《こうかい》してるんだ。こんなことが起《お》こってしまう前《まえ》に。今《いま》さら、情《なさ》けないけどね。

実家《じっか》の料亭《りょうてい》が焼《や》けちゃうって、ものすごい不幸《ふこう》なことだもんね。あの事件《じけん》で、あかねチャンの人生《じんせい》は大《おお》きく変《か》わってしまった。そんな体験《たいけん》をしてしまったあかねチャンにとっては、あたしたちの想像以上《そうぞういじょう》に、サロンのキッチンは大《おお》きな意味《いみ》を持《も》ってて、愛着《あいちゃく》があったんだろうね。そしてそれを奪《うば》われてしまうとなれば……うん、逆上《ぎゃくじょう》するのも理解《りかい》できるな。あかねチャンだって、可哀想《かわいそう》な被害者《ひがいしゃ》なんだよね。

あかねチャンのしてしまったことは、とっても悪《わる》いことかもしれない。だけどあたし、やっぱりあかねチャンのこと好《す》きだよ。お姉《ねえ》さん代《が》わりのいつみ先輩《せんぱい》を奪《うば》った子《こ》ではあるけれど、でもやっぱり憎《にく》んだりできない。

だってあたし、今《いま》でも忘《わす》れられないんだ。たまたま、渡《わた》り廊下《ろうか》から見《み》てしまった、あの光景《こうけい》を。

いつみ先輩《せんぱい》の背中《せなか》を押《お》したときの、あかねチャンの清々《すがすが》しい笑顔《えがお》。そしてテラスから落《お》ちていくいつみ先輩《せんぱい》を眺《なが》めながら、眩《まぶ》しそうに細《ほそ》めた眼《め》。あのとき、あかねチャンは夢《ゆめ》に近《ちか》づくことができたんだよね？　ワンダーランドを手《て》に入《い》れるためには、アリスはハートの女王《じょおう》を殺《ころ》さなければならなかったんだよね？

だからあたしは責《せ》めないよ。これがあかねチャンなりの解決《かいけつ》の仕方《しかた》だったんなら、誰《だれ》にも責《せ》める権利《けんり》はないと思《おも》うんだ。

いつみ先輩《せんぱい》の手《て》に、すずらんの花《はな》が握《にぎ》り締《し》められていたのを見《み》たとき、誰《だれ》もあかねチャンのアザのことを思《おも》い出《だ》しませんようにって、あたし祈《いの》ったんだよ。

いつかは、償《つぐな》わなければいけない日《ひ》が来《く》るかもしれない。けれどもせめてそれまでは、不幸《ふこう》にまみれた時間《じかん》を取《と》り戻《もど》すことが出来《でき》るといいね。いつみ先輩《せんぱい》を殺《あや》めてまで貫《つらぬ》きたかったことを、どうか成《な》し遂《と》げられますように。

あたし、本当《ほんとう》に本当《ほんとう》に、心《こころ》から祈《いの》っているからね。

(Fin.)

高岡《たかおか》さん、朗読《ろうどく》をありがとうございました。

やっぱり、現役作家《げんえきさっか》の作品《さくひん》ということで、みなさん一番楽《いちばんたの》しみにしてらしたのじゃないかしら。もちろんわたしもその一人《ひとり》。だからこそ、トリを務《つと》めていただいたの。

高岡《たかおか》さんの作風《さくふう》、わたしは大好《だいす》き。女子高生《じょしこうせい》の、今風《いまふう》の口調《くちょう》とか、リズムとか、とてもよく表《あらわ》れていると思《おも》うの。『君影草《きみかげそう》』も、中学生編《ちゅうがくせいへん》、高校生編《こうこうせいへん》、大学生編《だいがくせいへん》と全《ぜん》シリーズ読《よ》ませていただいてるし、もちろん新作《しんさく》も楽《たの》しみにしてるのよ。

ヴィーナスの誕生《たんじょう》にまつわる神話《しんわ》、ちっとも知《し》らなかった。天《てん》の神《かみ》の去勢《きょせい》によって生《う》まれた美《び》……本当《ほんとう》ね、いつみにも当《あ》てはまる気《き》がする。いつみの人間離《にんげんばな》れした美《び》は、神話《しんわ》的《てき》と言《い》えるのかもしれないわね。とても面白《おもしろ》いご意見《いけん》だったわ。こういうことをご存知《ぞんじ》で、そして上手《じょうず》に創作《そうさく》に取《と》り入《い》れられるなんて、やっぱり高岡《たかおか》さんの手腕《しゅわん》は見事《みごと》ね。

ええ、「ヴィーナスの腕《うで》」のレシピをあなたがサロンで探《さが》していらっしゃったこと、覚《おぼ》えているわ。それを持《も》って、キッチンへ駆《か》け込《こ》んで行《い》ったことも。わたし、どんな味《あじ》がするのか、とっても興味《きょうみ》があったから、楽《たの》しみにしてたの。けれども結局《けっきょく》、そのロールケーキが作《つく》られることはなかったから、とても残念《ざんねん》に思《おも》ってたのよ。そうだったの、そんなことがあったとはね……。

そして――また新《あら》たな犯人説《はんにんせつ》が出《で》ましたね。だけど聞《き》いていると、どの朗読小説《ろうどくしょうせつ》も真《しん》実《じつ》だと思《おも》えてくる。とても不思議《ふしぎ》だわ。いったい、どう結論付《けつろんづ》ければいいのかしら……。

とにかく、高岡《たかおか》さん朗読《ろうどく》ありがとう。ではお席《せき》にお戻《もど》りになって。プロによる作品《さくひん》に、みなさん拍手《はくしゅ》を。


さて……以上《いじょう》でみなさんの朗読《ろうどく》は終《お》わりですね。お疲《つか》れさまでした。

この一週間《いっしゅうかん》、いつみの死《し》について色々《いろいろ》と考《かんが》えて、そしてそれぞれ、ご自分《じぶん》なりの結論《けつろん》を出《だ》してくださっていたのね。期末《きまつ》テストもあったのに、さぞかし大変《たいへん》な思《おも》いをなさったでしょう。いつみもきっと、喜《よろこ》んでいると思《おも》うわ。

では次《つぎ》はいよいよ大《おお》トリ。わたくしが朗読《ろうどく》させていただく番《ばん》となりました。

その前《まえ》に……みなさんに、先《さき》に謝《あやま》っておかなければいけないことがあるの。今《いま》からわたしが読《よ》む小説《しょうせつ》。これは実《じつ》は、わたしが書《か》いたものではありません。

白石《しらいし》いつみ本人《ほんにん》が書《か》いたものなのです。

ああ、そんなに驚《おどろ》かないで。この小説《しょうせつ》は、今朝《けさ》、わたしの元《もと》に届《とど》けられたの。ええ、確《たし》かにいつみの筆跡《ひっせき》に間違《まちが》いないわ。一体《いったい》いつみがいつ書《か》いたものなのか……あなたたちが混乱《こんらん》するのもわかる。とにかく今《いま》から読《よ》ませていただくわね――。

7 朗読《ろうどく》小説《しょうせつ》「死者《ししゃ》の呟《つぶや》き」

前会長《ぜんかいちょう》・白石《しらいし》いつみ
代理朗読《だいりろうどく》・澄川小百合《すみかわさゆり》

自分《じぶん》が主役《しゅやく》でない人生《じんせい》なんて、意味《いみ》があるだろうか。

いくら上質《じょうしつ》なストーリーであっても、伏線《ふくせん》が濃密《のうみつ》にはりめぐらされていても、自分《じぶん》のためにそれらが用意《ようい》されたのでなければつまらない。

そして、せっかく主人公《しゅじんこう》になるなら、人生《じんせい》で一番輝《いちばんかがや》いている時《とき》がいい——。そう、例《たと》えば、高校時代《こうこうじだい》の三年間《さんねんかん》。若《わか》くてしなやかで、生命力《せいめいりょく》に満《み》ちあふれた季節《きせつ》。

自分《じぶん》が主人公《しゅじんこう》であるために必要《ひつよう》なのは、脇役《わきやく》。それも、気《き》の利《き》いた名脇役《めいわきやく》でなければ。

名脇役《めいわきやく》は、主人公《しゅじんこう》の魅力《みりょく》を引《ひ》き立《た》たせるもの。それでいて、決《けっ》して主人公《しゅじんこう》より目立《めだ》とうとしないものだ。

脇役《わきやく》の質《しつ》で、物語《ものがたり》の良《よ》し悪《あ》しは決《き》まる。どんな脇役《わきやく》を持《も》っているかで、主人公《しゅじんこう》の格《かく》が決《き》まる。脇役《わきやく》のレベルが高《たか》ければ高《たか》いほど、主人公《しゅじんこう》は華《はな》やかに活躍《かつやく》できるというものだ。

だけどやっかいなのは、脇役《わきやく》だって主役《しゅやく》の座《ざ》を狙《ねら》っているということ。油断《ゆだん》をすれば乗《の》っ取《と》られてしまう。

主人公《しゅじんこう》になるには、そしてその座《ざ》を維持《いじ》するには、努力《どりょく》と工夫《くふう》が必要《ひつよう》。つねに、脇役《わきやく》たちより優位《ゆうい》に立《た》たなければならない。そのためにはどうすればいいのか。

——それは、秘密《ひみつ》を握《にぎ》ること。

他人《たにん》の不幸《ふこう》が蜜《みつ》の味《あじ》というのなら、秘密《ひみつ》は極上《ごくじょう》のスパイス。それは知《し》りえた者《もの》の人生《じんせい》を香《かお》り豊《ゆた》かに、そして刺激的《しげきてき》に味付《あじつ》けしてくれる。

その人物《じんぶつ》が美《うつく》しければ美《うつく》しいほど、秀《ひい》でていれば秀《ひい》でているほど、その秘密《ひみつ》は醜悪《しゅうあく》なもの。それを嗅《か》ぎつけることの愉快《ゆかい》さといったら！

秘密《ひみつ》を握《にぎ》り、居場所《いばしょ》を奪《うば》い、追《お》い詰《つ》めていく。秘密《ひみつ》を握《にぎ》るということは、その人《ひと》の魂《たましい》を握《にぎ》るということ。これ以上《いじょう》の快楽《かいらく》なんて、この世《よ》にありはしない。

だから、他人《たにん》の秘密《ひみつ》を握《にぎ》ったときに、自分《じぶん》の物語《ものがたり》が生《う》まれる。

そう。例《たと》えば。

舞台《ぶたい》は聖母《せいぼ》女子《じょし》高等学院《こうとうがくいん》。設定《せってい》は文学《ぶんがく》サークル。

そして主人公《しゅじんこう》は、わたし。

1

山間《やまあい》から差《さ》し込《こ》む朝《あさ》の光《ひかり》がおごそかに窓《まど》の外《そと》を照《て》らし、うっすらとしたラベンダー色《いろ》の空《そら》が透《す》きとおったオレンジ色《いろ》に変《か》わる。わたしはベッドの中《なか》でまどろみながら、その移《うつ》り変《か》わりを眺《なが》めている。

「いつみ。起《お》きたの？」

彼《かれ》が耳元《みみもと》で囁《ささや》く。彼《かれ》の腕《うで》は昨夕《ゆうべ》から、わたしを後《うし》ろから包《つつ》むように抱《だ》きしめたままだ。

「ええ。だけどもう少《すこ》し、こうしていたいわ」

そう言《い》うと、彼《かれ》はわたしの肩《かた》にくちづけし、髪《かみ》に顔《かお》をうずめる。この甘《あま》いひととき。東《とう》欧《おう》の、息《いき》を呑《の》むほど美《うつく》しい朝《あさ》。わたしたちは、一瞬《いっしゅん》一瞬《いっしゅん》を惜《お》しむように、互《たが》いの肌《はだ》の温《ぬく》もりを感《かん》じ合《あ》う。この、まるで繭《まゆ》のなかに守《まも》られているような、甘《あま》やかな時間《じかん》が続《つづ》かないことを知《し》っているからだ。

日本《にほん》に帰《かえ》ってしまえば、わたしたちはまた引《ひ》き離《はな》される。

ミッション系女子高《けいじょしこう》の、教師《きょうし》と生徒《せいと》という、許《ゆる》されない関係《かんけい》。もう全《すべ》てを知《し》っているのに、みんなの前《まえ》では「先生《せんせい》」と呼《よ》び、距離《きょり》を保《たも》たなければいけない。それがどれだけもどかしいか。恋《こい》する者《もの》を目《め》の前《まえ》に置《お》きながら、触《ふ》れられもせず、愛《あい》の言葉《ことば》もかけられないことが、どれだけ切《せつ》ないことか。その切《せつ》なさを知《し》ってしまったわたしには、なんだかクラスメイトたちの誰《だれ》もが幼《おさな》く見《み》えてしまう。

「慎二《しんじ》さん」わたしは呼《よ》ぶ。いとおしい、その名前《なまえ》を。

「なに。コーヒーでも飲《の》みたい?」

「ええ」

彼《かれ》はそうっとわたしの体《からだ》から両腕《りょううで》を外《はず》し、ベッドから這《は》い出《で》る。彼《かれ》がコーヒー豆《まめ》をひいて、お湯《ゆ》をセットする間《あいだ》、またわたしはまどろみながら、ふたたび美《うつく》しい窓外《そうがい》の景色《けしき》を眺《なが》める。

永遠《えいえん》にこうしていられれば、どんなに幸《しあわ》せだろう。そう思《おも》いながら——。

春休《はるやす》みの短期留学《たんきりゅうがく》を終《お》えて日本《にほん》に戻《もど》ると、すぐ新年度《しんねんど》が始《はじ》まる。

また退屈《たいくつ》な日常《にちじょう》。「先生《せんせい》」と「生徒《せいと》」に戻《もど》らなくてはならない生活《せいかつ》だ。

わたしは三年生《さんねんせい》になった。ついに高校生活最後《こうこうせいかつさいご》の一年《いちねん》となる。

わたしは教室《きょうしつ》から、ぼんやり窓《まど》の外《そと》を眺《なが》める。東欧《とうおう》の美《うつく》しい景色《けしき》とは違《ちが》う、学院《がくいん》のキ

ヤンパスだ。しかも今日《きょう》は、彼《かれ》の担当《たんとう》する授業《じゅぎょう》はない。運良《うんよ》く廊下《ろうか》ですれ違《ちが》わない限《かぎ》りは、特《とく》に彼《かれ》と会《あ》えることはない。たまに職員室《しょくいんしつ》に用事《ようじ》を作《つく》って行《い》ったりはするが、なんだか互《たが》いに意識《いしき》してしまい、二人《ふたり》の間《あいだ》に流《なが》れる温度《おんど》が周《まわ》りにも伝《つた》わってしまう気《き》がして、よほどのことがない限《かぎ》り職員室《しょくいんしつ》を訪《たず》ねるのはやめた。

　でも、放課後《ほうかご》には会《あ》える。そう思《おも》うと、いつも心《こころ》は躍《おど》るのだ。放課後《ほうかご》に、文学《ぶんがく》サロンで。そもそもわたしは、彼《かれ》との時間《じかん》を過《す》ごすために、文学《ぶんがく》サークルを復活《ふっかつ》させたのだから。

「いつみ。ブルガリアはどうだった？」

　ぼんやり甘《あま》い思《おも》い出《で》をなぞっていると、声《こえ》をかけられた。小百合《さゆり》だった。幼馴染《おさななじみ》であり親友《しんゆう》である澄川小百合《すみかわさゆり》には、文学《ぶんがく》サークルの副会長《ふくかいちょう》を任《まか》せている。

　創立六十年《そうりつろくじゅうねん》を超《こ》える聖母女子高等学院《せいぼじょしこうとうがくいん》には、古《ふる》くから文学《ぶんがく》サークルが存在《そんざい》していたそうだが、わたしが高等部《こうとうぶ》に入《はい》る数年前《すうねんまえ》に、廃《すた》れて休眠状態《きゅうみんじょうたい》となっていた。そもそも、一《いち》学年百二十名《がくねんひゃくにじゅうめい》ほどの小規模《しょうきぼ》な女子高《じょしこう》では、英会話《えいかいわ》、演劇《えんげき》、音楽《おんがく》、ダンスなど、今《いま》どきの派手《はで》なサークルに人気《にんき》が集中《しゅうちゅう》してしまい、ただ黙々《もくもく》と読《よ》むか書《か》くという、ひとりでもできる地味《じみ》な活動《かつどう》が、現代《げんだい》の女生徒《じょせいと》には魅力的《みりょくてき》に映《うつ》らなかったようだ。ひとり、またひとりと退部《たいぶ》していき、とうとう誰《だれ》もいなくなってしまったらしい、と顧問《こもん》だった北条先生《ほうじょうせんせい》は苦笑《にがわら》いしていた。

北条《ほうじょう》先生《せんせい》はかつて小説家《しょうせつか》を目指《めざ》していたこともある文学青年《ぶんがくせいねん》だった。わたしは高等部《こうとうぶ》に入学《にゅうがく》して最初《さいしょ》の国語《こくご》の授業《じゅぎょう》で、この二十代半《にじゅうだいなか》ばの教師《きょうし》に出会《であ》ったとき、ひと目《め》で恋《こい》に落《お》ちた。柔《やわ》らかな髪《かみ》。アンニュイな瞳《ひとみ》。まるで現実《げんじつ》の醜《みにく》さを確認《かくにん》するためだけに小説《しょうせつ》を読《よ》むようなシニカルさ。けれども笑顔《えがお》は人懐《ひとなつ》っこく朗《ほが》らかで、すぐに相手《あいて》を引《ひ》き込《こ》んでしまう。わたしはどんどん彼《かれ》に惹《ひ》かれていった。

先生《せんせい》のことは、全《すべ》て調《しら》べた。寒《さむ》い地方《ちほう》の出身《しゅっしん》であること。姉《あね》がひとり、弟《おとうと》がひとりいること。カフカに感銘《かんめい》を受《う》けたこと。シューベルトを好《この》んで聴《き》くこと。そして、今《いま》は活動《かつどう》していない文学《ぶんがく》サークルの名目上《めいもくじょう》の顧問《こもん》をしていること。

わたしは先生《せんせい》に近《ちか》づくために、文学《ぶんがく》サークルを復活《ふっかつ》させることにした。学院《がくいん》にサークルとして認可《にんか》してもらうには、メンバーが最低二人《さいていふたり》いることが条件《じょうけん》だったので、小百合《さゆり》にも入会届《にゅうかいとど》けを出《だ》してもらった。

今《いま》でこそメンバーは増《ふ》えたものの、最初《さいしょ》はこの二人《ふたり》だけ。復活《ふっかつ》したばかりの頃《ころ》、先生《せんせい》はわたしと小百合《さゆり》だけのために、熱《ねつ》っぽく文学《ぶんがく》を語《かた》り、またエッセイや詩《し》、短編小説《たんぺんしょうせつ》を課《か》題《だい》としてわたしたちに書《か》かせた。

わたしは熱烈《ねつれつ》な愛《あい》の詩《し》を書《か》いて先生《せんせい》の前《まえ》で朗読《ろうどく》して聞《き》かせ、また読書会《どくしょかい》にはデュラスの『ラマン』などの官能的《かんのうてき》な小説《しょうせつ》をテーマに選《えら》んだ。彼《かれ》はだんだんわたしの恋心《こいごころ》に気《き》づき、そしてついに、わたしは生徒《せいと》としてでなく、ひとりの女性《じょせい》として、先生《せんせい》と結《むす》ばれたのだ。

「とっても楽《たの》しかった。最高《さいこう》だった」

「先生《せんせい》とは、ゆっくり過《す》ごせたの？」

小百合《さゆり》はもちろん、全《すべ》ての事情《じじょう》を知《し》っている。

「ええ。ときどきホストファミリーの家《いえ》から抜《ぬ》け出《だ》して、彼《かれ》のホテルで過《す》ごせたわ」

「それはよかったわね」

短期留学《たんきりゅうがく》は、基本的《きほんてき》には好《す》きな国《くに》を自分《じぶん》で選《えら》ぶことができる。どこの国《くに》でも希望《きぼう》を出《だ》せば、学校側《がっこうがわ》がホームステイの手配《てはい》をしてくれるのだ。アメリカ、イギリス、オーストラリア、フランス、ドイツ、韓国《かんこく》、中国《ちゅうごく》などが人気《にんき》だが、わたしはあえて、誰《だれ》も希望《きぼう》を出《だ》していないブルガリアを選択《せんたく》した。そこに引率《いんそつ》として北条先生《ほうじょうせんせい》が同行《どうこう》してくれれば、二人《ふたり》きりになれるからだ。希望届《きぼうとど》けには選択理由《せんたくりゆう》を小論文《しょうろんぶん》にして提出《ていしゅつ》しなければならないが、ブルガリアのことなんてなにも知《し》らない。思案《しあん》していると、小百合《さゆり》がアイディアを出《だ》してくれた。

「ブルガリアなら、イヴァン・ヴァーゾフという文学史上重要《ぶんがくしじょうじゅうよう》な作家《さっか》がいるわ。彼《かれ》に興味《きょうみ》があって、どのような環境《かんきょう》で作品《さくひん》が生《う》み出《だ》されたか知《し》りたいと書《か》いたらどうかしら」

作家《さっか》と作品《さくひん》の下調《したしら》べから小論文《しょうろんぶん》の添削《てんさく》まで、小百合《さゆり》が手《て》を貸《か》してくれた。そのお陰《かげ》でわたしはブルガリアへの短期留学《たんきりゅうがく》を認可《にんか》してもらい、国語《こくご》の担当教師《たんとうきょうし》である北条先生《ほうじょうせんせい》の同行《どうこう》が決《き》まったのだった。そうやってわたしはその年《とし》の春《はる》から、誰《だれ》の目《め》も気《き》にせず、北《ほう》条《じょう》先生《せんせい》とのバケーションを楽《たの》しんできた。もっとも、今年《ことし》は思《おも》いがけず高岡志夜《たかおかしょ》が参加《さんか》してきたので、ずっと二人《ふたり》きりというわけにはいかなかったが。

小百合《さゆり》は昔《むかし》から、岐路《きろ》に立《た》ったとき、的確《てきかく》なアドバイスをくれる。同《おな》い年《どし》であるのに大人《おとな》びた考《かんが》えを持《も》ち、周《まわ》りに流《なが》されず、しっかりとした深《ふか》い思慮《しりょ》を持《も》っている。まるでわたしとは正反対《せいはんたい》であり、だからこその良《よ》きアドバイザーだった。先生《せんせい》を好《す》きになってしまったとき、文学《ぶんがく》サークルを復活《ふっかつ》させるよう後押《あとお》ししてくれたのも小百合《さゆり》だし、先生《せんせい》と校外《こうがい》で会《あ》うときにアリバイを作《つく》ってくれるのも小百合《さゆり》だ。小百合《さゆり》がいなければ、この恋愛《れんあい》は成《せい》立《りつ》しえない。

「今日《きょう》はサークルの会合《かいごう》、あるのだったかしら？」小百合《さゆり》が聞《き》いた。

『会合《かいごう》』というのは先生《せんせい》との密会《みっかい》のことで、毎週《まいしゅう》水曜《すいよう》日《び》、職員会議《しょくいんかいぎ》がない日《ひ》に決《き》められている。

「そうなの。会合《かいごう》なのよ。またよろしくね、小百合《さゆり》」

水曜《すいよう》日《び》の会合《かいごう》は、学校《がっこう》への活動《かつどう》レポート上《じょう》では蔵書整理《ぞうしょせいり》として報告《ほうこく》されている。毎週《まいしゅう》の活動内容《かつどうないよう》をそれらしく書《か》いて提出《ていしゅつ》するのも、小百合《さゆり》の役目《やくめ》だ。もちろんわたしと先生《せんせい》の会合《かいごう》が密《ひそ》やかに行《おこな》われていることを、他《ほか》のメンバーは知《し》らない。メンバーたちも、水曜《すいよう》日《び》だけは蔵書整理《ぞうしょせいり》でサロンが閉鎖《へいさ》になることを納得《なっとく》している。

だからわたしにとって、水曜日《すいようび》は待《ま》ち遠《どお》しい日《ひ》。週《しゅう》に三度《さんど》の授業《じゅぎょう》では視線《しせん》をかわすことしかできず、水曜日《すいようび》の放課後数時間《ほうかごすうじかん》だけが、彼《かれ》と過《す》ごせる時間《じかん》なのだから。

先生《せんせい》と二人《ふたり》きりの時間《じかん》を過《す》ごせる場所《ばしょ》。

それは思《おも》い切《き》りロマンチックで、清潔《せいけつ》で、豪華《ごうか》で、完璧《かんぺき》であるべきだと、わたしは考《かんが》えた。

だから二年前《にねんまえ》に文学《ぶんがく》サークルを復活《ふっかつ》させてすぐ、わたしは父《ちち》に頼《たの》んで、サロンを作《つく》ってもらった。お気《き》に入《い》りのアンティーク家具《かぐ》。好《す》きな色《いろ》のカーテンにカーペット。秘密《ひみつ》を守《まも》る防音《ぼうおん》の窓《まど》と壁《かべ》。本格的《ほんかくてき》なティータイムを楽《たの》しめるように、充実《じゅうじつ》させたキッチン。そして、先生《せんせい》の趣味《しゅみ》を反映《はんえい》して珍《めずら》しい本《ほん》もとりそろえられた幅広《はばひろ》い蔵書《ぞうしょ》。

わたしたちは、サロンで飽《あ》きるまで話《はな》し合《あ》う。慈《いつく》しみ合《あ》う。そして、貪《むさぼ》るように愛《あい》し合《あ》うことができる。

わたしにとって文学《ぶんがく》サークルはカムフラージュだったし、メンバーは小百合《さゆり》以外《いがい》に増《ふ》やすつもりはなかった。サロンは、誰《だれ》にも邪魔《じゃま》されず、先生《せんせい》とわたしがお互《たが》いへの愛情《あいじょう》を育《そだ》てるための空間《くうかん》でありさえすれば良《よ》かったから。

だけど足《た》りない。

なにか物足《ものた》りないのだ。

このわたしの、新《あたら》しい城《しろ》。全《すべ》てを兼《か》ね備《そな》えたわたしだけの空間《くうかん》。なのにいったい、何《なに》が足《た》りないのだろう。

あの頃《ころ》のわたしはいつも、先生《せんせい》との密会《みっかい》を終《お》え、サロンの扉《とびら》を閉《し》めるたび、そのことばかりを考《かんが》えていた。


先生《せんせい》との愛《あい》を育《はぐく》みながら季節《きせつ》が巡《めぐ》り、わたしは二年生《にねんせい》になった。眩《まぶ》しい春《はる》の季節《きせつ》。わたしはテラスの柵《さく》にもたれて、中庭《なかにわ》を眺《なが》めていた。ここはキャンパスの中《なか》で、サロンの次《つぎ》に好《す》きな場所《ばしょ》だ。ここからは、色《いろ》んな子《こ》がよく見《み》える。芝生《しばふ》の上《うえ》で本《ほん》を読《よ》む子《こ》や、お弁当《べんとう》を食《た》べる子《こ》、寝転《ねころ》がっておしゃべりを楽《たの》しむ子《こ》、バドミントンをする子《こ》。可愛《かわい》らしい笑《わら》い声《ごえ》。瑞々《みずみず》しく、はちきれるような肉体《にくたい》。きらきらと反射《はんしゃ》するような若《わか》さ。

わたしたちは美《うつく》しい。

女子高生《じょしこうせい》であるというだけで、何《なに》もかもが美《うつく》しい。

髪《かみ》のひとすじから、滑《なめ》らかな肌《はだ》から、瞳《ひとみ》の輝《かがや》きから、柔《やわ》らかな唇《くちびる》から、華奢《きゃしゃ》な肩《かた》から、あと少《すこ》しで成熟《せいじゅく》しそうでしきれない悩《なや》ましさを滴《したた》らせた肢体《したい》から、そよ風《かぜ》のような甘《あま》い声《こえ》まで、その全《すべ》てが美《うつく》しいのだ。

そしてその中《なか》でも、わたしは自分《じぶん》が飛《と》びぬけて美《うつく》しいことを充分《じゅうぶん》知《し》っている。そして、この学院《がくいん》の経営者《けいえいしゃ》である父《ちち》のおかげで、生徒《せいと》からも教師《きょうし》からも一目《いちもく》置《お》かれていることも。女子高生《じょしこうせい》であるという特権《とっけん》は、ほんの三年間《さんねんかん》という短《みじか》い間《あいだ》。それはキャンパスに守《まも》られ、制服《せいふく》に守《まも》られた魔法《まほう》の時間《じかん》。そして卒業《そつぎょう》すれば、もう特別《とくべつ》な存在《そんざい》でいられなくなる。この女子高《じょしこう》というサンクチュアリから出《で》れば、たちまち魔法《まほう》は解《と》けてしまうのだ。

じっさい、高等部《こうとうぶ》にあがって最初《さいしょ》の一年《いちねん》は、瞬《またた》く間《ま》に過《す》ぎてしまった。残《のこ》されているのは、あとたったの二年《にねん》。わたしの心《こころ》の奥底《おくそこ》に、小《ちい》さなあぶくのように、ふつりと焦《あせ》りが湧《わ》いた。

せめて、この学院《がくいん》にいられる間《あいだ》は主人公《しゅじんこう》でいたい。

わたしだけでなければ。

この学院《がくいん》で最高《さいこう》に輝《かがや》くのは、わたしだけでなければ。

そのとき、唐突《とうとつ》に悟《さと》った。

サロンに足《た》りないもの。それはわたしの物語《ものがたり》を引《ひ》き立《た》てる脇役《わきやく》なのだと。

脇役《わきやく》。それは慎重《しんちょう》に選《えら》ばなければならない。

主人公《しゅじんこう》になりえるほどの美《び》と才《さい》を持《も》った人物《じんぶつ》を、脇役《わきやく》として押《お》さえつけることが、主人《しゅじん》公《こう》でいることとの醍醐味《だいごみ》。だから誰《だれ》でもわたしの脇役《わきやく》を担《にな》えるわけではない。

わたしの脇役《わきやく》にふさわしいのは誰《だれ》だろう。

強《つよ》くて、聡明《そうめい》で、美《うつく》しい女子《じょし》——わたしの脳裏《のうり》に、ふとひとりの後輩《こうはい》が浮《う》かんだ。

高岡志夜《たかおかしよ》。中等部在学中《ちゅうとうぶざいがくちゅう》にライトノベルの文学新人賞《ぶんがくしんじんしょう》を獲《と》って以来《いらい》、学校内《がっこうない》はもちろん、世間《せけん》からもおおいに注目《ちゅうもく》を集《あつ》めている。才能《さいのう》に加《くわ》えて、きめ細《こま》やかな肌《はだ》と涼《すず》しげな美貌《びぼう》の持《も》ち主《ぬし》。キャンパス内《ない》にマスコミが入《はい》ることは、シスターでもある校長先生《こうちょうせんせい》がきっぱりと断《ことわ》っていたが、一歩校門《いっぽこうもん》を出《で》ると、常《つね》にカメラとマイクを抱《かか》えた取材陣《しゅざいじん》が待《ま》ち構《かま》えているほどである。

わたしは、高岡志夜《たかおかしよ》に近《ちか》づくことにした。

人《ひと》を思《おも》い通《どお》りに動《うご》かそうとするときには、その人物《じんぶつ》の秘密《ひみつ》を握《にぎ》る——。

これは小《ちい》さな頃《ころ》から目《ま》の当《あ》たりにしてきた、父《ちち》の手法《しゅほう》だった。父《ちち》はこの手法《しゅほう》を、ビジネスでも、人間関係《にんげんかんけい》でも用《もち》いていた。相手《あいて》の秘密《ひみつ》を握《にぎ》り、そして決《けっ》して逃《に》げ道《みち》を残《のこ》さない。

その鉄則《てっそく》によって、父《ちち》はここまで事業《じぎょう》を広《ひろ》げてきたのだ。

高岡《たかおか》の秘密《ひみつ》を知《し》りたい。

その願《ねが》いが叶《かな》ったのは、ほんのささいな偶然《ぐうぜん》だった。

わたしは高岡《たかおか》の身辺《しんぺん》をさぐっていたが、学校《がっこう》でも家庭《かてい》でも、特《とく》に問題《もんだい》となるようなものはなかった。その間《かん》にも、高岡《たかおか》は次《つぎ》の「君影草《きみかげそう》」シリーズを発表《はっぴょう》し、ますます話題《わだい》になっていた。

高岡《たかおか》には秘密《ひみつ》なんてないのかもしれない――そう諦《あきら》めかけた頃《ころ》だ。

わたしはたまたま、『君影草《きみかげそう》』のことを、フランスにある姉妹校《しまいこう》のメールフレンドに書《か》いて送《おく》った。我《わ》が学院《がくいん》では、世界中《せかいじゅう》に散《ち》らばる姉妹校《しまいこう》の生徒《せいと》たちと、E《イー》メールで交流《こうりゅう》するという活動《かつどう》を行《おこな》っている。メールフレンドに、最近読《さいきんよ》んだ本《ほん》は何《なに》かと聞《き》かれたので、『君影草《きみかげそう》』のことを書《か》いたのである。

すると彼女《かのじょ》は、よく似《に》た物語《ものがたり》を知《し》っていると、何年《なんねん》も前《まえ》に発表《はっぴょう》されたという短編小説《たんぺんしょうせつ》を英訳《えいやく》して送《おく》ってくれた。それを読《よ》んで驚《おどろ》いた。高岡志夜《たかおかしよ》の小説《しょうせつ》と、似《に》ているどころか、内容《ないよう》がそっくり同《おな》じだったのだから。

見《み》つけた。高岡志夜《たかおかしよ》の秘密《ひみつ》。それも、とても卑劣《ひれつ》な。

「ねえ高岡《たかおか》さん」

ある日の放課後《ほうかご》、帰《かえ》り支度《じたく》をしていた高岡《たかおか》に声《こえ》をかけた。教室《きょうしつ》には誰《だれ》もおらず、ただ夕陽《ゆうひ》が窓《まど》から差《さ》し込《こ》んで、リノリウムの床《ゆか》にわたしたちと机《つくえ》の影《かげ》を作《つく》っていた。初《はじ》めてわたしに声《こえ》をかけられて、高岡《たかおか》は驚《おどろ》いたようだった。

「あなた、この小説《しょうせつ》、ご存知《ぞんじ》？」

プリントアウトしたフランス語《ご》の地方紙《ちほうし》の小《ちい》さな書評記事《しょひょうきじ》を、目《め》の前《まえ》にかざす。夕陽《ゆうひ》の中《なか》で、すうっと彼女《かのじょ》の顔《かお》が蒼《あお》ざめるのがわかった。

「これは――」彼女《かのじょ》の声《こえ》が掠《かす》れる。

「あなたの作品《さくひん》とそっくりで、驚《おどろ》いちゃった。あなたの作品《さくひん》が外国語《がいこくご》に翻訳《ほんやく》さえされなければ、バレないとでも思《おも》ったのかしら」

「わたし……まさか受賞《じゅしょう》すると思《おも》わなくて。昔住《むかしす》んでた時《とき》、ちょっと聞《き》きかじっただけのストーリーなんです。応募作品《おうぼさくひん》を書《か》いてるときにその話《はなし》を思《おも》い出《だ》して、つい……。だけど賞《しょう》をもらって騒《さわ》がれちゃったから、言《い》えなくなって」

「だけど盗作《とうさく》は許《ゆる》されないことじゃなくて？」

「お願《ねが》い。誰《だれ》にも言《い》わないで」彼女《かのじょ》は震《ふる》えていた。「なんでもします」

高岡《たかおか》は、思《おも》いつめた様子《ようす》で懇願《こんがん》した。すがりつくような視線《しせん》。彼女《かのじょ》の運命《うんめい》を左右《さゆう》できるのだという快感《かいかん》が、わたしを包《つつ》み込《こ》む。

いくらお金《かね》を積《つ》んでも手《て》に入《はい》らないもの。献身《けんしん》。忠誠《ちゅうせい》。完全《かんぜん》なる隷属《れいぞく》。わたしがこの秘密《ひみつ》を握《にぎ》ってさえいれば、それらを際限《さいげん》なく彼女《かのじょ》から引《ひ》き出《だ》せることだろう。

「いいわ。これはわたしとあなたの秘密《ひみつ》にしましょう」

高岡《たかおか》はハッとして顔《かお》を上《あ》げた。眼《め》は赤《あか》く、涙《なみだ》がにじんでいた。またぞくりと快感《かいかん》が背中《せなか》をかけあがる。

「わたし、文学《ぶんがく》サークルの会長《かいちょう》をしているの。入会《にゅうかい》してくださらない？」

「え？」高岡《たかおか》は、戸惑《とまど》った顔《かお》を見《み》せた。「ええ、もちろん喜《よろこ》んで。だけどなぜです？」

「わたしの側《そば》にいて、尽《つ》くしていただきたいわ。どう？」

高岡《たかおか》は必死《ひっし》で頷《うなず》いた。それくらいで盗作《とうさく》がばれなければ、お安《やす》いご用《よう》だと思《おも》ったのだろう。

高岡《たかおか》は知《し》らなかったに違《ちが》いない。脇役《わきやく》に徹《てっ》するということが、どれほど屈辱的《くつじょくてき》で鬱屈《うっくつ》させられるものかを。どれほど自分《じぶん》の魂《たましい》をすり減《へ》らすものであるかを。

この才気《さいき》あふれる女生徒《じょせいと》が、これからはわたしの思《おも》い通《どお》りになる。側《そば》において、わたしの視線《しせん》で一喜一憂《いっきいちゆう》させる。彼女《かのじょ》はこれから、わたしの思《おも》い通《どお》りの台詞《せりふ》を話《はな》し、ト書《が》きどおりに行動《こうどう》するのだ。

こうしてわたしは、一人目《ひとりめ》の脇役《わきやく》を手《て》に入《い》れた。

サークルを復活《ふっかつ》させて二年目《にねんめ》にして、現役《げんえき》の作家《さっか》である高岡志夜《たかおかしよ》が加《くわ》わったことで、文《ぶん》学《がく》サークルとしての活動《かつどう》は徐々《じょじょ》に本格化《ほんかくか》していった。顧問《こもん》である北条先生《ほうじょうせんせい》も、学院《がくいん》も、スポンサーである父《ちち》も、高岡《たかおか》が入会《にゅうかい》したこと、また活動《かつどう》が活発《かっぱつ》になったことに満足《まんぞく》していた。それに、実際《じっさい》わたしは、少《すこ》しずつ文学《ぶんがく》の面白《おもしろ》さに目覚《めざ》めてもいたのだ。先生《せんせい》に会《あ》えない時間《じかん》は先生《せんせい》の好《す》きな本《ほん》を読《よ》み、その世界《せかい》に触《ふ》れる。先生《せんせい》を想《おも》いながら、詩《し》や小説《しょうせつ》を書《か》いてみる。そして自分《じぶん》の創作《そうさく》したものを小百合《さゆり》や志夜《しよ》に読《よ》んでもらい、感想《かんそう》を聞《き》くことは、それなりに有意義《ゆういぎ》で楽《たの》しかった。

けれど、わたしを心《こころ》の底《そこ》から喜《よろこ》ばせたこと。それは、世間《せけん》から注目《ちゅうもく》され続《つづ》けている志《し》夜《よ》が、つねにわたしの視線《しせん》を気《き》にし、おどおどと機嫌《きげん》をうかがい、テレビ出演《しゅつえん》の依頼《いらい》や雑誌《ざっし》の取材《しゅざい》を振《ふ》り切《き》って、サロンでわたしの傍《そば》に傅《かしず》き、こまごまと世話《せわ》を焼《や》いて尽《つ》くしてくれることだった。

自宅《じたく》で、父《ちち》の金《かね》で雇《やと》われている使用人《しようにん》に世話《せわ》をされる感覚《かんかく》とは、ぜんぜん違《ちが》う。わたしが、この女子校《じょしこう》という特殊《とくしゅ》な環境《かんきょう》の中《なか》で、自分《じぶん》の手《て》で創《つく》りあげた城《しろ》で、わたしのためだけに存在《そんざい》するしもべ。

脇役《わきやく》は、わたしの物語《ものがたり》を豊《ゆた》かに彩《いろど》ってくれる。二人目《ふたりめ》を手《て》に入《い》れたいと望《のぞ》むのは、ごく自然《しぜん》な流《なが》れだっただろう。

小南《こみなみ》あかね。

そのアンティーク・ドールのような愛《あい》らしさは、彼女《かのじょ》が中等部《ちゅうとうぶ》にいる頃《ころ》から目立《めだ》っていた。ガラス玉《だま》のように透《す》きとおった大《おお》きな眼《め》。ふわふわの愛《あい》らしい巻《ま》き毛《げ》。いつも上気《じょうき》したように紅《あか》くほてったほっぺ。お菓子作《かしづく》りが趣味《しゅみ》で、バレンタインデー前《まえ》には彼女《かのじょ》からの友《とも》チョコをもらおうとアピールする女生徒《じょせいと》が増《ふ》える。けれどもそのメルヘンな雰囲気《ふんいき》とは裏腹《うらはら》に、瞳《ひとみ》の光《ひかり》が強《つよ》く、野心的《やしんてき》な感《かん》じが気《き》に入《い》っていた。

あかねは、よく父《ちち》が接待《せったい》でも、また家族《かぞく》での団欒《だんらん》にも利用《りよう》する老舗料亭《しにせりょうてい》「こみなみ」の長女《ちょうじょ》である。西洋《せいよう》の童話《どうわ》から抜《ぬ》け出《だ》してきたようなあかねの風貌《ふうぼう》は、とても出汁《だし》や醤油《しょうゆ》のにおいのなかで育《そだ》てられたとは思《おも》えず、そこにも興味《きょうみ》を抱《いだ》いた。

彼女《かのじょ》のように可憐《かれん》な美少女《びしょうじょ》を思《おも》い通《どお》りにできたら、さぞかし気分《きぶん》が良《い》いだろう。それに、女子《じょし》が主人公《しゅじんこう》の物語《ものがたり》に、美味《おい》しいスイーツはつきものだ。小南《こみなみ》あかねの秘密《ひみつ》を知《し》りたい。可愛《かわい》ければ可愛《かわい》いほど、その秘密《ひみつ》は醜悪《しゅうあく》であってほしい。

わたしは彼女《かのじょ》の周辺《しゅうへん》を調《しら》べはじめた。帰宅《きたく》する彼女《かのじょ》のあとをついて歩《ある》くこともあった。

料亭《りょうてい》の裏側《うらがわ》にある自宅《じたく》は、しっとりとした風情《ふぜい》だった。なぜだか彼女《かのじょ》はいつも、忌々《いまいま》しげなまなざしをちらりと料亭《りょうてい》に向《む》け、そして溜息《ためいき》をついて自宅《じたく》へと入《はい》っていくのだった。

そしてある夜《よる》。

いつもなら寄《よ》り道《みち》などせずに、学校《がっこう》からまっすぐ自宅《じたく》に戻《もど》るあかねが、珍《めずら》しくぐずぐずと雑貨屋《ざっかや》や喫茶店《きっさてん》で時間《じかん》を潰《つぶ》し、あげくに公園《こうえん》のベンチで夜遅《よるおそ》くまで座《すわ》っていた。わたしは不思議《ふしぎ》に思《おも》いながら、少《すこ》し離《はな》れたところで彼女《かのじょ》の様子《ようす》を見守《みまも》っていた。

ベンチに座《すわ》った彼女《かのじょ》の手《て》が、ぼうっと明《あか》るくなる。

ライターだ。ライターを点《つ》けたり消《け》したりする手元《てもと》を、彼女《かのじょ》は真剣《しんけん》な目《め》で眺《なが》めていた。何度《なんど》そうしていただろう。つと彼女《かのじょ》は立《た》ち上《あ》がり、何《なに》かを決意《けつい》したかのように、強《つよ》い足《あし》取《ど》りで歩《ある》き出《だ》した。

あかねは自宅《じたく》でなく、とうに店《みせ》じまいした料亭《りょうてい》の方《ほう》へと入《はい》っていった。少《すこ》しすると、真《ま》っ暗《くら》な店《みせ》の窓《まど》にぽうっと明《あ》かりが灯《とも》った。それは徐々《じょじょ》に大《おお》きくなり、うねりながら店内《てんない》いっぱいに広《ひろ》がっていく。燃《も》え盛《さか》る火《ひ》に追《お》われるように、あかねが飛《と》び出《だ》してきた。ブレザーの左腕《ひだりうで》に、火《ひ》が燃《も》え移《うつ》っている。彼女《かのじょ》は慌《あわ》てて叩《たた》き消《け》すと、走《はし》って暗闇《くらやみ》に消《き》えていった。大正元年《たいしょうがんねん》に建《た》てられた木造建築《もくぞうけんちく》は、そのまま明《あ》け方《がた》まで空《そら》を赤《あか》く染《そ》めた。

次《つぎ》の日《ひ》の朝刊《ちょうかん》に記事《きじ》が載《の》っていた。

『老舗料亭全焼《しにせりょうていぜんしょう》　放火《ほうか》か？　創業百年《そうぎょうひゃくねん》の料亭《りょうてい》「こみなみ」

X日午後《にちごご》11時頃《じごろ》、XX市《し》XX町《ちょう》にある料亭《りょうてい》「こみなみ」から出火《しゅっか》、木造《もくぞう》2階建《かいだ》ての店舗《てんぽ》約《やく》300平方《へいほう》メートルを全焼《ぜんしょう》した。当時無人《とうじむじん》で火《ひ》の気《け》はなく、また出火元《しゅっかもと》が厨房《ちゅうぼう》でなかったことから、XX署《しょ》は放火《ほうか》の疑《うたが》いもあるとみて調《しら》べている。

怪我人《けがにん》や隣家《りんか》への延焼《えんしょう》はなく、店舗北側《てんぽきたがわ》にある自宅《じたく》も無事《ぶじ》。経営者《けいえいしゃ》である小南辰夫《こみなみたつお》さん（55）、妻《つま》（53）、長男《ちょうなん》（21）は在宅《ざいたく》だったが逃《に》げ出《だ》し、長女《ちょうじょ》（16）も外出中《がいしゅっちゅう》で無事《ぶじ》だった。

小南辰夫《こみなみたつお》さんは「みなさまにご迷惑《めいわく》とご心配《しんぱい》をおかけして、大変申《たいへんもう》し訳《わけ》ない。当面《とうめん》は休業《きゅうぎょう》する」と話《はな》した。

近《ちか》くの住民《じゅうみん》からは長年《ながねん》にわたって愛《あい》され続《つづ》けた貴重《きちょう》な建築物《けんちくぶつ》が失《うしな》われたことと、店舗《てんぽ》が再建《さいけん》するまで「こみなみ」の味《あじ》を味《あじ》わえないことが惜《お》しまれている。』

学校《がっこう》でも、火事《かじ》のことが話題《わだい》となり、あかねは同情《どうじょう》の輪《わ》の中心《ちゅうしん》にいる。

「みんな、心配《しんぱい》してくれてありがとう」

青《あお》ざめてやつれた顔《かお》。痛々《いたいた》しい被害者《ひがいしゃ》。燃《も》え跡《あと》のあるブレザーではなく、カーディガンを羽織《はお》っての登校《とうこう》。けれどもわたしは――わたしだけは知《し》っているのだ。あの火事《かじ》の真相《しんそう》を。

ランチタイムのとき、教室《きょうしつ》から出《で》てきたあかねを捉《つか》まえた。

「お気《き》の毒《どく》なことだったわね」

「ええ。でも、家《いえ》にいなかったのが幸《さいわ》いでした。何《なに》も知《し》らずに帰《かえ》ってみたら、もうすっかり燃《も》えた後《あと》で。驚《おどろ》くやら悲《かな》しいやら……」

「そうね。あなたは外出中《がいしゅつちゅう》だったと新聞《しんぶん》にも載《の》っていたわ。ご無事《ぶじ》でよかったわ」

「本当《ほんとう》に……」あかねは悲《かな》しげにまつ毛《げ》を伏《ふ》せた。

「でもわたし、ちょっと腑《ふ》に落《お》ちないことがあってよ」

わたしはあかねの左腕《ひだりうで》を取《と》ると、カッターシャツの袖口《そでぐち》をまくりあげた。痛《いた》がって身《み》をよじるあかねの腕《うで》に、白《しろ》い包帯《ほうたい》が巻《ま》かれている。

「可哀想《かわいそう》に。やけどは痕《あと》が残《のこ》ってしまうわね」

あかねはぎょっとして、わたしの手《て》を振《ふ》り払《はら》い、袖口《そでぐち》を元《もと》に戻《もど》した。

「――どうして……」

「昨日《きのう》の夜《よる》、見《み》てしまったの。あなたが公園《こうえん》にいる時《とき》から、全部《ぜんぶ》」

あかねの両目《りょうめ》が、ますます大《おお》きく見開《みひら》かれた。

「――見《み》てたんですか」

「ええ。一部始終《いちぶしじゅう》」

「……そんな」あかねの華奢《きゃしゃ》な体《からだ》が震《ふる》え出《だ》す。「なんてこと」

「いったい何《なに》があったの？」

「……もう耐《た》えられなかったんです」

あかねは涙《なみだ》ながらに語《かた》った。経営《けいえい》に関《かか》われるはずだった洋食屋《ようしょくや》の計画《けいかく》を父親《ちちおや》が取《と》りやめ、「こみなみ」の第二号店《だいにごうてん》とすると決《き》めたこと。そして、兄《あに》に仕切《しき》らせると言《い》ったこと。

「いつも兄《あに》だけなんです。わたしは料理《りょうり》を仕込《しこ》んでもらったこともない。店《みせ》の厨房《ちゅうぼう》にだって、入《い》れてもくれなかった。だからわたしは洋食《ようしょく》で対抗《たいこう》してきたんです。やっと認《みと》めてもらえたと思《おも》ったのに。それなのに、やっぱりそれも兄《あに》が奪《うば》っていく。とても悔《くや》しくて。わたしにとって、あの洋食屋《ようしょくや》は人生《じんせい》そのものでした。だから父《ちち》と母《はは》と兄《あに》にとっての人生《じんせい》も奪《うば》ってやりたくて」

はらはらとか弱《よわ》げに涙《なみだ》を流《なが》しながらも、激《はげ》しく感情《かんじょう》を吐《は》き出《だ》す。この子《こ》は、自分《じぶん》のしたことを正《ただ》しいと思《おも》っているし、後悔《こうかい》もしていない。わたしはますます、あかねを気《き》に入《い》った。

「そう、そんなことがあったのね」

「馬鹿《ばか》なことをしました。捕《つか》まってしまうのは時間《じかん》の問題《もんだい》だと思《おも》います。父《ちち》は職人《しょくにん》さんにも鍵《かぎ》を預《あず》けていないし、そうなると自由《じゆう》に料亭《りょうてい》に出入《でい》りできるのは家族《かぞく》に限《かぎ》られるもの。

家族《かぞく》の中《なか》で家《いえ》にいなかったのはわたしだけ。そしてこの火傷《やけど》の痕《あと》……」

「泣《な》かないで、小南《こみなみ》さん」

わたしは優《やさ》しく声《こえ》をかけた。

「あなたの気持《きも》ち、わたしよくわかる気《き》がするの」

「……え？」

「自分《じぶん》の夢《ゆめ》を叶《かな》えたい気持《きも》ち。そしてそのためなら、手段《しゅだん》を選《えら》ばない野心《やしん》も。——ねえ、小南《こみなみ》さん。わたし、あなたのアリバイを証明《しょうめい》してさしあげてよ」

あかねは驚《おどろ》いてわたしを見上《みあ》げた。

「あなたとわたしは、文学《ぶんがく》サロンに夜遅《よるおそ》くまでいた。そして危《あぶ》ないので室生《むろう》に……ああ、うちの運転手《うんてんしゅ》なんだけど……車《くるま》で送《おく》ってもらったことにすればいいわ」

「白石先輩《しらいしせんぱい》……」

「あなた、誰《だれ》か好《す》きな作家《さっか》、いらっしゃる？」

「あんまり本《ほん》を読《よ》むほうじゃないから」

「少《すこ》しは読《よ》むでしょ」

「……太宰治《だざいおさむ》なら、教科書《きょうかしょ》で少々《しょうしょう》」

「それでいいわ。わたしとあなたは夜十時《よるじゅうじ》ごろまで、サロンで太宰治《だざいおさむ》の話《はなし》をしていたことにしましょう」

それからわたしたちは、綿密《めんみつ》に内容《ないよう》を打《う》ち合《あ》わせた。あかねが以前《いぜん》書《か》いた読書感想文《どくしょかんそうぶん》を下敷《したじ》きに、『斜陽《しゃよう》』の主人公《しゅじんこう》かず子《こ》のことを話《はな》していたことにした。重要参考人《じゅうようさんこうにん》として警察《けいさつ》に事情聴取《じじょうちょうしゅ》を受《う》けたが、わたしと室生《むろう》のアリバイ証言《しょうげん》で、あかねは容疑《ようぎ》から外《はず》れることとなった。

小南《こみなみ》あかねは、こうしてわたしの手中《しゅちゅう》に落《お》ちたのだった。

わたしの目《め》に狂《くる》いはなかった。あかねの作《つく》る菓子《かし》はどれも絶品《ぜっぴん》で、その飾《かざ》りつけも乙女《おとめ》心《ごころ》をくすぐる。それに、小柄《こがら》なあかねがキッチンに立《た》ち、せっせと白《しろ》くて柔《やわ》らかな生《なま》クリームを泡立《あわだ》てたり、星型《ほしがた》やハート型《がた》のクッキーの型抜《かたぬ》きをしている姿《すがた》は、まるでお人《にん》形遊《ぎょうあそ》びを連想《れんそう》させた。こんなことなら、あかねの雰囲気《ふんいき》に合《あ》うように、カントリー調《ちょう》のキッチンにしつらえればよかったと後悔《こうかい》したほどだ。あかね自身《じしん》は、この銀色《ぎんいろ》に光《ひか》る最新《さいしん》型《がた》のキッチンを気《き》に入《い》っていたようだったが。

こんなふうに、わたしは順調《じゅんちょう》に、粛々《しゅくしゅく》と、自分《じぶん》の世界《せかい》を築《きず》きあげていった。それからもわたしが文学《ぶんがく》サークルに招《まね》きいれた女生徒《じょせいと》は三名《さんめい》。

古賀園子《こがそのこ》。合理的《ごうりてき》で要領《ようりょう》の良《い》い園子《そのこ》が、何《なん》のメリットもないのにイースター祭《さい》の実行《じっこう》委員《いいん》などやるはずがないと疑《うたが》っていた。調《しら》べてみれば案《あん》の定《じょう》、一流《いちりゅう》私大《しだい》医学部《いがくぶ》への推薦《すいせん》を獲《と》りたいがために、父《ちち》の書斎《しょさい》にあるパソコンをクラッキングして学校《がっこう》のホストコンピューターへ入《はい》り込《こ》み、自分《じぶん》の成績《せいせき》や評定値《ひょうていち》を書《か》き換《か》えていた。

ディアナ・デチェヴァア。入校手続《にゅうこうてつづ》きの時《とき》に確認《かくにん》したディアナのパスポートの取得日《しゅとくび》が、エマが事故《じこ》に遭《あ》う直前《ちょくぜん》だったことに、計画的《けいかくてき》な匂《にお》いを感《かん》じていた。問《と》い詰《つ》めてみたら、自分《じぶん》が日本《にほん》へ留学《りゅうがく》したいがために、姉《あね》を要塞跡《カレートあと》から突《つ》き落《お》としたごとを涙《なみだ》ながらに白 状《はくじょう》した。

そして二谷美礼《にたにみれい》。インターネットを利用《りよう》した、話《はな》し相手《あいて》のボランティアが聞《き》いて呆《あき》れる。不特定多数《ふとくていたすう》の男性《だんせい》との、援助交際《えんじょこうさい》だった。

美《うつく》しく、うら若《わか》き罪《つみ》びとたち。

彼女《かのじょ》たちを文学《ぶんがく》サークルに入会《にゅうかい》させると、わたしの世界《せかい》は完璧《かんぺき》なものとなった。わたしの思《おも》うままに動《うご》き、語《かた》り、世界観《せかいかん》を創《つく》りあげてくれるバイプレイヤー。罪《つみ》びとたちはわたしを畏《おそ》れ、敬《うやま》い、わたしの一挙一動《いっきょいちどう》を息《いき》を潜《ひそ》めて見守《みまも》り、絶妙《ぜつみょう》のタイミングで入 場《にゅうじょう》し、退場《たいじょう》する。

素晴《すば》らしき脇役《わきやく》を従《したが》えたわたしは、主人公《しゅじんこう》としてさらに自信《じしん》に満《み》ちあふれ、輝《かがや》きを増《ま》していくのだ。

先生《せんせい》との隠《かく》れ家《が》は、サロンのほかにもうひとつある。そしてそこへ行《い》くには、地下《ちか》駐車場《ちゅうしゃじょう》を経《へ》る必要《ひつよう》がある。

駐車場《ちゅうしゃじょう》は、免許《めんきょ》を持《も》たない女子高生《じょしこうせい》には縁《えん》のない場所《ばしょ》だし、事故防止《じこぼうし》のために生徒《せいと》は立《た》ち入《い》り禁止《きんし》となっている。堂々《どうどう》と向《む》かうわけにはいかない。だからわたしは、まず第二《だいに》校舎《こうしゃ》へと入《はい》っていく。理科室《りかしつ》、家庭科室《かていかしつ》の前《まえ》をとおり、廊下《ろうか》を曲《ま》がる。その奥《おく》には壁《かべ》いっぱいの大鏡《おおかがみ》があり、近《ちか》づいてくるわたしの姿《すがた》を映《うつ》している。これはただの鏡《かがみ》ではない。戦後《せんご》すぐの我《わ》が学院創立《がくいんそうりつ》にあたり、イギリスの姉妹修道院《しまいしゅうどういん》から贈《おく》られたものだ。それには新約聖書《しんやくせいしょ》の第一《だいいち》コリント書十三章十二節《しょじゅうさんしょうじゅうにせつ》がエッチングで記《しる》されている。

その巨大《きょだい》さ、古《ふる》めかしいデザイン、そして刻《きざ》みこまれた神秘的《しんぴてき》な聖句《せいく》のせいで、この鏡《かがみ》を怖《こわ》がる生徒《せいと》は多《おお》い。けれどわたしにとって、この鏡《かがみ》が特別《とくべつ》である理由《りゆう》が、実《じつ》はもう一《ひと》つある。

わたしは壁《かべ》に取《と》り付《つ》けてある排煙起動装置《はいえんきどうそうち》のボックスを開《あ》ける。排煙《はいえん》レバーを思《おも》い切《き》り押《お》し下《さ》げた状態《じょうたい》で鏡《かがみ》を押《お》すと、壁《かべ》と鏡《かがみ》の間《あいだ》に、人《ひと》がひとり通《とお》れるくらいの隙間《すきま》ができるのだ。

隙間《すきま》を通《とお》り抜《ぬ》けて、反対側《はんたいがわ》から押《お》せば、鏡《かがみ》は元《もと》の位置《いち》に納《おさ》まる。この仕掛《しか》けを知《し》る者《もの》は、校内《こうない》ではわたし一人《ひとり》。

中《なか》に入《はい》るとすぐに木造《もくぞう》の階段《かいだん》があり、それは地下《ちか》へと繋《つな》がっている。以前《いぜん》この校舎《こうしゃ》が修道院《しゅうどういん》であったとき、ここは地下物置《ちかものおき》から地上三階《ちじょうさんかい》まで続《つづ》く階段《かいだん》であった。しかし建《た》て替える際《さい》、地上《ちじょう》の階段《かいだん》は取《と》り壊《こわ》され理科室《りかしつ》となった。地下《ちか》へと続《つづ》く階段《かいだん》だけが残《のこ》されたが、木の老朽化《ろうきゅうか》が激《はげ》しく、事故《じこ》を招《まね》きかねないことから封鎖《ふうさ》されることになり、その時《とき》に壁《かべ》代《が》わりに使用《しよう》されたのが、この大鏡《おおかがみ》だったのである。この仕掛《しか》けは、将来的《しょうらいてき》に鏡《かがみ》を取《と》り外《はず》すかもしれないことを考《かんが》えて作《つく》られたもので、工事関係者《こうじかんけいしゃ》しか知《し》る者《もの》はない。わたしが知《し》りえたのは、建《た》て替《か》え工事《こうじ》を請《う》け負《お》ったのが父《ちち》の経営《けいえい》する会社《かいしゃ》だったからだ。

わたしは用心深《ようじんぶか》く大鏡《おおかがみ》を閉《と》じると、階段《かいだん》をきしませながら降《お》りていく。降《お》りるとすぐ脇《わき》に小《ちい》さなドアがあり、そこを出《で》るとすぐ駐車場《ちゅうしゃじょう》だ。先生《せんせい》はいつも、ドアの傍《そば》に車《くるま》を停《と》める。誰《だれ》にも見《み》られることなく、わたしが先生《せんせい》の愛車《あいしゃ》に滑《すべ》り込《こ》めるように。

運転席《うんてんせき》では、常《つね》に先生《せんせい》が先《さき》に待《ま》ってくれている。助手席《じょしゅせき》のわたしを眩《まぶ》しそうに眺《なが》めると、先生《せんせい》はわたしにくちづけし、車《くるま》を発進《はっしん》させるのだ。

これが、わたしたちにとっての、もうひとつの隠《かく》れ家《が》。ドライブを楽《たの》しみ、夜景《やけい》を眺《なが》める。誰《だれ》かに見《み》られるかもしれないので、決《けっ》して車《くるま》から出《で》て行動《こうどう》しない。サロンがわたしの創《つく》り出《だ》した隠《かく》れ家《が》なら、車《くるま》は先生《せんせい》が主導権《しゅどうけん》を握《にぎ》る秘密《ひみつ》の空間《くうかん》。わたしにとっては野性的《やせいてき》で、とても刺激的《しげきてき》だ。


サロンで、そして車《くるま》で、ささやかに育《はぐく》む秘密《ひみつ》の恋《こい》。

先生《せんせい》と過《す》ごしながら、いつも思《おも》っていた。

この関係《かんけい》が、ずっと続《つづ》けばいいのに。

未来《みらい》へと繋《つな》がっていればいいのにと。

そうやって願《ねが》い続《つづ》けていたからだろうか。

わたしの中《なか》に、新《あたら》しい命《いのち》が宿《やど》ってくれたのは。


「それは本当《ほんとう》かい？」

妊娠《にんしん》を告《つ》げたとき、先生《せんせい》はとても驚《おどろ》いていた。

「ええ。どうしたらいいかしら」

「どうするもなにも」先生《せんせい》は深呼吸《しんこきゅう》したあと、笑顔《えがお》になった。「決《き》まってるだろう。結婚《けっこん》しよう」

「え？」

「僕《ぼく》からちゃんとお父上《ちちうえ》に話《はな》しに行《い》く。あと一年《いちねん》で卒業《そつぎょう》だし、きっと許《ゆる》してもらえる」

「ほんとうに？」

「どうして？　僕《ぼく》ではいやかい？」

「だって、あまりにも幸《しあわ》せすぎて」

「ばかだな」

先生《せんせい》はわたしを抱《だ》きしめると、優《やさ》しくくちづけした。

「ああ、待《ま》ちきれない。君《きみ》と僕《ぼく》とで家庭《かてい》を築《きず》けるなんて」

「父《ちち》は手強《てごわ》いわ。結婚《けっこん》なんて許《ゆる》してくれない」

「僕《ぼく》みたいな教師《きょうし》風情《ふぜい》と、かい？」

「ええ」

わたしがはっきり答《こた》えると、先生《せんせい》は笑《わら》って髪《かみ》をかきあげた。

「許《ゆる》してくださるまで、僕《ぼく》は誠意《せいい》を貫《つらぬ》くだけさ。君《きみ》が僕《ぼく》を愛《あい》していてくれる限《かぎ》りはね」

「あら、わたしが先生《せんせい》を愛《あい》さなくなる日《ひ》なんて来《こ》ないわ」

「はは、君《きみ》は若《わか》いな。でも、それでいい。それこそ若《わか》さゆえの一途《いちず》な美《うつく》しさだ。僕《ぼく》は、君《きみ》のそんなところが一番好《いちばんす》きなんだ」

そう言《い》いながら、屈託《くったく》なく笑《わら》う。こういう皮肉屋《ひにくや》なところも、わたしが惹《ひ》かれる大《おお》きな理由《りゆう》なのだ。

「いつご挨拶《あいさつ》に伺《うかが》おう。早《はや》い方《ほう》がいいな」

スケジュール帳《ちょう》に手《て》を伸《の》ばしかけた先生《せんせい》の手《て》を、わたしはくちづけで止《と》める。

「待《ま》って。すぐじゃない方《ほう》がいいわ」

「え？」

「あと三ヶ月《さんかげつ》……八月《はちがつ》まで待《ま》ちましょう。その頃《ころ》になれば、中絶《ちゅうぜつ》できる時期《じき》を過《す》ぎる。いくら父《ちち》だって反対《はんたい》できなくなるわ」

とにかく八月《はちがつ》までやり過《す》ごせばいい。そんな気持《きも》ちで、わたしたちは目立《めだ》つ行動《こうどう》をやめた。サロンで会《あ》うことも、車《くるま》で出《で》かけることも一切《いっさい》しなくなった。電話《でんわ》もやめた。やり取《と》りはメールだけ。

『男《おとこ》の子《こ》かな？　女《おんな》の子《こ》かな？』

『なんだか女《おんな》の子《こ》のような気《き》がするわ』

『女《おんな》の子《こ》なら君《きみ》に似《に》るといいな』

『名前《なまえ》はなにがいいかしら』

『すずらんはどうだろう？　花言葉《はなことば》のように、純粋《じゅんすい》で幸福《こうふく》になってほしい』

『なんて素敵《すてき》。とても可愛《かわい》らしいわ』

わたしの体《からだ》はどんどん変化《へんか》していく。絶《た》え間《ま》なく続《つづ》く吐《は》き気《け》。消《き》えない気《け》だるさ。しめつけるような頭痛《ずつう》。わたしは常《つね》に、サロンでぐったりと寝《ね》そべるようになった。あんなに楽《たの》しみにしていたあかねのお菓子《かし》も、匂《にお》いを嗅《か》ぐだけで気持《きも》ちが悪《わる》くなり、胃《い》の中《なか》が空《から》っぽになるまで吐《は》き続《つづ》けた。

体調《たいちょう》がすぐれない一方《いっぽう》で、代謝《たいしゃ》は活発《かっぱつ》になり、ぐんぐん爪《つめ》や髪《かみ》が伸《の》び、肌《はだ》がなめらかになっていく。食《た》べられもせず吐《は》くばかりで、青《あお》ざめてやつれているのに、ホルモンの分《ぶん》泌《ぴつ》で瞳《ひとみ》は輝《かがや》きを増《ま》していった。

わたしは既《すで》に、すずらんの母親《ははおや》なのだ。人生《じんせい》で、これほど幸《しあわ》せな時《とき》があるだろうか。

わたしの物語《ものがたり》は完璧《かんぺき》だった。

それなのに、まさか脇役《わきやく》に歯車《はぐるま》を狂《くる》わされるなんて。

2

「いつみ」

実力《じつりょく》テストの最終日《さいしゅうび》だった。小百合《さゆり》と連《つ》れ立《だ》って校門《こうもん》を出《で》たところで呼《よ》び止《と》められた。父《ちち》だった。父《ちち》は室生《むろう》の運転《うんてん》する車《くるま》に乗《の》っていた。

「あらお父様《とうさま》。学校《がっこう》にいらしてたの」

「車《くるま》に乗《の》りなさい。今《いま》すぐ家《いえ》に帰《かえ》るんだ」

「あら、せっかくテストが終《お》わったんだもの。これから小百合《さゆり》と――」

「乗《の》りなさい」

鋭《するど》い父《ちち》の声色《こわいろ》に、ふと嫌《いや》な予感《よかん》がした。一瞬《いっしゅん》、小百合《さゆり》と目《め》が合《あ》った。わたしの不安《ふあん》が伝《つた》わったのか、小百合《さゆり》が探《さぐ》るように父《ちち》に尋《たず》ねた。

「おじさま、お久《ひさ》しぶりです。わたしもご一緒《いっしょ》してもよろしいかしら」

「いいや、今日《きょう》はご遠慮《えんりょ》いただこう」

その一言《ひとこと》で、さらに悪《わる》い予感《よかん》は強《つよ》まる。

「わかりました、お父様《とうさま》。小百合《さゆり》、また連絡《れんらく》するわ」

家《いえ》に戻《もど》ると、まっすぐ書斎《しょさい》に連《つ》れて行《い》かれた。玄関《げんかん》に二谷《にたに》の靴《くつ》があり、慌《あわ》てていたわたしは、それを踏《ふ》みつけてしまった。

「北条《ほうじょう》という教師《きょうし》とは、どういう関係《かんけい》なのだ」

唐突《とうとつ》にそう問《と》い詰《つ》められたとき、心臓《しんぞう》が握《にぎ》りつぶされてしまうくらい、驚《おどろ》いた。

「何《なに》をおっしゃるの、お父様《とうさま》」

冷静《れいせい》に答《こた》えたつもりだった。けれど、声《こえ》が震《ふる》えていた。なぜ父《ちち》が、先生《せんせい》のことを？

「付《つ》き合《あ》っているというのは本当《ほんとう》か」

恐《おそ》ろしい顔《かお》で詰《つ》め寄《よ》ってくる。父《ちち》の目《め》は血走《ちば し》っていた。

「まさか」

否定《ひてい》しても、父《ちち》は強張《こわば》らせた頬《ほお》をゆるめない。誰《だれ》かが父《ちち》に、わたしと先生《せんせい》とのことを密《みっ》告《こく》したのだ。まさか——まさか小百合《さゆり》が？　しかし次《つぎ》の瞬間《しゅんかん》、わたしは小百合《さゆり》を疑《うたが》ったことが、まったくの見当違《けんとうちが》いであることを突《つ》きつけられる。

「これでもしらを切《き》る気《き》か！」

父《ちち》が書斎机《しょさいづくえ》の上《うえ》にあった写真《しゃしん》の束《たば》をばらまいた。バルカン山脈《さんみゃく》を背景《はいけい》に見《み》つめ合《あ》っている先生《せんせい》とわたし。リラ修道院《しゅうどういん》にいる笑顔《えがお》の先生《せんせい》とわたし。薔薇《ばら》の谷《たに》カザンラクでくちづけしている先生《せんせい》とわたし。

なぜ？　いつの間《ま》にこんな写真《しゃしん》が？

わたしは震《ふる》える手《て》で、床《ゆか》に落《お》ちた写真《しゃしん》を一枚一枚《いちまいいちまい》拾《ひろ》っていった。

「まったく恥知《はじし》らずな。お前《まえ》がここまで愚《おろ》かだとは思《おも》わなかった」

父《ちち》が冷《つめ》たい声《こえ》で言《い》った。

「でも……でもわたし、先生《せんせい》を愛《あい》しているんです」

わたしは顔《かお》をあげ、父《ちち》を正面《しょうめん》から見据《みす》えた。

「くだらない。とにかく、子供《こども》を産《う》むことは許《ゆる》さんからな」

どきりとした。聞《き》き違《ちが》いだろうか。

「今《いま》、なんておっしゃったの」

父《ちち》は黙《だま》って書斎机《しょさいづくえ》の引《ひ》き出《だ》しから一枚《いちまい》の紙《かみ》を取《と》り出《だ》すと、わたしに突《つ》きつけた。その表面《ひょうめん》に印刷《いんさつ》されているものが何《なん》であるかがわかると、全身《ぜんしん》から血《ち》の気《け》がひいていった。

それはエコー写真《しゃしん》のコピーだった。検診《けんしん》の日付《ひづけ》とわたしの名前《なまえ》が、ローマ字《じ》で印字《いんじ》されている。誰《だれ》にも見《み》つからないように、保険証《ほけんしょう》も提示《ていじ》せず、わざわざ郊外《こうがい》にある病院《びょういん》に通《かよ》っていたのに。

「断《だん》じて産《う》むことは許《ゆる》さん。わかってるな?」

父《ちち》は忌々《いまいま》しげに、その紙《かみ》を引《ひ》き裂《さ》いた。目《め》の前《まえ》にはらはらと落《お》ちる、黒《くろ》い切《き》れ端《はし》。まだほんのクリオネのような、可愛《かわい》らしい我《わ》が子《こ》。いつか、すずらんという名《な》の子《こ》に育《そだ》つはずの命《いのち》。

ぐらりと足元《あしもと》から地面《じめん》が崩《くず》れていく気《き》がした。誰《だれ》も知《し》るはずのない秘密《ひみつ》。絶対《ぜったい》に守《まも》り抜《ぬ》きたかった秘密《ひみつ》——。

「まったく、あの教師《きょうし》め。なにが真剣《しんけん》に愛《あい》し合《あ》っている、だ」

「——お会《あ》いになったの?」

「さっきクビにしてやった。この街《まち》からも出《で》て行《い》かせたよ。もう二度《にど》と、お前《まえ》に会《あ》うことは許《ゆる》さんと言《い》ってな」

「お父様《とうさま》、ひどいわ！」

「ひどい？　生《い》かしておいてやったことに感謝《かんしゃ》してもらいたい」

そう、父《ちち》は決《けっ》して逃《に》げ場《ば》を残《のこ》さない。そうやってここまでの地位《ちい》を築《きず》いてきた。父《ちち》をもっと怒《おこ》らせれば、本当《ほんとう》に先生《せんせい》の命《いのち》さえ奪《うば》いかねない。

わたしが泣《な》き喚《わめ》くと、頰《ほお》をはたかれた。それからのことは、はっきり覚《おぼ》えていない。そのまま父《ちち》の経営《けいえい》する病院《びょういん》へと連《つ》れて行《い》かれ、それから一週間《いっしゅうかん》、ベッドの上《うえ》で、空《から》っぽになってしまったお腹《なか》をさすりながら泣《な》き続《つづ》けた。何《なに》をする気《き》も起《お》きなかった。全《すべ》てがただ虚《むな》しく、空《うつ》ろだった。

やっと冷静《れいせい》に考《かんが》えることができるようになったのは、退院《たいいん》してからだ。この一連《いちれん》の出来事《できごと》は、いったいどういうことだったのか。

ブルガリアでの北条先生《ほうじょうせんせい》とわたしの写真《しゃしん》を隠《かく》し撮《ど》りできたのは、高岡《たかおか》かディアナ、または両方《りょうほう》。父《ちち》に密告《みっこく》するチャンスがあったのは、我《わ》が家《や》に出入《でい》りしている二谷《にたに》か古賀《こが》、または両方《りょうほう》。妊娠《にんしん》を知《し》ることができたのは、わたしの食《しょく》の好《この》みの変化《へんか》に気《き》づいた小南《こみなみ》か、体《からだ》の変化《へんか》に気《き》づいたディアナ、または両方《りょうほう》。エコー写真《しゃしん》を手《て》に入《い》れることができたのは、病院《びょういん》に伝手《つて》のある古賀《こが》か、わたしの手帳《てちょう》を拾《ひろ》った小南《こみなみ》、または両方《りょうほう》。

つまり……これはメンバー全員《ぜんいん》による、わたしへの裏切《うらぎ》りではないのか。

従順《じゅうじゅん》だったわたしの脇役《わきやく》が、突如《とつじょ》、最後通牒《さいごつうちょう》をつきつけてきたのだ。いつまでも、わたしに秘密《ひみつ》を握《にぎ》られているばかりではないと。彼《かれ》らも、今《いま》やわたしの魂《たましい》を握《にぎ》っているのだと。

そう――これは彼《かれ》らからの宣戦布告《せんせんふこく》なのだ。

退院《たいいん》して学校《がっこう》に戻《もど》ってみると、表向《おもてむ》きは肺炎《はいえん》での長期入院《ちょうきにゅういん》ということになっていたし、先生《せんせい》は母親《ははおや》が重病《じゅうびょう》を患《わずら》ったという理由《りゆう》で緊急退職《きんきゅうたいしょく》したことになっていた。誰《だれ》も真実《しんじつ》を知《し》りはしない――わたしと、そしてメンバー以外《いがい》は。

先生《せんせい》の携帯《けいたい》もメールも不通《ふつう》になっていて、送《おく》った手紙《てがみ》は転居先不明《てんきょさきふめい》で返送《へんそう》されてきた。もう二度《にど》と、先生《せんせい》には逢《あ》えない。絶望《ぜつぼう》のなか登校《とうこう》してきたわたしを、心《こころ》から温《あたた》かく迎《むか》えてくれたのは小百合《さゆり》だけだった。

「退院《たいいん》おめでとう」小百合《さゆり》はそっとわたしを抱《だ》きしめてくれた。

「小百合《さゆり》。逢《あ》いたかったわ。あなた一度《いちど》もお見舞《みま》いに来《き》てくれないんだもの」

「何度《なんど》も行《い》ったわ。でも、あなたのお父様《とうさま》に追《お》い返《かえ》されてしまったのよ」

「え？」

「今回《こんかい》のことで、わたしのアリバイ工作《こうさく》も全部《ぜんぶ》ばれてしまって。たいそうお怒《いか》りだったわ」

「そうだったの。小百合《さゆり》にも迷惑《めいわく》をかけてしまったのね」

「気《き》にしないで」

「わたし、もう死《し》んでしまいたいわ」

「そんなことを言《い》ってはダメよ。聖書《せいしょ》に『殺《ころ》してはならない』とあるでしょう。それは自《じ》分《ぶん》のことも含《ふく》まれているのよ」

「聖書《せいしょ》なんて！」わたしは吐《は》き捨《す》てた。「二度《にど》と読《よ》まないわ。聖堂《せいどう》にも十字架《じゅうじか》にも、二度《にど》と近《ちか》づきたくない。わたしはすでに、我《わ》が子《こ》を見殺《みごろ》しにしてしまったんだから」

「自棄《やけ》にならないで。前《まえ》を向《む》かなくちゃ」

「いやよ。もう生《い》きている意味《いみ》がないの」

「あるわ。いくらでもやり直《なお》せる。これ、わたしからの快気祝《かいきいわ》いよ」

そう言《い》いながら、可愛《かわい》らしい子猫《こねこ》のイラストが描《か》かれた紙片《しへん》をわたしの手《て》に滑《すべ》り込《こ》ませた。

「あ……」紙片《しへん》を見《み》たわたしは、思《おも》わず声《こえ》を漏《も》らした。

「ね？」小百合《さゆり》は自信《じしん》ありげに頷《うなず》いた。

それには先生《せんせい》の新《あたら》しい携帯番号《けいたいばんごう》とメールアドレス、そしてとある地方《ちほう》の住所《じゅうしょ》が記《しる》してあった。

「ちゃんと先生《せんせい》から聞《き》き出《だ》しておいたの。いつみからの連絡《れんらく》を待《ま》っていらっしゃるわ」

「小百合《さゆり》……」

「赤《あか》ちゃんのことは本当《ほんとう》に残念《ざんねん》だった。だけど、先生《せんせい》とはやり直《なお》せる。だからお願《ねが》い。元《げん》気《き》を出《だ》してほしいの。これからも、なんだって協力《きょうりょく》するから」

あのとき、小百合《さゆり》がいなければ、けっして立《た》ち直《なお》れはしなかっただろう。

先生《せんせい》こそ、わたしの生《い》きがい。わたしは生気《せいき》を取《と》り戻《もど》し、ふたたび生《い》きる喜《よろこ》びを得《え》たのだ。

しかしもうひとつ、わたしに生《い》きる喜《よろこ》びを与《あた》えたものがある。

それは復讐《ふくしゅう》だった。

わたしを裏切《うらぎ》り、すずらんを殺《ころ》した、五人《ごにん》のメンバー全員《ぜんいん》への。

3

わたしの復讐《ふくしゅう》は、あなたたち五人《ごにん》をテラスに呼《よ》び出《だ》して、その目《め》の前《まえ》で飛《と》び降《お》りて見《み》せることだった。遺書《いしょ》の代《か》わりに、すずらんの花《はな》を携《たずさ》えて。

あなたたちは慌《あわ》てふためくに違《ちが》いない。まさかあの白石《しらいし》いつみが、自《みずか》ら死《し》を選《えら》ぶとは思《おも》っていないだろう。謎《なぞ》の自殺《じさつ》となれば、すずらんの花《はな》の意味《いみ》は徹底的《てっていてき》に詮索《せんさく》されるはずだ。それがわたしの失《うしな》った赤《あか》ちゃんのことだとわかれば、あなたたちがわたしを陥《おとしい》れたこと、そしてそうするに至《いた》った原因《げんいん》——つまりあなたたちの罪《つみ》——が明《あき》らかになってしまう。

そう。すずらんの花《はな》は、わたしからの脅迫状《きょうはくじょう》なのだ。

わたし亡《な》き後《あと》、あなたたちはさぞかし追《お》い詰《つ》められるに違《ちが》いない。そして知恵《ちえ》を出《だ》し合《あ》い、きっとひとつの案《あん》に行《い》き着《つ》く。

自殺《じさつ》でなく、他殺《たさつ》であればいいのだと。誰《だれ》かひとりが明確《めいかく》な殺意《さつい》を持《も》って、わたしを殺《ころ》したことにし、さらにすずらんに全《まった》く別《べつ》の意味《いみ》を与《あた》えればいいのだと。だからあなたたちは自《みずか》ら、「サークルメンバーの誰《だれ》かが殺《ころ》した」という噂《うわさ》を流《なが》し、メンバーひとりひとりに疑惑《ぎわく》の目《め》が向《む》けられるようにするに違《ちが》いない——全員《ぜんいん》が疑《うたが》わしいということは、誰《だれ》も特定《とくてい》できないということだから。

そこまで予測《よそく》を立《た》てて、一週間前《いっしゅうかんまえ》、わたしはあなたたち五人《ごにん》の目《め》の前《まえ》でテラスから飛《と》び降《お》りてみせた。救急車《きゅうきゅうしゃ》で運《はこ》ばれていく、血《ち》まみれのわたし。

けれども、わたしは死《し》にはしなかった。テラスから、一階《いっかい》と二階《にかい》の間《あいだ》にある石造《いしづく》りのアーチ部分《ぶぶん》に一旦《いったん》降《お》り、そこから花壇《かだん》へと――事前《じぜん》に小百合《さゆり》と衝撃吸収材《しょうげききゅうしゅうざい》の代《か》わりに、やわらかでふかふかした腐葉土《ふようど》を、しなやかな草花《くさばな》の合間《あいま》にたっぷり盛《も》っておいた――飛《と》び降《お》りたからだ。用意《ようい》しておいた血《ち》のりを、派手《はで》に撒《ま》き散《ち》らして。

わたしは父《ちち》の病院《びょういん》へと運《はこ》ばれた。やはり無傷《むきず》とはいかず、片方《かたほう》の手首《てくび》をくじき、あちこち傷《きず》もできてしまったが、治療《ちりょう》を受《う》けた後《あと》、北条先生《ほうじょうせんせい》の元《もと》で暮《く》らすという書《か》き置《お》きを残《のこ》して抜《ぬ》け出《だ》した。父《ちち》は、娘《むすめ》の駆《か》け落《お》ちという恥《はじ》を伏《ふ》せ、この一週間《いっしゅうかん》、内密《ないみつ》にわたしの行方《ゆくえ》を捜《さが》している。校長先生《こうちょうせんせい》も、経営者《けいえいしゃ》である白石家《しらいしけ》の恥《はじ》を生徒《せいと》たちに隠《かく》している。だからわたしが死《し》んだという噂《うわさ》は訂正《ていせい》されないまま、どんどん広《ひろ》がるばかりだった。

そんなところに、小百合《さゆり》が白《しろ》い花束《はなたば》を抱《かか》えて登校《とうこう》し、涙《なみだ》を流《なが》しながら、わたしの机《つくえ》の上《うえ》に飾《かざ》る――そうなると「白石《しらいし》いつみは死《し》んだ」という噂《うわさ》は必然的《ひつぜんてき》に真実《しんじつ》となる。女子校《じょしこう》では、ドラマチックな妄想《もうそう》は真実《しんじつ》に勝《まさ》るのだから。そしてそのことによって、今日《きょう》まであなたたちを追《お》い詰《つ》めてきたのだ。すずらんの秘密《ひみつ》を嗅《か》ぎつけられやしないか、さぞかし怖《おそ》れ、苦悶《くもん》したことだろう。

こうして、わたしはあなたたちを恐怖《きょうふ》に陥《おとしい》れるという復讐《ふくしゅう》を遂《と》げ、同時《どうじ》に北条先生《ほうじょうせんせい》との幸《しあわ》せを手《て》に入《い》れることができたのだった。

この完璧《かんぺき》なプランは、わたしひとりで計画《けいかく》・実行《じっこう》できたわけではない。澄川《すみかわ》小百合《さゆり》の大《おお》いなる協力《きょうりょく》があってこそだ。小百合《さゆり》が全《すべ》て——父《ちち》も学校《がっこう》もわたしの駆《か》け落《お》ちを公《おおやけ》にしないだろうこと、それによって、わたしが死《し》んだと思《おも》い込《こ》んだあなたたちがそれぞれ犯人《はんにん》を仕立《した》て上《あ》げて秘密《ひみつ》を守《まも》ろうとすること——を見越《みこ》してこの策《さく》を練《ね》った。ああ、わたしの美《うつく》しき参謀《さんぼう》。その細《こま》やかな洞察力《どうさつりょく》には、心《こころ》から敬服《けいふく》してしまう。わたしの漠然《ばくぜん》とした復《ふく》讐《しゅう》の計画《けいかく》を、ここまで徹底《てってい》したものに作《つく》り上《あ》げてくれたのだから。

わたしは今《いま》、この原稿《げんこう》を北条《ほうじょう》先生《せんせい》との新居《しんきょ》で書《か》いている。小《ちい》さな小《ちい》さな、ささやかな暮《く》らし。豊《ゆた》かではないけれども、温《あたた》かな幸福《こうふく》。ある意味《いみ》では、あなたたちのたくらみのお陰《かげ》で、この幸《しあわ》せを手《て》に入《い》れたといえるかもしれない。密告《みっこく》がなければ、わたしは今《いま》でも周《まわ》りの目《め》を忍《しの》んで、先生《せんせい》と窮屈《きゅうくつ》な逢瀬《おうせ》を続《つづ》けていたかもしれないのだ。

この原稿《げんこう》を書《か》き終《お》えたら、わたしはこっそりとサロンへと戻《もど》る。そして闇《やみ》に紛《まぎ》れて定例《ていれい》会《かい》に出席《しゅっせき》し、あなたたちの朗読《ろうどく》を密《ひそ》かに笑《わら》いながら聞《き》くのだ。

そして——最後《さいご》のひと仕上《しあ》げを忘《わす》れてはならない。

ささやかながら、今宵《こよい》の定例会《ていれいかい》に、わたしからも具材《ぐざい》を提供《ていきょう》させていただいた。今夜《こんや》の鍋《なべ》は、花鍋《はななべ》。すずらんの薫《かお》り高《たか》いものだったことに気《き》づいただろうか。

すずらんはその花《はな》と根《ね》に強力《きょうりょく》な毒《どく》を持《も》つ。強心配糖体《きょうしんはいとうたい》のコンバラトキシン、コンバラマリン、コンバロシド……医師志望《いししぼう》の園子《そのこ》なら、詳《くわ》しいだろうか？

主人公《しゅじんこう》を欺《あざむ》こうとした浅《あさ》はかな脇役《わきやく》は、退場《たいじょう》しなくてはならない。あなたたちは、今日《きょう》、ここに自主的《じしゅてき》に集《つど》い、集団《しゅうだん》で自決《じけつ》を行《おこな》うのだ。

そう。あなたたちに小説《しょうせつ》を書《か》かせる意図《いと》は、実《じつ》はそこにあった。

それは、小説《しょうせつ》がそのまま、あなたたちの遺書《いしょ》になるということ。

わたしの死《し》を偲《しの》び、悼《いた》み、思《おも》い出《で》をたどる物語《ものがたり》。わたしに強《つよ》く憧《あこが》れ、愛《あい》し、まだ不在《ふざい》を受《う》け入《い》れることができないあなたたちは、それぞれがその死《し》に納得《なっとく》できるように物語《ものがたり》を創《つく》りあげ、その朗読《ろうどく》をもって、今宵《こよい》その若《わか》い命《いのち》を散《ち》らすのだ。このサロンが美《うつく》しい棺《ひつぎ》として、その死《し》を彩《いろど》ってくれるだろう。

これが、わたしの物語《ものがたり》のクライマックス。

思春期《ししゅんき》で、感受性《かんじゅせい》と自意識《じいしき》の強《つよ》い女子高生《じょしこうせい》たちだからこそ通用《つうよう》する、センチメンタルなエンディングだ。

さようなら、愚《おろ》かな脇役《わきやく》たち。

あなたたちは、わたしの物語《ものがたり》から決《けっ》して出《で》られない。

あなたたちが死《し》に絶《た》えた後《あと》も、この物語《ものがたり》は語《かた》り継《つ》がれていくことでしょう。わたしの

――白石《しらいし》いつみの物語《ものがたり》として。

（完《かん》）

8 閉会《へいかい》のごあいさつ

会長《かいちょう》・澄川小百合《すみかわさゆり》

朗読《ろうどく》は、以上《いじょう》です。

みなさん、いかがでしたか？　充分《じゅうぶん》お楽《たの》しみになれたかしら。

ちょうど具材《ぐざい》もすべてなくなりました。お鍋《なべ》もこのおじやで締《し》めくくりですね。

あら、どうなさったの？　なぜみなさん押《お》し黙《だま》っていらっしゃるの？　暗《くら》くてよくわからないけれど……もしかしてあなたたち、震《ふる》えていらっしゃる？　グラスがかちかち鳴《な》っていてよ。

え？　今《いま》のいつみの小説《しょうせつ》のこと？

ええ。あれは確《たし》かに、わたしがいつみから預《あず》かったもの。正真正銘《しょうしんしょうめい》、いつみが書《か》いたものだわ。

そう。いつみは全《すべ》て知《し》っていたの。あなたたちの薄汚《うすぎたな》い企《たくら》みなんて、とっくに見抜《みぬ》いていた。姑息《こそく》で、愚《おろ》かで、浅《あさ》はかな陰謀《いんぼう》のことなんてね。

ばかな娘《むすめ》たち。あのまま、いつみに飼《か》われていればよかったのに。大人《おとな》しく従順《じゅうじゅん》でいて、可愛《かわい》がってもらえばよかったのよ。確《たし》かに、常《つね》に恐怖《きょうふ》はあったでしょう。いつみの一言《ひとこと》で、あなたたちの人生《じんせい》すべてがひっくり返《かえ》ってしまうのだから。いつみが秘密《ひみつ》をばらしたら最後《さいご》、完全《かんぜん》に終《お》わり——そのことに、あなたたちは脅《おび》えながら暮《く》らしてきたんだものね。けれども、そこが駆《か》け引《ひ》きというものじゃないかしら。いつみは、それに長《た》けていた。だからこそ、いつみは他人《たにん》を意《い》のままに操《あやつ》るのが得意《とくい》だったし、抗《あらが》いがたい魅力《みりょく》にあふれていた。

そう、いつみこそが天性《てんせい》のファム・ファタル。自分《じぶん》のしたたかさを隠《かく》そうとせず、あなたたちの秘密《ひみつ》を握《にぎ》り、堂々《どうどう》とそれを振《ふ》りかざすことで、いつも中心《ちゅうしん》にいることができた。だからあなたたちも、弱味《よわみ》を全面的《ぜんめんてき》に押《お》し出《だ》して、いつみにすがるふりをしてふところにもぐり込《こ》み、脇役《わきやく》に徹《てっ》しておくべきだったのよ。そうすれば、みんな無事《ぶじ》ですんだでしょうに……。

まあ、みなさん。どうして泣《な》いていらっしゃるの。なにがそんなに恐《おそ》ろしいの？　——

ああ、お鍋《なべ》に入《はい》っているすずらんのことね。この、真《ま》っ暗《くら》なサロン。それに、何《なに》が入《はい》っているかわからない闇鍋《やみなべ》。妙《みょう》な味《あじ》や香《かお》りがしたって、誰《だれ》も不思議《ふしぎ》に思《おも》わない。だからこそ、いつみは今日《きょう》という日《ひ》を復讐《ふくしゅう》の日《ひ》に選《えら》んだのですから。ええ、そうよ……わたしは確《たし》かに、この手《て》ですずらんを入《い》れました。

あらあら、ドアに駆《か》け寄《よ》ってもムダよ。しっかりと外《そと》から鍵《かぎ》をかけてあるんだもの。もちろん窓《まど》にもね。——そう。あなたたちは、ここから出《で》られないのです。この、いつみが設定《せってい》した復讐《ふくしゅう》のステージから。このサロンは舞台《ぶたい》。あなたがたは役者《やくしゃ》。演出家《えんしゅつか》はいつみ。役者《やくしゃ》は、演出家《えんしゅつか》が「幕《まく》！」と言《い》わない限《かぎ》りは、舞台《ぶたい》から降《お》りられないのよ。え？　急《きゅう》に汗《あせ》が噴《ふ》き出《だ》してきた？　目《め》の前《まえ》がちかちかする？　胃《い》が痛《いた》くなってきた？　震《ふる》えが止《と》まらない？　吐《は》き気《け》がする？

まあ、わたしを責《せ》めるのはよしてちょうだい。ええ、仰《おっしゃ》るとおり、わたしは、この計《けい》画《かく》の首謀者《しゅぼうしゃ》です。いつみから復讐《ふくしゅう》の相談《そうだん》を受《う》けたとき、それは慎重《しんちょう》に考《かんが》えて、あらゆる事態《じたい》を予測《よそく》し、綿密《めんみつ》に計画《けいかく》を立《た》てました。あなたたちを脅《おび》えさせ、かついつみと北《ほう》条《じょう》先生《せんせい》が幸《しあわ》せになれる方法《ほうほう》をね。けれども元《もと》はといえば、愚《おろ》かなあなたたちが仕掛《しか》けたことでしょう？

そんなに大声《おおごえ》をあげるのはよして。どうせ誰《だれ》にも聞《き》こえやしないし、みっともなくってよ。わたしたちは、どんな状況《じょうきょう》にあっても聖母女子学院《せいぼじょしがくいん》の誇《ほこ》り高《たか》き生徒《せいと》であることを、忘《わす》れてはならないわ。そうじゃないこと？

とにかくカクテルでもお飲《の》みになって、少《すこ》し落《お》ち着《つ》かれてはいかが。そして、わたしの話《はなし》をようくお聞《き》きなさい。

さあ冷静《れいせい》になって、じっくり考《かんが》えてみて。なぜ、わたしがいつみの小説《しょうせつ》を代理朗読《だいりろうどく》したのかを。

いつみは小説《しょうせつ》の中《なか》で、闇《やみ》に紛《まぎ》れて定例会《ていれいかい》に参加《さんか》すると書《か》いていたのに、実際《じっさい》には現《あらわ》れませんでした。いつみは、自分自身《じぶんじしん》の手《て》による復讐《ふくしゅう》を諦《あきら》めたのでしょうか？　いいえ。そうではありません。いつみは執念深《しゅうねんぶか》い子《こ》だもの。そして実際《じっさい》、彼女《かのじょ》は今日《きょう》このサロンへやって来《き》たのです。あなたたちに復讐《ふくしゅう》するために、両手《りょうて》いっぱいにすずらんの花束《はなたば》を携《たずさ》えて。

今日《きょう》のお昼《ひる》ごろ、いつみはわたしと一緒《いっしょ》に定例会《ていれいかい》の準備《じゅんび》をひととおり終《お》えたあと、アールグレイティーを飲《の》みながら、先《さき》ほどの小説《しょうせつ》を読《よ》みあげてくれました。その瞳《ひとみ》はきらきらと輝《かがや》き、声《こえ》は歓喜《かんき》に打《う》ち震《ふる》えていました。

「どう思《おも》う？」いつみはたずねました。

「最高《さいこう》だと思《おも》うわ」わたしは素直《すなお》に感想《かんそう》を述《の》べました。わたしは心《こころ》から、彼女《かのじょ》の作品《さくひん》を素《す》晴《ば》らしいと思《おも》ったの。花《はな》の香《かお》りに包《つつ》まれた美《うつく》しい仕返《しかえ》し。これほどまでに女子《じょし》の美意識《びいしき》に裏打《うらう》ちされた復讐《ふくしゅう》があるかしら。その一部《いちぶ》に、わたしが関与《かんよ》できることを、心《こころ》から嬉《うれ》しく思《おも》ったわ。

「ここまで計画《けいかく》できたのは、すべてあなたのお陰《かげ》よ」いつみはそうも言《い》ってくれた。

美《うつく》しく、そして聡《さと》いいつみ。あらゆる物事《ものごと》や人物《じんぶつ》を思《おも》いのままに利用《りよう》し、自分《じぶん》の欲望《よくぼう》を叶《かな》えるいつみ。非情《ひじょう》で、冷酷《れいこく》で、過激《かげき》で、したたかで、そして逞《たくま》しい、究極《きゅうきょく》のエゴイスト——けれども、それこそがいつみの魅力《みりょく》であり、だからこそ刺激的《しげきてき》なのです。

初等部《しょとうぶ》で初《はじ》めて出逢《であ》った時《とき》から、いつみはそんな女《おんな》の子《こ》でした。全《まった》く正反対《せいはんたい》の彼女《かのじょ》に憧《あこが》れながらも、わたしは決《けっ》して近《ちか》づこうとしませんでした。わたしはその頃《ころ》病気《びょうき》がちで、学校《がっこう》を休《やす》むたびにからかわれるような、影《かげ》の薄《うす》い少女《しょうじょ》だったのです。

ある時《とき》、いつものように一週間《いっしゅうかん》ほど学校《がっこう》を休《やす》み、嫌《いや》がらせされることを憂鬱《ゆううつ》に思《おも》いながら登校《とうこう》してみると、なんと意地悪《いじわる》な子《こ》たちが全員退学《ぜんいんたいがく》になっていました。なんでも、聖《せい》堂《どう》に飾《かざ》られている聖杯《せいはい》やシスターのロザリオ、生徒《せいと》の貴重品《きちょうひん》など学内《がくない》で盗難《とうなん》が相次《あいつ》ぎ、それら全《すべ》てが彼女《かのじょ》たちの鞄《かばん》やロッカーから見《み》つかったというのです。驚《おどろ》いているわたしに、いつみがそっと微笑《ほほえ》み、頷《うなず》きました。その時《とき》にわかったのです。全《すべ》ていつみが仕組《しく》んだことだと。

どうしていつみがわたしのためにそんなことをしてくれたのか、わかりません。けれどもわたしが自分《じぶん》にないものをいつみに見出《みいだ》し、惹《ひ》かれたように、いつみもまた、わたしに同《おな》じものを感《かん》じたのではないでしょうか。わたしたちはその時《とき》、強《つよ》く、強《つよ》く結《むす》びついたのです。そして、わたしはいつみの対極《たいきょく》のパートナーになることを決意《けつい》しました。

歌姫《うたひめ》クリスティーヌをスターに育《そだ》てるべく暗躍《あんやく》するファントム。シャーロック・ホームズの推理《すいり》を冴《さ》え渡《わた》らせるワトソン。スカーレット・オハラを陰《かげ》で支《ささ》え続《つづ》けるメラニー・ハミルトン——彼《かれ》らは、パートナーが輝《かがや》き続《つづ》けるためには、どんな努力《どりょく》も惜《お》しみません。対極《たいきょく》にありながら依存《いぞん》しあっている——そう、彼《かれ》らは二人《ふたり》でひとつなのです。パートナーが光《ひかり》を放《はな》ってこそ、彼《かれ》らの存在意義《そんざいいぎ》があるのです。

だからわたしも、いつみが望《のぞ》むことなら、どんなことだって叶《かな》えてきました。燦然《さんぜん》と輝《かがや》くいつみを守《まも》るために、わたしは全身全霊《ぜんしんぜんれい》をかけて尽《つ》くしてきたのです。

教師《きょうし》と女生徒《じょせいと》という禁断《きんだん》の恋《こい》におちたいつみには、ますます燃《も》えるような美《うつく》しさが備《そな》わりました。表面上《ひょうめんじょう》は冷静《れいせい》に振舞《ふるま》いながらも、内側《うちがわ》では情熱《じょうねつ》の炎《ほのお》を燃《も》やし、そしてその炎《ほのお》に自《みずか》ら炙《あぶ》られている——そんな激《はげ》しい恋《こい》によって、官能的《かんのうてき》な艶《つや》を帯《お》びたいつみを側《そば》で眺《なが》めながら、わたしは誇《ほこ》らしく満足《まんぞく》していました。

だからあなた方《がた》の反乱《はんらん》を知《し》ったとき、いつみより、わたしの方《ほう》が怒《おこ》っていたかもしれません。あなたたちに邪魔《じゃま》をさせはしない。わたしは、あなたたちを徹底的《てっていてき》に追《お》い詰《つ》める方法《ほう》を考《かん》えました。狂言死《きょうげんし》、駆《か》け落《お》ち、そして定例会《ていれいかい》での復讐劇《ふくしゅうげき》——全《すべ》ての計画《けいかく》を、綿密《めんみつ》に練《ね》りあげました。大切《たいせつ》ないつみのために。白石《しらいし》いつみという、わたしの作品《さくひん》を守《まも》るために。

そして今夜《こんや》、このサロンで全《すべ》てが結実《けつじつ》するのだと思《おも》うと、感動《かんどう》で胸《むね》が震《ふる》えました。

「この定例会《ていれいかい》が終《お》わったら、もう二度《にど》とこちらには戻《もど》らないわ」

いつみは言《い》いました。

「そうね……寂《さび》しいけれど、仕方《しかた》がないわね」

「田舎《いなか》の暮《く》らしも、良《い》いものよ。小百合《さゆり》もいつかいらっしゃい」

「ありがとう」

「わたし、これから先生《せんせい》だけを見《み》て暮《く》らすの。可愛《かわい》い赤《あか》ちゃんを産《う》んで、たくさん産《う》んで、良《い》いお母《かあ》さんになる。今《いま》のわたしには、それだけが夢《ゆめ》だわ」

ふんわりと笑《わら》ういつみ。その笑顔《えがお》に、平凡《へいぼん》な母親《ははおや》の表情《ひょうじょう》がちらりと覗《のぞ》きました。それはほんの一瞬《いっしゅん》でしたが、わたしは見逃《みのが》しませんでした。

いつみはそれからも、アールグレイティーを飲《の》みながら、先生《せんせい》との新《あたら》しい生活《せいかつ》や将来《しょうらい》のこと、二人《ふたり》きりの落《お》ち着《つ》いた暮《く》らし、日常《にちじょう》のささやかな喜《よろこ》びについて嬉《うれ》しそうに話《はな》し続《つづ》けました。いつみの攻撃的《こうげきてき》な瞳《ひとみ》はどんどんまろやかさを帯《お》びていき、シャープな口元《くちもと》は柔《やわ》らかくほころんでいきます。

いつみが、こんな凡庸《ぼんよう》で平俗《へいぞく》な表情《ひょうじょう》をするようになるなんて。わたしは愕然《がくぜん》としました。皮肉《ひにく》にも、わたしの努力《どりょく》と貢献《こうけん》が、いつみから、あの抗《あらが》いがたい魅力《みりょく》を奪《うば》う結果《けっか》になってしまったのです。教師《きょうし》と生徒《せいと》という禁断《きんだん》のシチュエーションが、いつみの魔性《ましょう》をますます燃《も》え立《た》たせたからこそ協力《きょうりょく》してきたのに、あろうことか、いつみはその先《さき》に安《あん》定《てい》を見出《みいだ》してしまったのです。

わたしは焦《あせ》りました。いつみをこんなふうにするために、わたしはこれまで尽《つ》くしてきたのではありません。取《と》り返《かえ》しのつかないことをしてしまった——幸《しあわ》せそうないつみを目《め》の前《まえ》に、わたしはただ茫然《ぼうぜん》と、その場《ば》に立《た》ち尽《つ》くしていました。

だけどその瞬間《しゅんかん》……ある考《かんが》えが、ふっとわたしの頭《あたま》をよぎりました。それはまるで、誰《だれ》かが耳元《みみもと》で囁《ささや》くように、脳《のう》に響《ひび》いたのです。

——今《いま》のいつみより、わたしのほうがずっと主人公《しゅじんこう》にふさわしい。

ああ、これを囁《ささや》いたのは、天使《てんし》だったのでしょうか。悪魔《あくま》だったのでしょうか。わたしはすっかり、その考《かんが》えに魅了《みりょう》されてしまいました。

クリスティーヌが、ホームズが、スカーレットが主役《しゅやく》としての輝《かがや》きを失《うしな》ったならば、フアントムが、ワトソンが、メラニーが新《あたら》しい主役《しゅやく》となって、引《ひ》きつづき物語《ものがたり》を牽引《けんいん》したいと望《のぞ》むのは、ごく自然《しぜん》なことではないでしょうか。

主役《しゅやく》の交代《こうたい》。

いつみから、わたしへ。

そう――あの瞬間《しゅんかん》、このサロンは、いつみの復讐《ふくしゅう》の舞台《ぶたい》から、主役交代劇《しゅやくこうたいげき》の舞台《ぶたい》となったのです。

主役《しゅやく》が入《い》れ替《か》わる……それは一大事《いちだいじ》です。新《あら》たな見《み》せ場《ば》です。新《あたら》しい主役《しゅやく》をもりたてるためには、これまでの主人公《しゅじんこう》には華《はな》やかに散《ち》ってもらわなくてはなりません。そして、その交代劇《こうたいげき》には観客《かんきゃく》が必要《ひつよう》です。わたしは瞬時《しゅんじ》に考《かんが》えを巡《めぐ》らせました。そして咄嗟《とっさ》に、いつみの用意《ようい》した復讐《ふくしゅう》の小道具《こどうぐ》を、利用《りよう》させてもらうことを思《おも》いついたのです。

――そう。わたしがすずらんを入《い》れたのは、アールグレイのティーポットのなかだったのです。

いつみの小説《しょうせつ》にもあったように、いつみがいなくなっても、ご家族《かぞく》は駆《か》け落《お》ちしたと思《おも》いこんでおり、先生《せんせい》はいつみが連《つ》れ戻《もど》されたものだと諦《あきら》めるでしょう。わたしの手《て》によって、いつみは最高《さいこう》に美《うつく》しい姿《すがた》のまま、この世《よ》を去《さ》ることができたのです。まばゆいシャンデリアの下《した》、すずらんの花《はな》を散《ち》らしたフロアにゆっくりとくずおれるいつみ――ああ、それがどれだけ耽美《たんび》であったことか。あの瞬間《しゅんかん》の白石《しらいし》いつみこそ、わたしが創《つく》りあげた究極《きゅうきょく》の作品《さくひん》といえるのかもしれません。

みなさん、今日《きょう》から澄川小百合《すみかわさゆり》の物語《ものがたり》の一《いち》ページが始《はじ》まることを、どうぞご承知《しょうち》おきください。あなたたちにはこれから、わたしの物語《ものがたり》に彩《いろど》りを添《そ》えていただきたいのです。ただ、くれぐれも、言動《げんどう》には充分《じゅうぶん》お気《き》をつけあそばせ。今《いま》や、あなたたち全員《ぜんいん》の秘密《ひみつ》を握《にぎ》っているのはこのわたしなのですから。それに、あなたたちが今宵《こよい》召し上《あ》がったもの――それはわたしが分《わ》け与《あた》えた、一生《いっしょう》ぬぐい去《さ》ることのできない、新《あら》たな罪《つみ》の証《あか》しなのですから。

キリストは、その聖体《せいたい》と聖血《せいけつ》を弟子《でし》や信者《しんじゃ》に分《わ》け与《あた》えることによって、永遠《えいえん》に生《い》き続《つづ》けることになりました。同《おな》じように、いつみと一心同体《いっしんどうたい》となって、彼女《かのじょ》の麗《うるわ》しさを忘《わす》れることなく、これからの人生《じんせい》を送《おく》る――それこそが、いつみを裏切《うらぎ》ったあなたたちの務《つと》めだとわたしは思《おも》います。既《すで》にあなたたちには、美《うつく》しく、高貴《こうき》で、高慢《こうまん》で、高潔《こうけつ》ないつみの魂《たましい》が宿《やど》っているのですから。

さあ、そろそろシャンデリアをつけましょうね。お口直《くちなお》しのデザートをお出《だ》しするわ。朝《あさ》からていねいに、みなさんの為《ため》に焼《や》き上《あ》げた「ヴィーナスの腕《うで》」です。どなたか――高《たか》岡《おか》さん、切《き》り分《わ》けてくださる？　まあいやだわ、みなさん、なぜそんなに震《ふる》えているの。

お顔《かお》が真《ま》っ青《さお》じゃない。あら小南《こみなみ》さん。あなたがお鍋《なべ》から取《と》った時計《とけい》、去年《きょねん》と同《おな》じシャネルの限定《げんてい》モデルだったのね。いつみも気《き》に入《い》って、毎日《まいにち》つけてたわ。あなたの物《もの》になって、よかったわねえ。

ああ、それにしても主人公《しゅじんこう》でいることって、なんて愉快《ゆかい》なのかしら。わたくしのために、みなさんどうか乾杯《かんぱい》を。

今学期《こんがっき》の朗読会《ろうどくかい》も、とても素晴《すば》らしいものとなりました。いつみはもういないけれど、彼女《かのじょ》の遺《のこ》したサロンも、蔵書《ぞうしょ》も、充分《じゅうぶん》に活用《かつよう》していきましょうね。きっと、それが最高《さいこう》の弔《とむら》いになると思《おも》うの。

外《そと》はまだ激《はげ》しい嵐《あらし》。みなさん、どうぞ足元《あしもと》にお気《き》をつけてお帰《かえ》りになって。参加《さんか》してくださって、本当《ほんとう》にどうもありがとう。

以上《いじょう》をもちまして、今学期最後《こんがっきさいご》の定例会《ていれいかい》を終了《しゅうりょう》させていただきます。

それではみなさま、ごきげんよう。

〈参考文献《さんこうぶんけん》〉

『大系世界《たいけいせかい》の美術《びじゅつ》 第《だい》13巻《かん》ルネサンス美術《びじゅつ》 1』 新規矩男《あたらしきくお》ほか編《へん》 学研《がっけん》マーケティング

『ルネサンスの異教秘儀《いきょうひぎ》』 エドガー・ウィント著《ちょ》 田中英道《たなかひでみち》・藤田博《ふじたひろし》・加藤雅之《かとうまさゆき》訳《やく》 晶文社《しょうぶんしゃ》

作中《さくちゅう》のアンジェロ・ポリツィアーノの詩《し》は、『原典《げんてん》 イタリア・ルネサンス人文主義《じんぶんしゅぎ》』 池上俊一《いけがみしゅんいち》監修《かんしゅう》 名古屋大学出版会《なごやだいがくしゅっぱんかい》から引用《いんよう》しました。

本書《ほんしょ》は、双葉社《ふたばしゃ》より刊行《かんこう》された
文庫版《ぶんこばん》『暗黒女子《あんこくじょし》』を、
ジュニア文庫化《ぶんこか》したものです。
また、この物語《ものがたり》はフィクションです。
登場《とうじょう》する人物《じんぶつ》・団体等《だんたいとう》は
すべて実在《じつざい》のものとは関係《かんけい》ありません。

双葉社ジュニア文庫

暗黒女子《あんこくじょし》

２０１７年３月１９日　第１刷発行

著　　者　秋吉理香子《あきよしりかこ》
イラスト　ぶーた
発 行 者　稲垣潔
発 行 所　株式会社双葉社
〒162-8540　東京都新宿区東五軒町3-28
電話　03-5261-4818（営業）
03-5261-4831（編集）
http://www.futabasha.co.jp
（双葉社の書籍・コミック・ムックが買えます）

印　　刷　中央精版印刷株式会社
製 本 所　中央精版印刷株式会社
装　　丁　大岡喜直（next door design）

ISBN978-4-575-24023-8　C8293